1958년, 결혼식 날의 엘리자베스와 매니

1928년, 예쁜 옷을 입고 환하게 웃는 세 쌍둥이 자매
왼쪽에서 오른쪽으로 엘리자베스, 에바, 에리카

1942년경, 한자리에 모인 퀴블러 가족
왼쪽에서 오른쪽으로 엘리자베스, 어머니, 에바, 에른스트, 아버지, 에리카

생의 수레바퀴

죽음을 통해 삶을 배우고자 하는 이에게

The Wheel of Life

THE

생의 수레바퀴

WHEEL

엘리자베스 퀴블러 로스 지음

강대은 옮김

OF

LIFE

BM 황금부엉이

우리가 지구에 보내져 수업을 다 마치고 나면

몸은 벗어버려도 좋아.

우리의 몸은 나비가 되어 날아오를 누에처럼

아름다운 영혼을 감싸고 있는 허물이란다.

때가 되면 우리는 몸을 놓아버리고 영혼을 해방시켜

걱정과 두려움과 고통에서 벗어나

신의 정원으로 돌아간단다.

아름다운 한 마리의 자유로운 나비처럼 말이야.

— 암에 걸린 하이에게 보낸 편지 중에서

봄
spring

/

생
쥐

여름
summer

/

곰

생쥐는
닥치는 대로 먹고 배설한다.
생기 있고 장난을 좋아하고
늘 앞서간다.

곰은
매우 태평하고 동면을 좋아한다.
청춘을 되돌아보고,
바삐 뛰어다니는
생쥐를
바라보며 싱긋 웃는다.

가 을
autumn

/

들
소

들소는
평원을 배회하는 것을 좋아한다.
여유롭게 삶을 되돌아보고
힘든 짐을 내려놓고
독수리가
되는 날을 고대한다.

겨 울
winter

/

독
수
리

독수리는
세상 위로 높이 나는 것을 좋아한다.
세상 사람들을
내려다보기 위해서가 아니라
하늘을 올려다보라고
격려하기 위해서.

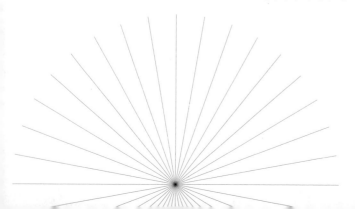

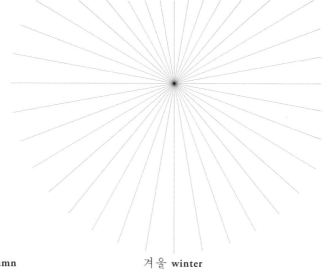

삶이 진정
중요한 이유

사람들은 나를 '죽음의 여의사'라 부른다. 30년 이상 죽음과 죽음 이후의 삶에 대해 연구해왔기 때문에 나를 죽음의 전문가라고 믿는 것이다. 그러나 그들은 정말로 중요한 것을 놓치고 있는 것 같다. 내 연구의 가장 본질적인 핵심은 삶이 중요하다는 것이다.

언제나 나는 죽음만큼 멋진 경험은 없다고 말한다. 우리가 하루하루를 올바로 살아간다면 두려워할 건 아무것도 없다. 나의 마지막 저서가 될 이 책은 그러한 사실을 분명히 해줄 것이다. 또한 몇 가지 새로운 물음을 던지며, 어쩌면 그 물음에 답을 더해줄지도 모른다.

여기 애리조나주 스코츠데일에 있는 우리 집의 아름다운 꽃으로 둘러싸인 거실에 앉아 되돌아보니, 지난 일흔 해의 삶이 특별하게 다가온다. 스위스에서 자랐던 소녀 시절, 터무니없이 큰 꿈을 품었지만 세계적으로 알려진 『죽음의 순간On Death and Dying』이라는 책의 저자가 되리라고는 상상도 하지 못했다. 우리 삶의 마지막 순간에 대해 탐구한 이 책 덕분에 나는 의학과 신학에서 벌어진 격렬한 논쟁의 한

복판에 서게 되었다. 그리고 내가 남은 생을 '죽음이란 존재하지 않는다'는 사실을 사람들에게 설명하며 보내리라고는 꿈에도 생각한 적이 없었다.

부모님의 추측대로라면 나는 착실하게 교회에 다니는 스위스의 한 정숙한 주부가 되었을 것이다. 그러나 지금 이 순간 나는 미국 남서부에서 살며 세상에서 가장 멋있고 훌륭한 세계의 영혼들과 만나며, 정신과 의사, 저술가, 강연가로 활동하고 있다.

현대 의학은 우리에게 고통 없는 삶을 약속하는 예언자라도 된 체하지만 이것은 허튼소리라는 생각이 든다. 내가 아는 한, 진정으로 인간을 치유하는 것은 오직 조건 없는 사랑뿐이다. 이런 나의 생각이 다소 파격적일지도 모른다. 예를 들어, 내 몸에서는 1996년 크리스마스 직후를 비롯하여 요 몇 해 동안 뇌졸중 발작이 여섯 번이나 일어났다. 그때마다 의사들은 담배와 커피, 초콜릿을 삼가라고 경고하고 간청하기까지 했다. 하지만 나는 아직도 이 작은 쾌락을 즐기고 있다. 왜 안 된다는 말인가? 이것은 내 인생의 한 부분인 소박한 기쁨인데……. 나는 늘 그렇게 살아왔다. 내가 고집 세고 자아도취적이고 좀 별스럽다 해도 어떻게 하겠는가? 그것들 전부가 나인 것을.

삶에서 일어나는 일들은 하나하나가 서로 맞물리지 않는 것처럼 보이기도 한다. 그렇지만 나는 경험을 통해 인생에 우연은 없다고 배워왔다. 내게 닥친 모든 일은 일어나야만 했기에 일어난 것이다.

나는 죽어가는 환자들을 위해 일하도록 정해져 있었던 것이다. 처음으로 에이즈 환자를 만났을 때 내게는 달리 선택의 여지가 없었다. 삶과 죽음의 갈림길에서 부딪치는 극도의 고통에 맞서고 있는 사람들을 돕기 위해 해마다 40만 킬로미터 이상을 여행하며 워크숍을 열도록 부름 받은 것이다.

만년에 이르러서는 어쩔 수 없는 사정으로 버지니아주의 전원 지대에 120헥타르의 농장을 구입했다. 거기에 치유 센터를 세우고, 에이즈에 감염된 아이들을 입양할 계획을 세웠다. 그런데 생각하는 것조차 괴로운 일이지만 그 목가적인 전원에서 쫓겨나는 것 또한 내 운명이었다.

1985년, 에이즈에 감염된 아이들을 입양하겠다는 계획을 발표한 후에 나는 셰넌도어 계곡에서 가장 미움 받는 인물이 되었다. 할 수 없이 그 계획을 포기한 뒤에도 협박자들은 나를 쫓아내기 위해 살인도 마다하지 않을 온갖 비열한 행위를 저질렀다. 우리 집 창문에 총질을 하고 가축을 쏘아죽이기도 했다. 아름다운 땅에서의 조용한 생활은 계속되는 협박에 의해 무참히 짓밟혀버렸다. 그렇지만 그곳은 내 집이었고, 나는 떠나기를 완강히 거부했다.

그 10년 전, 나는 이곳 버지니아의 헤드 워터스에 있는 농장으로 이사했다. 내 모든 꿈을 이루어주기에 충분한 농장이었고, 저술과 강연으로 번 수입을 전부 거기에 쏟아 부었다. 내가 살 집을 짓고 가까이에 내방객의 숙박시설과 농장 직원들의 숙소를 지었다. 치유 센터를 세워 거기에서 워크숍을 열면서 소모적인 여행은 크게 줄어들었다. 에이즈에 감염된 아이들을 입양하겠다는 계획이 떠오른 것은 그때였다. 아이들은 그 아름다운 자연의 품에서 남은 삶을 즐길 수 있을 것이었다.

농장에서의 단순한 생활은 나의 모든 것이었다. 오랜 비행기 여행 끝에 우리 집 가까이의 오솔길에 다다르면 몸이 아주 편안해졌다. 밤의 고요는 그 어떤 수면제 이상으로 나를 안정시켰다. 아침이면 동물들의 합창 소리에 눈을 떴다. 소, 말, 닭, 돼지, 당나귀, 라마들……. 여행에서 돌아온 나를 모두가 떠들썩하게 환영해주었다. 눈 닿는 데까지 들판이 펼쳐지고, 아침 이슬이 반짝반짝 빛났다. 태곳적부터 살아온 나무들이 침묵의 지혜를 전해주었다. 해야 할 일은 정말 많았다. 흙투성이의 손은 언제나 대지에 물에 햇살에 닿아 있었다. 내 두 손은 생명의 재료를 반죽하는 마법사와 같았다.

나의 인생.
내 영혼은 그곳에 있었다.
그런데 1994년 10월 6일, 우리 집에 불이 났다. 기둥뿌리까지 모두 타버렸다. 자료도 원고도 허공에 사라졌다. 가진 것의 전부가 한 줌의 재로 변했다. 집에 불이 났다는 소식을 들은 것은 집으로 가는 비행기를 타려고 볼티모어 공항에 서둘러 가고 있을 때였다. 그 소식을 전해주던 친구는 아직 집에 돌아오지 말라고 간곡히 당부했다. 하지만 나는 살아가면서 줄곧 부모님과 친구들로부터 '의사가 되지 마라, 죽어가는 환자와 대면하지 마라, 교도소에서 에이즈 호스피스 일을 하지 마라'는 말을 들어왔다. 그때마다 사람들의 기대에 따르기보다 스스로 옳다고 생각하는 일을 고집스럽게 실행해왔다. 그때도 마찬가지였다.

"누구나 삶 속에서 고난을 경험한다. 쓰라린 경험을 하면 할수록 거기에서 더 배우고 성장한다."
볼티모어를 떠난 비행기가 착륙했다. 곧 친구의 자동차 뒷좌석에 앉아 캄캄한 시골길을 달렸다. 자정이 될 무렵이었다. 집까지 몇 킬로미터 남긴 지점에서 밤하늘을 수놓은 새빨간 불길과 연기가 보였다. 그것은 칠흑 같은 어둠 속에서 거침없는 기세로 피어오르고 있었다. 큰 불이 났다는 것을 알았다. 집, 아니 집이 있었던 곳에 다가갔다. 거대한 불길 너머로 집의 잔해가 보였다. 지옥의 한가운데에 서 있는 기분이었다. 소방관들도 이런 큰 불은 처음 본다고 했다. 뜨거운 열기 때문에 소방관들은 밤새도록 접근하지 못하다가 아침이 되어서야 처음으로 현장을 밟을 수 있었다.

새벽이 다 되어 나는 근처의 내방객 숙박시설에서 쉬기로 했다. 커피 한 잔을 앞에 놓고 담배에 불을 붙이고, 불덩이로 변한 우리 집이 삼켜버린 엄청난 보물에 대해 생각했다. 이 상황을 믿을 수도 받아들일 수도 없었다. 아버지가 고이 간직했다가 준 내 어린 시절의 일기장, 논문, 비망록, 사후의 삶에 관한 연구를 위해 모아놓은 2만여 건에 달하는 사례집, 아메리카 인디언 미술품 컬렉션, 사진, 옷가지……. 모든 것이 사라졌다.

만 하루 동안, 충격에서 헤어 나올 수 없었다. 어떻게 해야 할지 몰랐다. 울어야 할지, 소리 질러야 할지, 하늘을 저주하며 주먹질을 해야 할지, 아니면 비정한 운명의 횡포를 멍청히 바라만 보고 있어야 할지.

"역경만이 우리를 강하게 만든다."

사람들은 늘 내게 죽음이 뭐냐고 묻는다. 죽음은 정말 멋진 것이라고 나는 대답한다. 죽음만큼 쉬운 일은 없다고.

오히려 삶은 가혹하다. 삶은 어렵고, 힘든 싸움이다. 삶은 학교에 다니는 것과 같다. 많은 숙제가 주어진다. 배우면 배울수록 숙제는 더 어려워진다. 집에 일어난 불은 그런 숙제의 하나이자 배움의 시간이었다. 상실을 부정해도 아무런 도움도 되지 않는 이상, 나는 그것을 수용했다. 달리 어떻게 하겠는가?

어쨌든 잃어버린 것은 물건에 지나지 않는다. 그것들이 아무리 중요하고 의미 있는 것이라도 생명의 가치와는 비교할 수도 없다. 나는 손끝 하나 다치지 않았다. 이제 어른이 된 두 아이 케네스도, 바버라도 살아 있다. 몇몇 못된 인간이 우리 집과 재산을 불태워 없애는 데는 성공했지만, 결코 나를 파괴할 수는 없었다.

"과제를 다 배우고 나면 고통은 사라져 없어진다."

지구 반대편에서 시작된 내 인생은 많은 일이 있었고, 결코 안락하지 않았다. 푸념이 아니라 사실이 그렇다. 고난 없이 기쁨도 없다는 사실을 나는 배웠다. 고통 없이는 즐거움도 없다. 전쟁의 비참함이 없다면 평화의 안락함을 알 수 있을까? 에이즈라는 질병이 없다면 인류가 위험에 처해 있다는 사실을 알아차릴 수 있을까? 죽음이 없다면 삶을 소중히 여길 수 있을까? 미움이 없다면 궁극의 목표가 사랑임을 깨달을 수 있을까?

내가 좋아하는 속담이 있다. 골짜기를 폭풍우로부터 지키려고 메워버린다면 자연이 새겨놓은 아름다움을 볼 수 없게 된다.

3년 전 그 10월의 밤은 결코 아름답지 않은 때였음에는 틀림없다. 하지만 지금까지 살아오는 동안, 그와 비슷한 갈림길에 서서 잘 보이지 않는 지평선에 눈을 두고 무엇인가를 찾던 때가 종종 있었다.

그런 때에 우리는 부정적인 태도로 비난할 대상을 찾든지, 상처를 보듬고 사랑으로 나아가는 길을 택하든지 할 수 있다.

존재의 유일한 목적이 성장하는 것이라고 믿는 내게 올바른 선택을 하는 것은 그리 힘들지 않았다. 불이 난 지 며칠 후에 차를 몰고 시내로 나가 새 옷들을 사고 다가올 일을 준비했다. 그것이 나다운 삶이었다.

봄
spring

/

생
쥐
의

장

꿈꾸는 고치

삶의 어느 시점에 있든 우리는 나아가야 할 방향의 실마리를 찾을 수 있다. 그것을 알아차리지 못하면 잘못된 선택을 하고 비참한 인생으로 끝나게 될 것이다. 세심한 주의를 기울인다면, 거기에서 교훈을 얻고, 충실하고 좋은 삶을 영위하고, 좋은 죽음을 맞이할 것이다.

　신이 우리에게 준 최고의 선물은 '자유의지'이다. 가능한 최고의 선택을 하는 사람의 양어깨에는 자유의지라는 무거운 책임이 지워진다. 내가 처음으로 혼자 큰 결정을 내린 것은 초등학교 6학년 때였다. 학기말이 다가올 즈음 담임선생님이 과제를 내주셨다. 어른이 되면 무엇이 되고 싶은가를 주제로 한 작문이었다. 당시 스위스에서는 특히 중요한 과제였다. 그 작문을 참고하여 학생의 장래 교육 방향이 결정되었던 것이다. 직업 교육을 받을 것인가, 대학을 목표로 엄격한 학업을 계속할 것인가, 길은 두 가지 중 하나밖에 없었다. 나는 용기백배하여 펜과 종이를 꼭 쥐었다. 하지만 운명은 개척하는 것이라고 아무리 자신해도 현실은 달랐다. 내게는 미래가 없었다. 생각을 집중하려 해도 전날 밤에 있었던 일로 되돌아갔다.

저녁 식사가 끝나갈 무렵 아버지는 자신의 접시를 한쪽으로 밀어놓고 아이들의 얼굴을 차례로 응시하고 나서 중대 선언을 했다. 아버지 에른스트 퀴블러는 억세고 탄탄한 체구와 그에 걸맞은 고집스런 남자였다. 아버지는 장남 에른스트 주니어에게 특히 엄했는데, 오빠에게는 일류 대학에 진학하도록 명했다. 다음은 우리 세쌍둥이 자매의 장래가 결정될 차례였다.

나는 마른 침을 삼키며 그 선고 드라마를 지켜보았다. 우리 셋 중 가장 몸이 약한 에리카에게는 대학 진학의 길을 명령했다. 가장 공부를 싫어하던 에바에게는 여성 교양학교(미혼 여성에게 육아, 접대, 요리, 교양, 사교 등의 교육을 하는 일종의 신부학교)에서 가정교육을 받도록 선고가 내려졌다. 마지막으로 아버지의 눈이 내게 향했다. 나는 그 순간 '제발 의사가 되겠다는 꿈을 인정해주세요!'라고 기도했다. 아버지가 내 꿈을 알고 있는 것은 확실했다. 그러나 평생 잊을 수 없는 목소리가 들려왔다.

"엘리자베스, 너는 아빠 회사에서 일해라."

아버지는 선언했다. "머리 좋고 일 잘하는 비서가 필요하단다. 네게 딱 맞는 일이야."

나는 크게 낙담했다. 세쌍둥이의 하나로 자란 나는 철이 들었을 때부터 정체성을 찾기 위해 고투해왔다. 그런데 이제 또다시 내 생각과 감정의 독자성이 꺾인 것이다. 아버지의 회사에서 일하고 있는 내 모습을 그려보았다. 하루 종일 책상 앞에 앉아서 숫자와 씨름하고, 그래프 용지에 그려진 직선처럼 경직된 하루하루가 될 것이었다.

그것은 내가 아니었다. 아주 어렸을 때부터 나는 살아 있는 모든 것에 강하게 끌렸다. 두려움과 경외하는 마음으로 세상을 바라보았다. 시골 의사가 되는 것을 꿈꾸었다. 할 수만 있다면 존경하는 알베르트 슈바이처가 아프리카에서 했듯이, 인도의 가난한 사람들이 사는 마을에서 의술을 펼치고 싶었다. 어떻게 그런 생각을 갖게 되었는지는 모르지만, 아버지의 회사에서 일하는 것만은 정말 받아들일 수 없었다.

"싫어요!" 나는 소리쳤다.

그 시대에, 특히 우리 집에서는 아이들의 그런 반항은 있을 수 없었다. 아버지의 얼굴이 분노로 벌겋게 상기되었다. 관자놀이의 핏줄이 부풀어 올랐다. 이윽고 일갈이 떨어졌다.

"아빠 회사에서 일하기 싫다면 평생 가정부 노릇이나 해."

아버지는 그렇게 소리를 지르고는 난폭한 발걸음으로 서재로 들어가버렸다.

"그래도 상관없어요."

나도 지지 않고 응수했다. 진심이었다. 설령 아버지라 할지라도 타인으로부터 경리 직원이나 비서로서 살라고 명령받기보다는 차라리 가정부로 일해 빨리 독립하는 편이 낫다고 생각했다. 내게 사무일이란 감옥과 다를 바 없었다.

다음 날 아침, 학교에서 작문을 쓸 시간이 되었을 때 나는 전날 밤의 기억으로 심장이 터질 듯한 가운데 펜을 놀렸다. 아버지 회사 일에 관한 말은 한마디도 언급하지 않았다. 그 대신 슈바이처의 길을 좇아 밀림에 들어가겠다는 꿈과, 생명의 다양한 형태를 연구하겠다는 꿈을 열정적으로 적어나갔다.

"나는 생명의 목적을 찾아내고 싶습니다."로 시작하는 이 작문에

서 아버지의 뜻에 거슬러 의사가 되겠다는 꿈도 써 넣었다. 아버지가 이 작문을 읽고 다시 질책하더라도 상관없었다. 아무도 나의 꿈을 빼앗을 수는 없다.

"언젠가는 꼭 내 힘으로 해낼 것입니다. 언제나 가장 높은 별을 목표로 해야 한다고 생각합니다."

어린 시절부터 내게는 세 가지 의문이 있었다. 나는 왜 정체성이 분명하지 않은 세쌍둥이로 태어난 것일까? 아버지는 왜 그렇게 완고하실까? 어머니는 왜 그렇게 다정하실까?

지금 생각하면 그렇게 되어야 했던 것이다. 확실히 그것은 계획의 일부였다.

나는 누구에게나 수호신이나 수호천사가 있다고 믿는다. 수호신과 수호천사는 우리가 삶에서 죽음으로 건너갈 때 도와주며, 우리가 태어나기도 전에 부모를 선택하는 것을 돕는다.

우리 부모님은 스위스 취리히에 사는 전형적인 상류 가정의 보수적인 부부였다. 두 분의 성품은 서로 상반되는 것끼리 끌린다는 옛말을 증명하는 것 같았다. 취리히 최대 사무용품 회사의 부사장인 아버지는 건장한 체구에 엄격하고 책임감 강하고 알뜰살뜰한 분이었다. 그 다갈색 눈에는 인생의 두 가지 가능성만이 비칠 뿐이었다. 자기방식과 잘못된 방식.

하지만 아버지는 탐욕스러울 정도로 삶에 열정이 있었다. 가정에서는 피아노를 둘러싼 가족 합창을 큰 소리로 노래하면서 지휘했고, 스위스의 장대한 자연미의 탐구를 무엇보다도 좋아했다. 명문 취리히 스키 클럽 회원으로 아버지가 제일 행복해했던 것은 알프스에서 스키와 등반과 하이킹을 할 때였다. 그 자질은 자녀들에게도 고스란히 이어졌다.

어머니는 아버지처럼 열정적으로 야외 활동을 즐기지 않았지만, 늘 탄력 있고 햇볕에 그을린 건강한 모습이었다. 몸집이 작고 매력적이며, 자신의 살림 솜씨에 자부심을 가진 주부였다. 음식 솜씨는 일품이었고, 스스로 옷을 지어 입었으며, 따뜻한 스웨터를 뜨고, 언제나 집 안을 깨끗하게 정돈하고 정원을 아름답게 가꾸어 이웃 사람들의 찬탄을 샀다. 아버지 사업의 든든한 후원자이기도 했다. 오빠가 태어난 이후에는 좋은 어머니 역할에만 헌신했다.

그러나 어머니의 이상을 완성시키기 위해서는 예쁜 딸이 하나 필요했다. 어머니는 별다른 어려움 없이 두 번째 임신을 했다. 1926년 7월 8일 진통이 시작되면서 어머니는 인형 같은 귀여운 옷을 입힐 수 있는 곱슬머리 여자아이의 탄생을 간절히 원했다. 닥터 B라는 나이 지긋한 산부인과 의사가 분만을 도왔다. 어머니의 상태를 전해 들은 아버지가 아홉 달을 기다린 기대에 부풀어 회사에서 달려왔다. 의사의 손이 아기를 들어올렸다. 사산된 경우를 빼면 그때까지 그 분만실에서 태어난 가장 자그마한 미숙아였다.

그것이 나의 탄생이었다. 체중은 겨우 900그램이었다. 의사는 나의 너무 작은 크기, 아니 겉모습에 충격을 받았다. 나는 갓 태어난 생쥐 새끼처럼 보였다. 병원의 그 누구도 내가 살아남으리라고 생각하지 않았다. 그래도 아버지는 첫 울음 소리를 듣자마자 복도로 달려가 전화로 할머니 후리다에게 두 번째 손자의 출생을 알렸다.

다시 분만실로 달려온 아버지에게 간호사는 "퀴블러 부인은 공주님을 낳았습니다."라고 바로잡아주었다. 그러면서 그렇게 작은 미숙

아는 성별을 알기가 쉽지 않다고 설명해주었다. 그래서 아버지는 다시 전화통으로 달려가 할머니에게 첫 번째 손녀임을 알렸다.

"이름은 엘리자베스라고 짓겠어요." 아버지는 자랑스럽게 말했다.

어머니의 노고를 위로해줄 생각으로 분만실에 돌아온 아버지는 또다시 놀라게 되었다. 막 두 번째 여자아이가 태어났던 것이다. 나와 마찬가지로 그 아이도 900그램밖에 되지 않았다. 아버지가 할머니에게 그 낭보를 전하고 왔을 때에도 어머니의 진통은 여전히 계속되었다. 또 아기가 나올 것 같다고 어머니는 강한 어조로 호소했다. 피로한 나머지 의식이 혼탁해서 그런 것이라고 아버지는 생각했고, 경험 많은 노 여의사는 고개를 갸우뚱하면서도 아버지의 의견에 동의했다.

그런데 어머니의 진통이 갑자기 빈도를 더해가기 시작했다. 어머니는 배에 힘을 주기 시작했고, 이윽고 세 번째 여자아이가 태어났다. 이번의 아기는 3킬로그램으로 먼저 태어난 두 아기의 세 배가 넘었다. 게다가 머리에 예쁜 곱슬머리가 나 있었다! 어머니는 지쳐 있었지만 기대감에 몸을 떨었다. 드디어 지난 아홉 달 동안 꿈꾸어오던 딸아이를 갖게 된 것이다.

노 여의사 B는 자신에게 천리안이 있다고 생각하는 사람이었다. 세쌍둥이의 얼굴을 찬찬히 들여다보면서 B는 어머니에게 우리 세 자매의 장래에 대해 예언처럼 말했다. 맨 나중에 태어난 에바에게는 늘 "엄마의 마음에서 가장 가까운 곳"에 있고, 두 번째로 태어난 에리카는 언제나 "중도의 길을 선택할 것"이라고 말했다. 그러고는 나를 가리키며 다른 두 자매에게 길을 보여주었다며 이렇게 덧붙였다.

"이 아이에 대해서만큼은 전혀 걱정할 필요가 없을 거예요."

다음 날 아침, 지역의 모든 신문은 퀴블러 집안의 세쌍둥이 탄생을 앞 다투어 보도했다. 할머니는 신문 헤드라인을 보기 전까지는 아버지가 실없는 농담을 하는 것으로 생각했다. 축하 잔치는 며칠이나 계속되었다. 들뜬 분위기에 끼어들지 못한 것은 오빠 에른스트뿐이었다. 귀여운 왕자님이었던 날들은 갑자기 끝나버리고, 정신 차려보니 기저귀더미에 깔려 있었다. 곧 무거운 유모차를 밀고 언덕을 오르고, 똑같은 변기에 걸터앉아 있는 세 여동생을 지켜봐야 했다. 훗날 오빠가 가족과 거리를 두려고 한 것은 그때의 소외감이 원인임에 틀림없다.

나로서도 세쌍둥이라는 사실은 악몽일 수밖에 없었다. 가장 미워하는 적에게조차 보여주고 싶지 않은 악몽. 나는 두 여동생과 나와의 차이를 알지 못했다. 셋 다 똑같았다. 받는 선물도 똑같았다. 선생님도 똑같은 점수를 주었다. 공원을 거닐 때면 한결같이 "어느 아이가 누구지?"라고 물었다. 어머니조차 구별하지 못할 때가 있다고 했다.

이것은 내게 아주 무거운 마음의 짐이었다. 나는 겨우 900그램으로 태어나서 살아갈 가능성은 아주 희박했다. 그것으로 인해 어린 시절 내내 내가 누구인지 이해하려고 애쓰며 보냈다. 나는 언제나 남보다 열 배의 노력을 하여 남보다 열 배의 가치가, 뭔가 생존의 가치가 있음을 입증해야 한다고 느꼈다. 그것이 매일의 고통이었다.

어른이 되어서야 그것이 축복이었다는 사실을 깨달았다. 그러한 환경은 세상에 태어나기 전에 스스로 선택한 것이었다. 꼭 기쁜 일은 아닐지도 모른다. 내가 원한 일이 아닐지도 모른다. 그러나 그 경험이야말로 나를 기다리는 모든 일에 맞설 용기와 결단력과 인내력을 주었다.

낯선 여행을 떠나는 천사

비좁고 답답한 취리히의 아파트에서 4년간 세쌍둥이를 길렀던 부모님은 마일렌에 멋진 3층짜리 전원주택을 세로 얻었다. 마일렌은 취리히에서 기차로 30분 거리의 호반에 있는, 스위스 전통색이 짙게 남은 마을이었다. 초록색으로 칠해져 있어 그 집을 우리는 '그린 하우스'라고 불렀다.

새 집은 풀로 뒤덮인 언덕에 자리 잡아 마을이 내려다 보였다. 구세계의 모습이 남은 그 집에는 풀이 난 안뜰이 있어, 우리는 그곳에서 뛰어 놀았다. 가족이 먹을 야채는 안뜰의 텃밭에서 자급자족했다. 옥외에 나가면 활력이 넘치는 나는 역시 아버지의 딸이었다. 때때로 작은 새와 동물을 쫓아 하루 종일 숲과 초원을 뛰어 돌아다니곤 했다.

그 즈음의 기억이 두 가지 있다. 아주 어릴 때의 기억이지만, 두 가지 모두 나의 성격 형성에 중요한 영향을 주었다. 하나는 아프리카 마을의 생활에 대한 사진집을 본 것으로, 그 경험이 생애 내내 세계의 다른 문화에 대해 호기심을 갖게 해준 것 같다. 나는 금세 검은 피부의 아이들 사진에 매료되었다. 가공의 세계를 만들어 그곳을 탐험하고, 자매 사이만 통하는 비밀의 언어를 말하며 그 아이들을 이해하려고 했다. 부모님에게 검은 얼굴의 인형을 사달라고 졸랐으나 스위스에서 그런 인형은 찾을 수 없었다. 나는 검은 얼굴의 인형이 생길 때까지 가지고 있는 인형들과는 놀지 않겠다고 선언했다.

취리히의 동물원에서 아프리카 전시회가 열린다는 소식을 들은 나는 혼자 집을 몰래 빠져나왔다. 예전에 부모님을 따라갈 때처럼 전차를 타고 쉽게 동물원에 도착했다. 정말 아름답고 이국적인 리듬으로 북을 두드리는 아프리카인들을 나는 넋을 잃고 바라보았다. 그동안 마일렌에서는 퀴블러 가의 가출한 말괄량이 딸을 찾느라 마을 전체가 발칵 뒤집혔다. 자신 때문에 벌어진 소동을 알지 못하고 밤이 되어 집에 돌아온 나는 당연히 상응하는 벌을 받았다.

두 번째 기억은 아버지와 함께 경마장에 갔던 때의 일이다. 아버지는 관객을 밀어 헤치고 작은 나를 맨 앞줄에 데려다주었다. 나는 경마가 끝날 때까지인 오후 내내 봄의 축축한 풀밭에 앉아 있었다. 아름다운 말들을 가까이에서 바라본다는 것이 기뻐 한기가 몰려오는데도 아랑곳하지 않고 가만히 앉아 있었다. 감기 증세가 급히 악화되어 집에 돌아왔을 때에는 고열에 의식도 몽롱해져 있었다. 밤중에 헛소리를 하며 우리 집 지하실을 몽유병자처럼 돌아다녔다.

어머니에게 발견되었을 때는 제정신이 아니었다. 어머니는 나를 손님방에 눕혀 보살폈다. 동생들과 떨어져 잔 것은 그때가 처음이었다. 고열은 전혀 떨어지지 않고, 폐렴과 늑막염 증상으로 급속히 진행하고 있었다. 그런 와중에도 나는 성가신 세쌍둥이와 어린 아들을 뒤로하고 스키를 타러 가버린 아버지에 대한 어머니의 분노를 느낄 수 있었다.

새벽 4시, 열이 점점 오르자 어머니는 이웃집 부인에게 두 딸과 아들을 맡겨놓고, 자동차를 가진 또 다른 이웃 H씨에게 병원까지 데려다 달라고 부탁했다. 어머니는 나를 몇 겹의 담요로 감싸 가슴에 안고 차에 올랐고, H씨는 전속력으로 취리히의 소아과 병원으로 달렸다.

그것이 병원, 의학과의 첫 만남이었는데, 불행하게도 불쾌한 기억밖에 남아 있지 않다. 진찰실은 몹시 추웠다. 누구도 내게 말을 걸지 않았다. '안녕'이란 다정한 인사도 없었다. 의사는 떨고 있는 내게서 난폭하게 담요를 걷어내고 재빨리 옷을 벗겼다. 그리고 어머니에게 밖으로 나가라고 명령했다. 내 체중을 재고 몸을 찔러보고 눌러보더니 기침을 해보라고 지시했다. 의사는 나를 병으로 쇠약해진 한 소녀가 아니라 물건처럼 다루었다.

다음에 기억하는 것은 낯선 방에서 깨었던 일이다. 방이라기보다 유리 감옥, 또는 어항에 가까웠다. 창문은 하나도 없고, 아무 소리도 들리지 않았다. 천장의 전등은 24시간 내내 켜져 있었다. 수주일 동안, 때때로 흰옷 입은 사람들이 들락거렸지만, 내게 미소를 짓는다든가 한마디 말이라도 걸어주는 사람은 없었다.

어항 안에는 또 하나의 침대가 있었다. 그곳에는 나보다 두 살 많은 어린 소녀가 누워 있었다. 몹시 연약하고 피부가 너무 창백하여 마치 속이 비쳐 보일 듯했다. 날개 없는 천사, 도자기로 만든 작은 천사를 연상시켰다. 더구나 그 아이를 찾아오는 사람은 없었다.

그 아이는 늘 꾸벅꾸벅 졸았기 때문에 서로 말할 기회는 없었다. 그래도 우리는 서로 편안하고 정말로 사이가 좋았다. 언제까지나 서로의 눈을 지그시 바라보며 보냈다. 그것이 우리의 대화였다. 둘은 한마디도 말하지 않았지만, 길고 깊고 의미 있는 대화를 나누었다. 그것은 단순한 상념의 교환이었다. 눈을 크게 뜨고 생각을 상대에게 보내는 것만으로 전달되었다. 아, 우리가 이야기할 것은 많았다.

내 증상이 급속히 호전되기 직전의 어느 날 꾸벅꾸벅 졸던 꿈에서 깨어나 보니 그 아이가 나를 가만히 응시하며 기다리고 있었다. 그때 우리는 굉장히 감동적이고 아름답고 의미 있는 대화를 나누었다. 작은 천사 친구는 오늘 밤 떠날 거라고 했다. 나는 몹시 걱정스러웠다.

"괜찮아." 그 아이가 말했다. "나를 기다리는 천사들이 있는걸."

그날 밤, 친구는 여느 때보다 침착성이 없었다. 내가 주의를 끌려고 해도 그 아이의 시선은 나를 지나 내 등 뒤를 응시하고 있었다. "넌 굳세어야 해." 그 아이는 말했다. "넌 나을 거야. 집에 돌아가 가족과 함께 지낼 거야." 나는 정말 기뻤지만, 이내 불안해졌다. "넌 어때?"

그 아이는 아빠도 엄마도 '저편'에 있다면서 걱정하지 말라고 안심시켰다. 우리는 서로 미소를 나누고 다시 졸음 속에 빠져들었다. 새로 생긴 친구가 떠나게 될 그 여행에 나는 조금의 두려움도 느껴지지 않았다. 친구도 두려워하지 않았다. 밤이 되면 해가 지고 달이 떠오르듯이 지극히 자연스러운 일처럼 생각되었다.

다음 날 아침, 친구의 침대가 비어 있었다. 의사도 간호사도 아이가 떠난 것을 말해주지 않았지만 나는 속으로 미소 지었다. 그 아이가 떠나기 전에 소중한 비밀을 털어놓은 것을 알고 있기 때문이었다. 의사와 간호사가 모르는 것을 나는 알고 있었다. 홀로 외롭게 죽음을 맞이했다고 생각되겠지만, 사실 그 작은 아이는 다른 세계의 사람들로부터 보살핌을 받았다. 그 아이가 더 좋은 세계로 옮겨갔다는 것도 알고 있었다.

그러나 나는 그 아이만큼 삶, 그리고 삶 이후의 삶에 대한 확신이 없었다. 주치의인 여의사는 몹시 밉기만 했다. 병문안 온 부모님을 밖에 세워두고 들어오지 못하게 하는 여의사가 원망스러웠다. 품에 꼭 안기고 싶었는데도 부모님은 유리 벽 밖에서 가만히 나를 바라볼 수 있을 뿐이었다. 엄마와 아빠의 목소리가 듣고 싶었다. 부모님의 따뜻한 살갗을 느끼고 오빠와 여동생들의 웃음소리를 듣고 싶었다. 대신 부모님은 얼굴을 유리에 갖다 댈 뿐이었다. 그리고 여동생들이 그린 그림을 펼쳐 보이고 웃으며 손을 흔들었다. 그것이 내가 병원에 있는 동안 병문안 온 사람에게 허용된 전부였다.

내 유일한 낙은 물집이 생긴 입술의 살갗을 떼어내는 것이었다. 그것이 미운 여의사를 화나게 했다. 여의사는 살갗을 벗기는 내 손을 사정없이 쳐냈고, 그만두지 않으면 두 팔을 꽁꽁 묶어 옴짝달싹 못하게 하겠다고 위협했다. 반항심과 그리고 심심하던 터라 나는 계속해서 살갗을 벗겨냈다. 그만두려 해도 그만둘 수가 없었다. 즐거움은 그것밖에 없었던 것이다. 어느 날 부모님이 다녀간 후, 그 비정한 여의사가 들어왔다가 내 입술에서 피가 나는 것을 보고 두 팔을 묶어놓았다. 그래서 더 이상 입술을 만질 수 없었다.

나는 손 대신에 이빨을 사용했고, 입술에서는 늘 피가 흘렀다. 여의사는 고집스럽고 제멋대로이고 반항적인 환자인 나를 싫어했다. 하지만 그것은 오해였다. 나는 아프고 외로움에 사무쳐 사람의 따스함을 갈망했던 것뿐이다. 나는 양팔과 다리를 서로 비벼대 사람의 피부에 닿는 편안한 느낌을 탐했다. 그것은 누가 보아도 병든 아이가 받을 처우는 아니었다. 나보다 중한 병에 걸린 아이들의 병세가 악화되는 것도 당연했다.

어느 날 아침, 몇 명의 의사가 내 침대 주변에 모여 수혈의 필요성에 대해 작은 목소리로 뭔가 이야기했다. 다음 날 이른 아침, 삭막한 병실로 아버지가 들어왔는데, 정말로 우람하고 믿음직스럽게 보였다. 아버지는 단호한 말투로 당신의 '건강한 집시 피'를 내게 주겠다고 말했다. 방안이 갑자기 환해졌다. 아버지와 나는 나란히 침대에 누웠고, 둘의 팔이 튜브로 연결되었다. 수동으로 회전하는 흡인 순환기가 마치 커피 메이커처럼 보였다. 아버지와 나는 선홍색 튜브를 바라보았다. 크랭크가 회전할 때마다 아버지 팔에서 피가 빨아올려져 내 팔로 들어왔다.

"이제 괜찮아질 거야." 아버지가 격려하듯이 말했다. "곧 집에 갈 수 있어."

물론 그 말을 모두 믿었다. 그러나 수혈이 끝나자 나는 낙담했다. 아버지가 방을 나가고 다시 혼자가 되었기 때문이다. 하지만 며칠 후 열이 내리고 기침이 멎었다. 어느 날 아침 다시 아버지가 모습을 드러냈다. 그리고 침대에서 일어나 복도를 걸어 작은 탈의실까지 가도록 명령했다. 아버지는 "선물이 너를 기다리고 있단다."라고 말했다.

일어설 수 있을지조차 자신이 없었지만 하늘이라도 오르는 기분에 탈의실로 향했다. 나를 놀래주려고 어머니와 여동생들이 기다리고 있을 거야. 하지만 탈의실에는 아무도 없었다. 작은 가죽 슈트케이스가 덩그마니 놓여 있을 뿐이었다. 아버지가 얼굴을 들이밀고 가방을 열어 빨리 옷을 갈아입으라고 했다. 힘이 없어 쓰러질까 걱정되었고, 가방을 열 힘도 없었다. 그러나 아버지 말씀을 거스르고 싶지 않았고 아버지와 함께 집에 돌아갈 기회를 놓치고 싶지 않았다.

있는 힘을 다해 슈트케이스를 열었다. 생각지도 않은 것이 들어 있었다. 가방 안에는 어머니의 솜씨가 분명한 깨끗하게 개켜놓은 내 옷이 있고, 그 위에 마치 공중에 떠 있는 듯이 까만 인형이 놓여 있던 것이다. 몇 달 동안이나 꿈에서 보았던 바로 그 까만 인형이었다. 나는 인형을 꺼내 안고 봇물 터지듯 울기 시작했다.

그때까지 나만의 인형을 가져본 적이 없었다. 장난감이건 옷이건 동생들과 공유하지 않은 것은 아무것도 없었다. 그러나 그 까만 인형은 틀림없이 내 것이었고, 나만의 것이었다. 누구의 눈에도 에바나 에리카의 하얀 인형과는 구별되었다. 나는 너무 기뻐 다리에 힘이 있다면 춤이라도 추고 싶을 정도였다.

집에 돌아오자 아버지는 나를 안아 2층의 침대에 눕혀주었다. 그로부터 몇 주간은 고작 발코니의 안락의자까지 밖에 걷지 못했다. 소중한 까만 인형을 가슴에 안고, 그곳에서 몸을 쉬며 따뜻한 햇볕을 쬐면서 여동생들이 놀고 있는 안뜰의 나무와 꽃들을 찬탄의 눈으로 바라보았다. 함께 놀 수는 없었지만 집에 있는 것만으로 한없이 기뻤다.

슬프게도 이미 새 학기는 시작되었다. 어느 쾌청한 날, 무척 좋아하는 담임선생님 부르클리 부인이 반 아이들 전부를 데리고 병문안을 왔다. 발코니 아래에 모두 모여 내가 좋아하는 세레나데를 불러주었다. 돌아가기 전에 선생님은 맛있는 초콜릿 트뤼플로 가득한 귀여운 까만 곰 인형을 건네주었다. 나는 그것을 단숨에 먹어버렸다.

천천히, 하지만 확실히 나는 건강을 되찾았다. 나중에 자신도 백의를 입은 의사의 일원이 되고, 더 많은 시간이 지나 알았던 일이지만, 그 '치유'는 오로지 세계에서 가장 강력한 약 덕분이었다. 바로 가족의 보살핌, 위안, 사랑……, 그리고 초콜릿!

사랑스러운 토끼 블래키

아버지는 가족사를 사진에 담는 것을 좋아했고, 앨범에 꼼꼼하게 정리했다. 또 아이들의 자세한 성장 기록도 적곤 하셨다. 처음으로 말을 했다든가, 기었다, 걸었다, 뭔가 재미있는 말이나 재치 있는 말을 했다 등, 그 기록들은 읽을 때마다 웃음 짓게 했다. 지금은 대부분 사라져버렸지만 고맙게도 내 기억 속에서는 모두 남아 있다.

1년 중 가장 신나는 때는 크리스마스였다. 스위스에는 크리스마스 때면 아이들이 정성을 다해 선물을 만들어 가족과 가까운 친척들에게 주는 풍습이 있다. 그때가 다가오면 우리는 일렬로 나란히 앉아 털실로 양복 걸이 커버를 뜨고, 손수건에 아름다운 수를 놓고, 식탁보와 냅킨을 새로 꿰매는 방법을 생각했다. 학교의 공작실에서 만든 구두닦이 함을 가져온 오빠를 존경의 눈길로 우러러본 일도 있었다.

어머니는 요리 솜씨가 최고였지만, 특히 크리스마스 때의 특별한 메뉴에 자부심을 가졌다. 요리에 쓰일 고기와 야채를 구하는 게 매우

우리가 지구에 보내져 수업을 다 마치고 나면 몸은 벗어 버려도 좋아. 우리의 몸은 나비가 되어
날아오를 누에처럼 아름다운 영혼을 감싸고 있는 허물이란다. 때가 되면 우리는 몸을 놓아버리
고 영혼을 해방시켜 걱정과 두려움과 고통에서 벗어나 신의 정원으로 돌아간단다. 아름다운 한
마리의 자유로운 나비처럼 말이다.

— 암에 걸린 아이에게 보낸 편지 중에서

까다로웠는데, 마을 건너 가게에 있는 최고의 물건을 손에 넣기 위해서라면 몇 마일이나 걷는 수고도 마다하지 않았다.

우리의 눈에는 검약가로 보인 아버지도 크리스마스에는 언제나 싱싱한 아네모네, 미나리아재비, 데이지, 미모사 꽃들로 만든 커다란 꽃다발을 사 왔다. 지금도 눈을 감으면 12월의 그 꽃향기를 맡을 수 있다. 또한 대추야자와 말린 무화과 열매 등 그리스도 강림절의 신성함을 더해주는 이국적인 건과를 상자 가득 가져왔다. 어머니는 모든 꽃병에 꽃과 전나무 가지를 꽂아 온 집안을 아름답게 꾸며놓았다. 집안에는 기대와 흥분의 기운이 가득 찼다.

12월 25일이 되면, 아버지는 아이들을 밖으로 데려가 아기 예수를 찾아 돌아다녔다. 아버지는 뛰어난 이야기꾼이었는데, 흰 눈의 반짝이는 빛은 아기 예수가 바로 앞에 있다는 표시라는 말을 우리는 정말로 믿었다. 숲과 언덕을 돌아다니는 동안 우리는 아버지의 이야기에 전혀 의심을 품지 않았다. 우리 눈으로 직접 아기 예수를 볼 수 있다는 기대에 부풀어 있었다. 그런 하이킹은 해가 질 때까지 몇 시간이나 계속되었다. 날이 저물면 아버지는 아쉬운 듯 한숨을 쉬고 어머니가 걱정하니까 집으로 돌아가자고 말했다.

막 안뜰에 들어서면서 두꺼운 외투를 껴입은 어머니와 마주쳤다. 다른 물건을 사러 나갔다 돌아오는 길이었다. 그리하여 가족 모두 어깨를 나란히 하고 걸어 집안에 들어서면 아기 예수가 금방까지 거실에 있었다는 것을 눈치 채고 가슴이 울렁거렸다. 아름답게 장식된 커다란 크리스마스트리의 모든 초에 불을 붙인 것은 예수라고 믿었다. 트리 아래에는 선물 꾸러미들이 나란히 놓여 있었다. 환한 촛불 앞에 둘러앉아 우리는 아름다운 성찬을 즐겼다.

식사가 끝나면 음악실과 서재를 겸한 거실로 옮겨 모두 좋아하는 크리스마스 노래를 불렀다. 에바가 피아노를 치고 오빠가 아코디언으로 반주했다. 아버지의 박력 있는 테너 목소리에 맞추어 모두 합창했다. 합창 후에는 아버지의 낭독 시간이 이어졌다. 우리 아이들은 아버지의 발치에 모여앉아 크리스마스 이야기에 넋을 잃고 귀를 기울였다. 어머니가 트리의 초에 다시 불을 붙이고 후식을 준비하는 사이, 우리는 트리 옆에 슬며시 다가가 선물 꾸러미 속에 뭐가 있을까 알아맞히려고 애썼다. 후식을 먹고 나면 이윽고 선물을 열었고, 잠자리에 들 때까지 게임을 하며 놀았다.

평일에 아버지는 아침 일찍 집을 나서 취리히 행 기차를 탔다. 점심시간에는 집으로 왔다가 다시 서둘러 역으로 갔다. 어머니는 침상정리와 집안 청소를 할 겨를도 없이 점심 준비를 시작했다. 점심은 대개 네 가지 음식과 그날의 메인 요리였다. 가족 전원이 식탁에 둘러앉았고, 아이들이 쓸데없는 소리를 내지 않는지 음식을 남기지 않는지, 엄격한 아버지의 '매의 눈'이 항상 빛나고 있었다. 아버지가 식사 중에 언성을 높이는 적은 거의 없었지만 때로는 번개가 떨어졌고, 우리는 몸을 움츠려 아버지의 지시를 따랐다. 그래도 지시에 따르지 않을 때는 서재로 불려가 벌을 받았다.

아버지가 에바나 에리카에게 화를 낸 장면은 기억에 없다. 에리카는 늘 착하고 얌전했다. 에바는 어머니의 마음에 드는 아이였다. 그래서 꾸지람을 받는 것은 대개 오빠 에른스트와 나였다. 아버지는 우리를 애칭으로 불렀다. 에리카는 '눈꺼풀'. 위아래 눈썹의 가까움만큼이나 아버지와 에리카의 친밀감을 담은 애칭이었지만, 언제나 반쯤 꿈꾸는 듯 또는 잠자는 듯 눈이 거의 감긴 표정 탓이기도 했다. 나는 언제나 이리저리 뛰어다닌다고 하여 '참새'라고 불렸다가 나중에는 '생쥐'라고 불리게 되었다. 한시도 얌전히 앉아 있는 법이 없기 때문이었다. 에바는 '사자'라고 불렸다. 탐스럽고 풍성한 머리칼과 왕성한 식욕 때문이었다. 에른스트만 원래의 이름으로 불렸다.

아이들이 학교에서 돌아온 한참 후에 아버지도 일터에서 돌아와 저녁 식사를 끝내고 밤의 장막이 내리면 모두 음악실에 모여 노래를 불렀다. 취리히 스키 클럽에서도 알아주는 아마추어 가수였던 아버지 덕분에 우리는 수백 곡이나 되는 민요와 가곡을 배웠다. 차츰 에리카와 내게는 음악적인 재능이 없다는 것이 분명해졌다. 곡조가 맞지 않는 음으로 아름다운 합창을 망치기 일쑤였다. 아버지는 우리 둘에게 부엌일을 하도록 명령했다. 에리카와 나는 거의 매일같이 그릇을 씻으면서 다른 가족이 합창하는 동안 우리끼리 노래를 불렀다. 그래도 불만은 없었다. 설거지가 끝난 후에도 음악실로 가지 않고 조리대 위에 앉아 둘만의 노래를 계속하거나 가족에게 〈아베마리아〉〈테 리드〉〈올웨이스〉 같은 좋아하는 노래를 신청했다. 가장 즐거운 시간이었다.

세 자매는 잠자리에 들 때에도 다음 날에 입을 똑같은 옷을 똑같은 의자에 놓고 똑같은 침대에 똑같은 시트를 덮고 잤다. 인형에서 책에 이르기까지 모든 것이 똑같았다. 나는 그것이 화가 났다. 세 자매가 화장실에 갈 때는 불쌍한 오빠가 파수꾼 노릇을 했다. 다른 두 자매가 볼일을 끝내기도 전에 내가 달아나지 않도록 감시하는 것이 오빠의 일이었다. 화장실까지 함께 가야 한다는 것에 분노를 느꼈고, 족쇄를 찬 듯한 기분이었다. 그런 일 모두가 나의 정체성을 알고자 하는 욕구를 촉진시켰다.

학교에서는 여동생들과 다른 '나'다움을 발휘할 수 있었다. 성적이 좋았고, 특히 산수와 어학에서는 누구에게도 지지 않았다. 약한 아이와 장애아를 짓궂은 아이들로부터 보호하는 것이 내 역할이었다. 약한 아이를 괴롭히는 사내아이들의 등을 주먹으로 패주는 일이 종종 있었다. 어머니는 험담을 좋아하는 정육점 아들로부터 "걘 오늘도 늦을 거예요. 또 남자 애들을 때리고 있거든요."라는 고자질을 듣는 것에 익숙해졌다. 부모님은 그런 일에 대해 결코 꾸짖지 않았다. 내가 스스로 몸을 지킬 수 없는 아이들의 방패가 되어주고 있다는 사실을 알고 있었던 것이다.

두 자매와 달리 나는 동물을 유달리 좋아했다. 유치원을 졸업할 무렵, 우리 가족과 가깝게 지낸 한 분이 아프리카에서 돌아왔을 때 내게 새끼 원숭이를 선물했다. 나는 그 원숭이에게 '치키토'라 이름 붙였다. 우리는 곧 각별한 친구가 되었다. 또한 나는 여러 가지 동물의 수집에도 열중했다. 지하실에 소꿉장난 병원을 만들어 상처 입은 새와 개구리, 뱀 등을 상대로 의사 놀이를 했다. 한번은 상처 입은 까마귀를 다시 날 수 있을 때까지 돌봐주었다. 동물은 믿어도 좋은 상대를 본능적으로 알고 있는 것만 같았다.

채소밭에 만든 작은 우리에서 기른 열 마리 남짓의 토끼들도 분명 그랬다. 토끼장을 청소하고 빼먹지 않고 먹이를 주고 함께 놀아주는 일은 주로 내가 도맡아 했다. 몇 개월에 한 번씩 어머니가 토끼 고기 스튜를 식탁에 올리곤 했지만, 나는 토끼가 스튜가 되리라고는 생각지도 못했다. 내가 알아차린 것은 가족의 누군가가 다가가면 그렇지 않은데 내가 다가가면 토끼들이 문에 몰려와 반겨준다는 점이었다. 편애한다는 것을 알고 나는 더욱 토끼들을 귀여워하게 되었다. 적어도 토끼만은 여동생들과 나의 차이를 알고 있었던 것이다.

토끼가 번식하기 시작하자 아버지는 필요한 최소한의 숫자로 줄이기로 결정했다. 나는 그 이유를 이해할 수 없었다. 우리 집 정원과 들판에 널려 있는 민들레와 잡초를 먹였기 때문에 사료 값이 드는 것도 아니었다. 그러나 아버지에게는 아버지식의 절약 정신이 있었다. 어느 날 아침, 아버지가 어머니에게 토끼 고기 로스를 만들라고 했다. 그리고 내가 불려가 "토끼 한 마리를 잡아 학교 가는 길에 정육점에 갖다 줘라. 그리고 엄마가 저녁거리로 요리할 수 있도록 점심시간에 가져오렴."하고 명령을 받았다.

나는 아버지의 말에 어안이 벙벙하면서도 묵묵히 명령에 따랐다. 그날 밤은 가족이 '나의' 토끼를 먹는 것을 지켜보았다. "조금 먹어보렴." "한 다리 먹어보렴."이라고 아버지가 권했을 때에는 목이 콱 막혔다. "이건 아마 다리일 거야."하고 재차 권했다. 나는 완강히 거부했지만, 나중에 아버지의 서재로 '초대'되는 일은 없었다.

여러 달에 걸쳐 똑같은 드라마가 반복되어 드디어 내가 가장 좋아하는 토끼인 '블래키'만이 남았다. 블래키는 커다란 수토끼로, 통통하고 까만 털이 푹신푹신했다. 나는 블래키를 늘 안고 귀여워했고, 어떤 비밀도 다 털어놓았다. 블래키는 이야기를 잘 들어주는 훌륭한 정신과 의사였다. 이 세상에서 오직 하나, 무조건적으로 나를 사랑해주는 생명체라고 확신했다.

그러나 두려워하던 날이 다가왔다. 아침 식사가 끝나자 아버지는 블래키를 정육점에 갖다 주라고 명령했다. 나는 떨면서 정신없이 밖으로 나왔다. 블래키를 안아 올리며 아버지에게 명령받은 일을 고백했다. 블래키는 내 눈을 응시했다. 복숭아빛 코가 실룩실룩 움직이고 있었다.

"난 못해." 나는 그렇게 말하고 블래키를 바닥에 내려놓았다. "도망쳐." 하고 간청했다. "빨리." 토끼는 꼼짝도 하지 않았다.

결국 시간이 늦어버렸다. 수업이 막 시작될 시간이었다. 나는 블래키를 안아들고 정육점으로 달렸다. 눈물이 두 볼을 타고 줄줄 흘렀다. 불쌍한 블래키는 두려운 운명이 기다린다는 것을 감지하고 있었다. 나는 그것을 알았다. 정육점에 건네줄 때 블래키의 심장이 내 심장과 마찬가지로 빠르게 뛰고 있었다. 나는 작별 인사도 없이 학교로 달렸다.

그날은 내내 블래키만 생각했다. 이미 죽었을까? 내가 사랑하고 있다는 것을, 평생 잊지 못하리라는 것을 알고 있을까? 작별 인사를 하지 못한 것이 몹시 안타까웠다. 그날 내가 했던 행동과 자문했던 물음 모두가 미래의 내 일에 씨앗이 되었다. 나는 자신의 행동을 증오하고 아버지를 원망했다.

학교가 파하자 나는 느릿느릿 걸어 마을로 들어섰다. 정육점 주인아저씨가 벌써 문간에서 기다리고 있었다. 블래키의 고기가 든 꾸러미를 건네주면서 정육점 주인아저씨는 말했다.

"그나저나 이 토끼를 지금 데려온 건 안됐구나. 하루나 이틀 후면 새끼를 낳았을 텐데."(나는 블래키가 수컷이라고만 생각하고 있었다.) 블래키의 죽음 이상의 슬픔은 없다고 생각했는데도 더 극심한 슬픔이 덮쳐왔다. 나는 아직 따뜻한 블래키의 꾸러미를 카운터에 놓은 채 도망쳤다. 나중에 저녁식사 식탁에 앉아 가족이 블래키를 먹는 것을 지켜보았다. 나는 울지 않았다. 내게 얼마나 큰 상처를 주었는지를 부모님에게 알리고 싶지 않았다.

아무리 봐도 부모님이 나를 사랑하고 있다는 생각이 들지 않았다. 나는 강해지는 것을 배울 필요가 있었다. 누구보다도 강해지는 것을. 아버지가 어머니의 요리 솜씨를 칭찬하는 말을 들으면서 나는 스스로에게 이런 말을 들려주었다.

"이 슬픔을 견딜 수 있다면 어떤 힘든 일이라도 견뎌낼 수 있을 거야."

내가 열 살 때 우리 가족은 더 큰 집으로 이사했다. '빅 하우스'라고 부르던 그 집은 예전의 집보다 언덕 위쪽에 있었다. 침실은 여섯 개나 있었지만, 우리 세 자매는 변함없이 한 방에서 자야 했다. 그 즈음 내가 편안히 쉴 수 있는 공간은 문밖뿐이었다. 그 집에는 훌륭한 정원이 있었다. 2에이커 넓이의 잔디밭과 화단과 채소밭이 있었고, 덕분에 나는 화초를 기르는 즐거움을 맛보게 되었다. 가까이에는 그림책에 나올 듯한 아름다운 농원과 포도원이 흩어져 있고, 그 머나먼 너머에는 꼭대기가 눈으로 덮인 뾰족한 산맥이 늘어서 있었다.

나는 상처 입은 새, 고양이, 뱀, 개구리 등의 동물을 찾아 숲을 누볐다. 상처 입은 동물을 발견하면 우리 집 지하실의 멋진 연구실로 데려왔다. 자랑스러운 나만의 '병원'이었다. 행운의 여신에게 버림받은 동물은 버드나무 아래의 공동묘지에 묻어주고 거기에 꽃을 심어주었다. 부모님은 자연에서 일어나는 삶과 죽음이라는 현상에서 나를 떼어놓지 않았다. 그래서인지 나는 삶과 죽음에 대한 반응이 사람에 따라 다르다는 것을 일찍부터 느꼈다.

초등학교 3학년 때, 수지라는 아이가 우리 반에 전학왔다. 수지의 아버지는 젊은 의사로 이제 막 마일렌에 이사 왔다. 작은 마을에서 새로 병원을 개업하는 일은 쉽지 않았고, 환자 유치에도 어려움을 겪고 있었다. 그러나 수지와 여동생이 매력적인 소녀라는 사실은 누구나 인정했다.

몇 달이 지나 수지가 학교를 나오지 않았다. 곧 수지가 중병에 걸렸다는 소문이 떠돌았다. 마을 사람들은 딸의 병도 고치지 못하는 아버지를 비난했다. 돌팔이 의사가 틀림없다고 일방적으로 단정했다. 그러나 세계 최고의 의사라도 수지의 병은 고칠 수 없었다. 곧 알게 되었지만 수지는 뇌막염에 걸려 있었다.

수지가 점점 쇠약해간다는 사실은 학교 아이들을 포함하여 마을의 모든 사람이 알고 있었다. 수지는 처음에 몸이 마비되었고, 다음에 귀가 들리지 않게 되고 이어 시력을 잃었다. 작은 도시나 마을의 주민이 대개 그렇듯이, 마일렌 마을 사람들도 수지의 가족을 동정하면서도 무서운 병이 전염될까 봐 두려워했다. 따뜻한 도움의 손길이 필요한 때에 수지 가족은 따돌림을 당하고 의지할 곳 없는 상황이 되었다.

나는 수지 가족과 교류를 끊지 않은 동급생의 하나였지만, 아무것도 도울 수 없다는 사실에 무척 상심했다. 수지의 여동생에게 짧은 편지와 그림, 들꽃을 들려주며 말했다.

"수지에게 모두가 걱정하고 있다고 전해줘. 정말 보고 싶다고도."

지금도 잊히지 않는 것은 수지가 죽었을 때 침실의 커튼이 굳게 닫혀 있던 모습이다. 햇빛으로부터도 새와 나무들로부터도 자연의 아름다운 소리와 경치로부터도 모두 격리된 채 죽어갔다는 것에 슬픔이 사무쳤다. 너무나 부당한 처사라고 생각되었다. 그러나 친구의 죽음을 슬퍼하는 마음을 표현하지는 않았다. 마일렌의 주민 대부분이 병의 원천이 없어졌다는 것에 안도하고 있다는 사실을 알았기 때문이다. 수지의 가족은 결국 마일렌을 떠났다.

부모님 친구의 죽음은 그보다 훨씬 좋은 인상을 남겼다. 그 사람은 50대의 농부였다. 몇 해 전에 어머니와 함께, 폐렴에 걸린 나를 차에 태우고 취리히 병원까지 전속력으로 달렸던 사람이다. 그 과수원 주인아저씨는 사과나무에서 떨어지는 바람에 목뼈가 부러진 것이 원인이었지만 즉사하지는 않았다.

병원에서 의사로부터 손쓸 방도가 없다는 말을 듣자 그는 자기 집에서 죽음을 맞이하겠다고 했다. 가족과 친척과 친구들과 작별을 고할 시간은 충분했다. 우리가 달려갔을 때에는 가족과 아이들에게 둘러싸여 있었다. 방은 많은 들꽃으로 넘쳤고, 침상은 그 사람이 창문으로 들판과 과수원을 바라볼 수 있는 곳에 놓여 있었다. 과수원은 문자 그대로 그의 노동의 결실이고, 그가 살아온 증거였다. 내 눈에 비친 존엄과 사랑과 평안은 평생 잊을 수 없는 인상을 남겼다.

다음 날 과수원 주인아저씨는 죽었다. 그날 오후에 조문하러 찾아가 아저씨의 시신을 보았다. 나는 찾아가기를 무척 꺼려했는데, 생명이 없는 몸을 도저히 볼 엄두가 나지 않았기 때문이었다. 겨우 24시간 전만 해도 그 사람은 자신의 아이들과 같은 학교에 다니는 나의 이름을 불러주었다. 고통스러워하면서 그러나 따뜻하게 '베틀리'(엘리자베스의 약칭)라는 애칭으로 불러주었다. 시신을 바라보고 있던 나는 그 사람이 이제 그곳에 없다는 것을 알아차렸다. 그 사람에게 생명을 준 힘과 에너지의 본체가 무엇이든, 우리가 애도하는 것이 무엇이든 그것은 이미 사라졌다.

마음속으로 과수원 주인아저씨의 죽음과 수지의 죽음을 비교해보았다. 중병이었다고는 하지만 수지는 따뜻한 햇살조차 비치지 않는 두꺼운 커튼으로 닫힌 어두운 방에서 마지막 순간을 맞이했다. 농부는 지금의 내가 '좋은 죽음'이라고 부르는 죽음을 맞이했다. 자기 집에서 사랑에 휩싸여 존경과 존엄을 받으며 숨을 거두었다. 가족은 하고 싶은 말을 모두 전했고, '미련과 후회 없는 슬픔'에 잠겼다. 이러한 경험들을 통해 나는 죽음이 반드시 원하는 대로 되지 않는다는 것을 알았다. 그렇지만 어느 정도의 선택이 가능하다는 생각도 들었다.

믿음, 희망, 사랑

학교에서 나는 제 세상을 만난 듯 빛을 발했다. 수학을 비롯한 모든 수업이 무척 재미있어 학교에 가기를 좋아하는 희한한 아이가 되었다. 다만 매주 의무적으로 정해진 종교 시간은 너무 싫었다. 어릴 때부터 영적인 것에 끌린 나로서는 몹시 애석한 일이었다. 마을의 프로테스탄트 교회 R목사가 일요일마다 성서를 가르쳤다. 공포와 죄의식을 강조하는 가르침으로, 목사가 설교하는 신에게는 아무래도 공감할 수 없었다.

R목사는 냉혹하고 야비하고 단순한 남자였다. 아버지가 실제로는 얼마나 그리스도의 가르침에 어긋나는지를 알고 있는 목사의 다섯 아이는 늘 온몸에 시퍼런 멍이 들고 배를 주린 채 학교에 왔다. 그 불쌍한 다섯 아이는 모두 여위어 몸이 훌쭉했고 늘 피곤해 보였다. 우리는 그 아이들에게 몰래 샌드위치를 건네고, 딱딱한 나무 의자에 앉아도 아프지 않도록 엉덩이 밑에 스웨터와 방석을 넣어주었다. 마침내 목사 가족의 비밀이 학교에 퍼지기 시작했다. 그 목사는 매일 아

43

침 손에 닥치는 대로 아무거나 집어 들어 자식들을 마구 때린다는 것이었다.

어른들은 목사의 심한 학대 사실도 알지 못한 채 그 유창하고 극적인 설교에 감탄했지만, 그의 독재적인 교습 방식과 가혹한 벌에 시달리던 우리들은 진실을 알고 있었다. 수업 중에 한숨을 쉰다든지 고개를 약간만 돌려도 나뭇잣대로 팔이나 머리나 귀를, 또는 더 위험한 곳을 무섭게 때렸다.

여동생 에바가 시편을 암송하라고 명령받은 날, 나는 그 목사와 종교 전체를 멀리하게 되었다. 우리는 지난주부터 시편을 암기했다. 에바도 완벽하게 암기하고 있었다. 하지만 에바가 시편 암송을 끝내기 직전에 옆에 앉은 짝이 기침을 했다. R목사는 그 아이가 에바에게 시편을 귀엣말로 알려주었다고 생각했다. 물어 알아보지도 않고 목사는 두 아이의 땋은 머리를 움켜잡고 머리통을 세게 맞찧었다. 머리 부딪치는 둔탁한 소리가 교실 안의 모든 아이를 몸서리치게 했다.

해도 너무 했다. 나는 더 이상 참지 못하고 폭발해버렸다. 손에 들고 있던 시편집을 목사의 얼굴을 향해 내던졌다. 책은 목사의 입에 명중했다. 목사는 놀라 나를 똑바로 쳐다보았다. 너무 분개한 나머지 겁도 나지 않았다. 나는 큰 목소리로 목사의 언행 불일치를 공격했다.

"당신은 목사가 아니에요! 보살피는 마음도 동정심도 이해심도 사랑도 아무것도 없어요!"

나는 악을 썼다. "당신이 가르치는 종교 따위는 믿고 싶지도 않아요!" 그러고는 학교를 뛰쳐나오며 두 번 다시 오지 않겠다고 맹세했다.

집으로 가는 중에 나는 어떻게 할 바를 몰랐고 겁이 났다. 내 행동이 옳았다고 생각했지만 다음 일이 두려웠다. 학교에서 쫓겨나는 내 모습을 상상했다. 하지만 그것보다 문제는 아버지였다. 어떤 벌이 내릴 것인지 생각조차 하기 싫었다. 그때 갑자기 아버지도 R목사를 별로 좋아하지 않는다는 사실이 생각났다. R목사는 얼마 전에 우리 집 가까이에 사는 어느 가족을 마을의 가장 모범적인 그리스도 신도 가정으로 선정했다. 그 집에서는 매일 밤 시끄럽게 부부 싸움을 하고 아이들을 때리는 소리가 들려왔다. 그러나 일요일이 되면 그 가족은 교회의 맨 앞줄에 앉아 기도를 드렸다. 아버지는 R목사의 눈이 멀었다고 했다.

집 가까이에 와서 포도밭 옆에 서 있는 큰 나무의 그늘 아래서 쉬었다. 들판, 나무숲, 새, 햇볕. 어머니 같은 자연이 불러일으키는 신성과 외경에 관해서는 의심하는 마음이 조금도 일어나지 않았다. 자연만큼 아름답고 관대한 것은 어디에도 없다. 자연은 용서이다. 그것은 귀찮은 일로부터의 나의 도피처, 어른들의 거짓 세계와 떨어진 나의 안식처였다. 그곳에서라면 진정으로 신의 손과 연결될 수 있다.

아버지는 이해해 줄 것이다. 산속에서 우리를 이끌고 기나긴 하이킹을 하면서 한없이 관대하고 장대한 자연에 대한 외경심을 가르쳐 준 것은 아버지였다. 우리는 습지와 초원을 탐험하고, 살을 에는 듯한 차가운 개울에서 헤엄을 치고 길을 열어가며 울창한 숲을 걸었다. 봄에는 잔설을 밟으며 위험한 탐험을 하는 하이킹을 같이 하기도 했다. 우리는 바위틈에 숨은 에델바이스나 귀한 고산 식물에 대한 아버지의 열정에 사로잡혔다. 최고봉에서 일몰의 아름다움을 감상하기도 했다. 또한 알프스의 위험도 경험했다. 나는 빙하의 깊은 크레바스에 떨어져 죽을 뻔한 적도 있었다. 그때 구명 자일을 착용하고 있지 않았다면 구조되지 못했을 것이다. 우리가 걸었던 모든 산길은 영원히 우리의 영혼에 새겨졌다.

집이 보이는 곳까지 왔다. 나와 R목사와의 충돌 소식은 이미 부모님의 귀에 들어갔을 것이 틀림없었다. 나는 집 뒤의 덤불에 있는 나만의 비밀 장소로 기어 올라갔다. 세상에서 가장 신성하다고 생각하는 장소였다. 미개간지 한가운데에 위치하여 나 말고는 아무도 와보지 않은 울창한 덤불 속에 있는 커다란 바위이다. 높이가 1.5미터 정도인 그 바위는 이끼와 지의류로 덮여 있고 도마뱀과 벌레들이 기어다녔다. 자연과 하나가 될 수 있는 그 장소에 있으면 누구도 나를 찾을 수 없었다.

나는 바위 꼭대기까지 올라갔다. 주위의 나무숲을 뚫고 쏟아져 내리는 햇살이 교회의 스테인드글라스 창처럼 보였다. 나는 인디언처럼 하늘을 향해 두 팔을 내밀고 모든 생명을 주신 신에게 내 방식의 감사 기도를 드렸다. R목사의 수업에서는 결코 느끼지 못한 전능자를 가까이에서 느꼈다.

현실 세계에는 나와 신과의 관계가 문제를 일으키고 있었다. 집에 돌아와도 부모님은 R목사와의 사건에 대해 한마디도 묻지 않았다. 나는 그 침묵을 지지의 뜻으로 생각했다. 그러나 사흘 후에 교육위원회가 내 문제를 토의하기 위해 긴급회의를 열었다. 실제로는 어떻게 나를 처벌할 것인지 논의하는 회의였다. 내가 잘못했다는 것을 의심하는 위원은 없었다.

다행히도 내가 좋아하던 베그만 선생님이 내게도 해명의 기회를 주자고 제안했고, 그것이 받아들여졌다. 나는 주뼛주뼛하며 방으로 들어갔지만, 상황을 설명할 때는 R목사의 눈을 똑바로 쳐다보며 말했다. 목사는 고개를 숙이고 양손을 모으고 경건한 신앙인인 체하고 있었다. 해명이 끝나자 집으로 돌아가 기다리라는 말을 들었다.

그로부터 며칠간은 시간이 아주 느리게 지나갔다. 이윽고 어느 날 저녁, 저녁 식사가 끝났을 즈음 베그만 선생님이 우리 집에 왔다. 선생님은 부모님에게, 나를 R목사의 수업에서 정식으로 면제시켰다고 전했다. 가족 모두가 기뻐했다. 그 가벼운 처분은 내 행위가 부적절하지 않았다는 것을 암시하고 있었다. 베그만 선생님은 내 생각을 물었다. 공평한 판단이라고 생각한다고 나는 대답했다. 하지만 그것을 받아들이기 전에 한 가지 조건이 있다고 덧붙였다. 에바도 R목사 수업에서 면제시켜주었으면 좋겠다고 했다. "좋아."라고 베그만 선생님은 말했다.

내게 있어 자연만큼 신성하고 또는 뭔가 위대한 힘에 대한 믿음을 고취하는 것은 어디에도 없었다. 내 유소년기의 절정은 틀림없이 암덴에 있는 작은 산장에서 지낸 날들이었다. 최고의 가이드인 아버지는 주위의 꽃과 나무에 대해 모든 것을 가르쳐주었다. 겨울에는 그곳에서 스키를 탔다. 매년 여름이 되면 아버지는 우리를 2주간의 힘든 하이킹으로 이끌어 엄격한 규율을 통해 스파르타식 생활 방식을 가르쳤다. 또 숲과 습원과 초원, 삼림 속을 흐르는 계류를 탐험하도록 했다.

하지만 자매 에리카는 자연에 대한 흥미를 잃기 시작해, 우리를 걱정시켰다. 열두 살을 넘으면서 에리카는 더욱더 하이킹을 싫어하게 되었다. 학교의 연례행사의 하나인 사흘간의 하이킹은 몇 사람의 학부형과 선생님이 동반하여 안전했지만, 에리카는 참가를 완강하게 거부했다. 이것은 뭔가 심각한 문제가 일어났다는 경고가 틀림없었다. 도시락도 간식도 없이 걸은 아버지와의 기나긴 산행으로 단련된 우리들이 보면 그것은 놀러가는 것에 지나지 않는 하이킹이었다. 에바도 나도 에리카의 거부를 이해할 수 없었다. 어떤 응석도 용납하지 않는 아버지는 규칙을 내세워 강제로 에리카를 하이킹에 보냈다.

그것은 잘못이었다. 에리카는 떠나기 전에 벌써 다리와 엉덩이에 심한 통증을 호소했다. 하이킹 첫날에 상태가 심하게 나빠졌다. 선생님과 학부형 한 명이 에리카를 마일렌의 집으로 다시 데려왔고 그 길로 병원에 입원했다. 그것이 몇 년간이나 계속된 의사와 병원에 의한 학대의 시작이었다. 한 쪽 다리가 마비되고 다른 쪽 다리도 질질 끌며 걷는데도 원인을 진단할 수 있는 사람은 아무도 없었다. 에바와 내가 학교에서 돌아오면 통증이 심해 침실에서 울부짖는 소리가 종종 들렸다. 우리는 집안에서 발끝으로 살금살금 걸었고, 불쌍한 에리카를 생각하며 묵묵히 고개를 내저을 수밖에 없었다.

병명이 분명하지 않았기 때문에 히스테리를 부리는 것이거나 싫어하는 스포츠와 신체 활동을 피하고 싶은 마음에 꾀병을 부리는 것은 아닐까 하고 생각하는 사람도 많았다. 몇 년 후, 우리를 받아낸 노산부인과 의사가 집요하게 병인을 찾았다. 드디어 에리카의 좌골에서 공동을 발견했다. 지금 생각해보면, 에리카는 회색질 척수염에 골수염이 병발했던 것이다. 당시에는 진단이 어려운 병이었다. 한 정형외과 병원에서는 에리카에게 통증을 참고 장시간 계단을 오르내리는 훈련을 강요했다. 격렬한 운동을 시키면 에리카가 꾀병을 그만둘 거라고 의사들은 생각했던 것이다.

나는 에리카가 받는 부당한 대우에 초조했다. 고맙게도 진단이 내려지고 적절한 치료를 받자 에리카는 취리히의 학교에 다니고, 통증 없이 건강한 생활을 보낼 수 있게 되었다. 하지만 나는 늘 유능하고 사려 깊은 의사라면 좀 더 빨리 좀 더 잘 에리카를 치료할 수 있었을 것이라고 생각했다. 에리카가 입원해 있는 동안, 나는 꼭 그러한 의사가 되겠다는 맹세의 편지를 써서 에리카에게 보냈다.

물론, 세상은 치유를 필요로 했다. 그리고 더욱 치유가 필요한 시대가 찾아오려 하고 있었다. 1939년, 나치의 전쟁 기계가 그 파괴력의 속박을 옥죄기 시작했다. 스위스 육군 장교인 베그만 선생님은 우리에게 전쟁의 발발에 대비하라고 경고했다. 집에서는 아버지가 연달아서 독일 상인들을 초대했다. 독일인들은 히틀러에 대해 이야기하고, 확실한 것은 알지 못한다는 전제로 유대인들이 폴란드의 수용소에서 학살당했다고 전했다. 우리는 전쟁 이야기를 들을 때마다 불안하고 두려웠다.

9월 어느 날 아침, 검약가인 아버지가 마을에서는 사치품인 라디오를 사가지고 왔다. 그것은 곧 필수품이 되었다. 매일 밤, 저녁 식사 후 7시 30분에 우리는 그 커다란 나무 상자 주변에 모여 나치 독일의 폴란드 침공 보도에 귀 기울였다. 나는 생명을 걸고 조국을 지키고 있는 폴란드 사람들을 응원했고, 바르샤바 전선에서 여자와 아이들이 살해당했다는 뉴스를 들으며 울었다. 나치가 유대인들을 학살하고 있다는 뉴스에는 분노가 치밀어 올랐다. 남자라면 나도 싸우러 가고 싶다고 생각했다. 하지만 나는 아직 어린 소녀였다. 어른이 되면 폴란드에 가서 적에게 대항하는 용감한 사람들을 돕겠다고 신에게 맹세했다.

"될 수 있는 한 빨리 폴란드에 가서 돕겠습니다."

나는 나치를 증오했다. 소문이었던 유대인 수용소의 존재를 스위스 부대가 확인했을 때 증오는 더욱 커졌다. 안전한 세상을 찾아 라인 강을 건너려던 유대인들을 향해 일제 사격을 하는 나치 군인들을 아버지와 오빠는 직접 목격했다. 무사히 스위스 쪽으로 헤엄쳐 온 사람은 거의 없었다. 체포되어 수용소로 끌려간 사람들도 있지만, 대부분은 시체가 되어 강에 떠다녔다. 나치의 만행은 너무 많아 사람들의 눈을 숨길 수 없었다. 내가 아는 모든 사람들이 분노에 치를 떨었다.

전쟁 뉴스를 들을 때마다 성스러운 도덕이 도전받고 있는 듯 생각되었다. "절대로 항복 따위는 하지 않는다." 윈스턴 처칠의 연설을 들으면서 나는 큰소리로 외쳤다. "절대로!"

전황이 악화되면서 우리는 희생의 의미를 배웠다. 피난민 인파가 스위스 국경을 넘어 몰려왔다. 식량을 배급해야 했다. 어머니는 계란을 1, 2년 보관할 수 있는 방법을 가르쳐주었다. 정원의 잔디밭은 감자와 채소밭으로 바뀌었다. 지하실에는 저장 식품이 엄청나게 늘어서 있어 마치 지금의 슈퍼마켓 같았다.

정원의 밭에서 키운 채소를 먹고, 자신이 먹을 빵을 굽고, 과일과 야채로 보존 식품을 만들고, 예전 같은 사치를 버린 생활에 나는 자부심을 가졌다. 그것은 전쟁을 대비한 소박한 기여였지만, 자급자족으로 살아가는 것에 대한 자신감을 길러주어 훗날의 생활에 도움을 주었다.

이웃 나라들의 고통과 비교하면 우리는 훨씬 혜택 받은 편이었다. 개인적 차원에서 우리의 삶은 비교적 평온했다. 16세가 되었을 때 누이동생들은 스위스의 아이들에게 중요한 의식인 견진성사를 준비하고 있었다. 두 동생은 취리히에서 유명한 프로테스탄트 성직자인

짐머만 목사에게 배웠다. 짐머만 목사와는 가족 모두 오랜 교제가 있었고, 서로 사랑과 존경을 나누고 있었다. 견진성사일이 다가오자 목사는 우리 부모님에게 퀴블러 가의 세쌍둥이에게 똑같이 견진성사를 해주는 것이 오랫동안의 꿈이었다고 털어놓았다. 그것은 간접적으로 "엘리자베스의 신앙심은 어떻습니까?"라고 묻는 말이었다.

나는 교회 행사에 참가할 생각이 없었지만, 짐머만 목사는 교회의 뭐가 그렇게 싫은지 전부 말해보라고 재촉했다. 나는 R목사와의 일부터 시작해서 인간이 만든 건물에 계시고 인간이 만든 규칙과 관습으로 규정되는 하느님은 없다는 신념을 하나하나 설명했다. "그래서……." 나는 어깨를 으쓱하며 말했다. "그런 교회에 갈 이유는 없지 않겠어요?"

짐머만 목사는 내 생각을 바꾸려 하기보다 소중한 것은 어떻게 숭배하는가가 아니라 어떻게 살아가는가에 있다는 주장으로 하느님과 신앙을 옹호했다. "너는 매일 하느님께서 주신 것 속에서 최고의 선택을 해야 한다." 목사는 말했다. "그 선택에 의해 정말로 하느님 가까이에서 살아가는지가 결정된단다."

나는 동의했다. 그리하여 몇 주 후, 짐머만 목사의 꿈이 실현되었다. 퀴블러 가의 세쌍둥이는 간소한 교회의 아름답게 장식된 무대에 섰고, 한 단 높은 곳에 선 목사가 사도 바울의 고린도서 한 구절을 읽었다.

"그러므로 믿음과 희망과 사랑, 이 세 가지는 언제까지나 남아 있을 것입니다. 이 중에서 가장 위대한 것은 사랑입니다."

짐머만 목사는 세 자매의 얼굴을 지긋이 바라보고 한 손을 차례차례 머리에 얹으면서 각각에게 한마디씩 해주었다. 마치 우리의 안에서 그것을 구현하듯이……

에바는 믿음. 에리카는 희망. 나는 사랑이었다.

전 세계에 사랑이 부족한 것 같던 그 시기에 나는 선물로, 명예로, 무엇보다도 책임으로 그 말을 받아들였다.

나의 첫 실험 가운

1942년 봄 의무 교육을 마칠 때쯤, 나는 성숙하고 사려 깊은 소녀로 자라 있었다. 사물을 깊이 생각하는 습관이 배어 있었고, 드디어 진로는 의과대학으로 정해졌다. 의사가 되고 싶은 욕구는 전에 없이 강해졌고, 의사라는 직업에 문자 그대로 소명 의식을 느꼈다. 병든 사람을 고쳐주고, 절망하는 사람에게 희망을 주고, 고통 받는 사람을 위로하는 것 이상으로 멋진 삶이 있을까?

하지만 집에서는 변함없이 아버지의 지배가 계속되고 있었다. 딸들의 장래에 관한 아버지의 생각은 식당에서 큰 싸움을 했던 그날 밤과 아무런 변함이 없었다. 에바는 여성 교양학교에 보냈고, 에리카는 취리히의 김나지움(대학 예비학교)에 진학했다. 내게는 다시 아버지 회사의 비서 겸 경리로 일할 것을 명했다. 아버지는 그 일이 얼마나 장래성이 있는지 설명하여 내 마음을 끌려고 했다. "문이 크게 열려 있단다."라고 아버지는 말했다.

나는 실망감을 감추지 않았고, 형의 선고 같은 그런 명령에는 절대로 따르지 않겠다고 분명히 말했다. 내게는 창조적이고 사색적인 지성이 있고, 끊임없이 변화를 추구하는 기질이 있었다. 매일 책상 앞에 앉아 장부 정리나 한다면 죽는 편이 나았다.

아버지는 격노했다. 논쟁을, 특히 자식과의 논쟁을 좋아하지 않는 분이었다. 작은 계집애가 무엇을 알겠는가? "내 말을 듣지 않겠다면 집을 나가 가정부 노릇이나 해."라고 아버지는 발끈했다.

식당에는 어색한 침묵이 감돌았다. 아버지와 싸우고 싶지 않았지만, 몸의 세포 하나하나가 아버지가 정한 내 장래를 거부하고 있었다. 집을 나갈까 생각했다. 분명 가정부가 되고 싶지는 않았지만 나의 장래는 내가 결정하고 싶었다.

"가정부 일을 하겠어요." 그렇게 대꾸한 순간 아버지는 벌떡 일어나서 서재로 들어가 문을 쾅 닫아버렸다.

다음 날 아침, 어머니가 신문에 난 한 광고를 보았다. 제네바 오반에 있는 로밀리라는 마을의, 프랑스어를 구사하는 부유한 교수 미망인이 가정부를 모집하고 있었다. 할 일은 집안의 청소와 세 아이와 애완동물 돌보기, 정원 손질이었다. 나는 곧 그 일자리를 얻어 일주일 후에 집을 떠났다. 동생들은 화가 난 나머지 배웅도 해주지 않았다. 역에서 가치를 기다리면서 나는 내 키만큼이나 되는 낡은 가죽 슈트케이스와 씨름했다. 출발하기 전에, 어머니는 내 모직 정장에 어울린다며 챙 넓은 모자를 주었다. 그리고 다시 한 번 생각해 보라고 말했다. 나는 떠나기도 전에 벌써 향수병에 걸려 있었지만 생각을 바꾸기에는 고집이 너무 셌다. 내가 결정한 일이었다.

기차에 내려 새 주인인 페레 부인과 세 아이에게 인사를 건넬 때 벌써 후회하기 시작했다. 나는 스위스 독일어로 말했다. 부인은 갑자기 화를 내며 "프랑스어로만 이야기해요."라고 말했다. "지금 당장부터요."

페레 부인은 크고 뚱뚱한 체격에 성질이 심술궂은 여자였다. 처음에는 교수의 가정부로 일했지만, 부인이 죽자 교수와 결혼했다. 그 교수도 죽었고, 선량한 인품만을 빼고 교수의 모든 유산을 상속받았다.

내 불운을 한탄하는 날의 연속이었다. 매일 아침 6시부터 밤늦게까지 일했고, 한 달에 두 번 반나절씩밖에 쉬지 못했다. 아침에 바닥에 왁스칠하는 일로 시작해서 은식기를 광나도록 닦고, 시장을 보고, 요리를 만들고, 식사 시중을 들며 밤까지 쉴 틈이 없었다. 한밤중에 부인은 꼭 차 한 잔을 요구했다. 그것이 끝나면 겨우 작은 가정부 방에 들어가는 것을 허락받았다. 나는 대개 머리가 베개에 닿기도 전에 잠에 빠져들었다. 아침 6시 반까지 거실에서 왁스칠하는 기계 소리가 들려오지 않는 날은 부인이 가정부 방의 문을 두드렸다. "일할 시간이야!"

가족에게 보내는 편지에는 배가 고프다든지 힘들다든지 하는 말은 한마디도 쓰지 않았다. 크리스마스가 다가오면서 미치도록 집이 그리웠다. 피아노를 둘러싸고 온 가족이 즐겁게 노래하던 성탄절 노래를 생각하면 슬픔이 복받쳤다. 동생들과 손수 만들어 교환했던 선물들을 하나하나 가슴에 그려보았다. 부인은 더 많은 일을 시켰다. 끊임없이 손님을 초대했고, 내가 크리스마스트리를 바라보는 것조차 허락하지 않았다. "트리는 우리 가족만의 것이야." 부인은 조소하듯 그렇게 말했다. 그 말투를 나와 그다지 나이 차이가 없는 아이들이 흉내 냈다.

부인 남편의 예전 대학 동료들을 초대한 크리스마스 만찬이 있던 날 밤 나는 실수를 했다. 부인의 지시에 따라 전채로 아스파라거스를 대접했다. 그리고 손님이 다 먹었다는 사실을 알리는 부인의 벨 신호에 식당으로 달려갔다. 들어가 보니 아스파라거스는 아직 모든 손님의 접시에 남아 있었다. 그래서 나는 부엌으로 돌아갔다. 부인은 다시 종을 쳤고, 아스파라거스가 여전히 그대로 남아 있기에 부엌으로 돌아갔다. 세 번째, 똑같은 일이 반복되었다. 정말이지 미칠 지경이었다.

드디어 부인이 부엌으로 달려왔다. 나는 멍하니 서 있었다. "식당에 가서 접시를 치워." 부인은 몹시 흥분했다. "교양 있는 분은 아스파라거스 대만 드셔. 접시에 있는 건 남기신 거야!" 이해할 수 없는 마음으로 아무튼 접시를 가져온 나는 남은 아스파라거스를 게걸스럽게 모두 먹어치웠다. 겉보기처럼 아주 맛있었다. 마지막 한 개를 삼키고 있을 때 한 손님이 들어왔다. 그 교수는 내게 대체 뭘 하고 있느냐고 물었다.

나는 배가 고프고 돈도 없다고 호소했다. "1년이나 여기서 참고 일하는 건 연구실에 들어갈 나이가 될 때까지 기다려야 하기 때문입니다." 피곤한 눈으로 울먹이며 나는 그렇게 말했다. "연구실에서 보조원으로 훈련받은 다음 의과대학에 들어가고 싶습니다."

교수는 동정심 있게 귀 기울여주었다. 그러고는 명함을 내 손에 쥐어주고 적당한 연구실 일자리를 알아보겠다고 약속했다. 게다가 교수는 로잔에 있는 자기 집에서 잠시 하숙할 수 있도록 집에 가는 대로 아내에게 일러놓겠다고 했다. 나로서는 이 지옥 같은 곳을 떠나겠다고 약속할 수밖에 없었다.

크리스마스를 앞두고 반나절의 휴가를 받았다. 나는 로잔에 가서 교수 집의 문을 노크했다. 부인이 얼굴을 내밀고 침울한 목소리로 남편은 며칠 전에 죽었다고 알렸다. 나는 부인과 오랫동안 이야기를 나누었다. 부인의 말에 따르면 교수가 연구실 일자리를 알아놓은 것 같은데 그곳이 어딘지 모르겠다는 것이었다. 나는 무거운 발걸음으로 교수의 집을 나왔다.

부인의 집에서는 어느 때보다도 힘든 노동이 기다리고 있었다. 성탄 전야에는 집안이 넘칠 만큼 손님으로 가득했다. 요리하랴 청소하랴 빨래하랴, 나는 쉴 새 없이 일했다. 손님들이 돌아간 후 나는 부인에게 크리스마스트리를 보게 해달라고 간청했다. 딱 5분이라도 좋았다. 정신의 충전이 필요했다.

"안 돼, 아직 크리스마스가 아니니까." 부인은 어이없다는 표정으로 말하더니, 또 예전의 훈계를 반복했다. "게다가 트리는 가족의 것이지 고용인의 것이 아냐." 그때 나는 그만두기로 결심했다. 크리스마스트리를 타인과 나누려 하지 않는 사람을 위해 일하는 것은 무의미했다.

베베에 있는 여자친구에게 가방을 빌려 탈출할 계획을 세웠다. 성탄절 아침, 바닥을 왁스칠하는 기계의 시끄러운 소리가 들리지 않자 부인이 가정부 방에 얼굴을 내밀고 일을 시작하라고 명령했다. 나는 방 한가운데에 가로막고 서서 오만하게 바닥 왁스칠은 두 번 다시 하지 않겠다고 선언했다. 그리고 짐을 손에 들고 계단을 내려갔다. 짐을 썰매에 던져 넣고, 마을에 오는 첫 기차를 타기 위해 눈길을 달렸다. 제네바의 친구 집에서 하룻밤을 묵었다. 친구는 거품 목욕, 홍차, 샌드위치, 케이크로 환대해주었고, 마일렌까지 여비를 빌려주었다.

집에 도착한 것은 크리스마스 다음 날이었다. 뼈만 남은 몸으로 우유 상자 틈새로 들어가 곧장 부엌으로 갔다. 우리 가족은 연례 휴가 여행으로 산장에 가 집을 비웠으리라 생각했는데, 뜻밖에도 2층에서 소리가 들리고 동생 에리카가 모습을 나타냈다. 다리가 아파 여행에 따라갈 수 없었던 것이다. 에리카도 아래층에서 들려오는 소리에 놀라 내려왔다가 나라는 것을 알고 환성을 질렀다. 그날 밤 에리카의 침대에 앉아 우리는 그동안의 일에 대해 밤새 이야기했다.

다음 날 아침, 부모님에게도 똑같은 이야기를 반복했다. 부모님은 내가 배를 곯고 혹사당했다는 이야기에 분노했다. 그리고 "왜 좀 더 빨리 돌아오지 않았니?"라고 말했다. 아버지는 처음에 딸의 제멋대로의 행동을 책망했지만, 내 고생을 동정해서인지 화를 가라앉히고 편안한 잠자리와 맛있는 식사를 허락했다.

여동생들의 새학기가 시작되자 나는 다시 진로 문제에 직면하게 되었다. 아버지는 또다시 회사에서 일하라고 말했다. 다만 이번에는 그 전처럼 명령조는 아니었고, 점잖은 말투로 이렇게 덧붙였다. "정 싫다면 네가 좋아하는 일을, 네가 행복해질 일을 찾아도 좋다." 그것은 내가 청춘기에 들은 최고의 축복이었다. 뭔가 좋은 일을 찾아낼 수 있기를 기도했다.

며칠 후, 어머니는 생화학 연구소가 새로 개설되었다는 이야기를 우연히 듣게 되었다. 연구소가 들어선 장소도 마일렌에서 몇 킬로미터밖에 떨어져 있지 않은 펠트마일러였다. 재빨리 연구소 소장과 면접 약속을 잡아, 나이보다도 성숙하고 지적으로 보이는 옷을 입고 찾아갔다. 야심 넘치는 젊은 과학자인 한스 브라운 박사는 복장에는 전혀 무관심했다. 무척 바빠 보이는 그는 단도직입적으로 당장 일할 수 있는 똑똑한 사람을 찾는다고 말했다. "지금 일을 시작할 수 있겠어요?"라고 물었다.

"네."라고 나는 대답했다.

그러자 소장은 나를 견습생으로 채용하겠다고 했다.

"한 가지 조건이 있어요." 소장이 말했다. "실험 가운은 자신 것을 가져와요."

나는 실험 가운을 입어본 적도 없었다. 가슴이 철렁 내려앉았다. 기회를 잃을까 봐 두려웠다. 나의 동요는 소장에게 전해졌다.

"없다면 내가 주겠어요." 브라운 박사가 말했다.

너무 기뻐 소리치고 싶은 기분이었다. 월요일 아침 8시 연구소에 출근하여 내 방의 문에 걸린 내 이름이 수놓아진 세 벌의 하얀 실험 가운을 보았을 때 그 기쁨은 최고였다. 지구상에서 나만큼 행복한 사람은 없다고 확신했다.

브라운 박사의 연구소 업무의 절반은 크림과 로션, 화장품의 제조에 맞춰져 있었다. 나머지 업무 중 내가 일하게 된 곳은 발암 물질이 식물에 미치는 영향을 연구하기 위한 커다란 온실이었다. 발암 물질의 시험은 동물 실험보다 식물 실험 쪽이 정확하고 경제적이라는 것이 브라운 박사의 지론이었다. 박사는 그 생각에 매달려 사실을 잘못 본 듯했다. 얼마 후 알게 된 일이지만, 박사는 때때로 우울한 얼굴로 출근하여 아무것도, 누구도 믿을 수 없다고 말하기도 했고, 연구실에 틀어박혀 하루 종일 나오지 않는 적도 있었다.

나중에 나는 박사가 조울증인 것을 알아차렸다. 하지만 박사의 침통한 기분에 내 임무가 방해받지는 않았다. 한 식물군에 영양분을 주사하고 다른 식물군에 발암 물질을 주사하여 식물이 정상적으로, 과도하게, 비정상적으로, 또는 더디게 생장하는 상태를 자세히 관찰하는 일에 나는 열중했다.

처음에 나는 사람의 생명을 구하는 것과 연결된 일의 중대성에 그저 압도되어 있었는데, 내 무한한 탐구욕에 감탄한 한 친절한 연구소 선배로부터 화학과 다른 과학의 지식을 배웠다. 몇 달 후에는 주 이틀씩 취리히의 전문학교에 다니며 화학, 물리학, 수학을 배우기 시작했고, 전 과목 A학점을 받아 30명의 남학생을 제치고 반에서 1등을 차지했다. 2등도 여학생이었다. 그런데 9개월 후, 꿈같은 날들은 악몽으로 변했다. 연구소에 막대한 돈을 투자한 브라운 박사가 파산해 버린 것이다.

8월의 어느 아침, 아무것도 모르고 출근한 직원들은 그때서야 연구소가 폐쇄되었다는 사실을 알았다. 브라운 박사의 행방은 묘연했다. 조울증이 발병하여 입원했거나 교도소에 수감된 것이 틀림없었다. 그 후 박사를 만났다는 사람은 아무도 없었다. 연구소를 경비하던 경찰로부터 해산하라는 말을 들었고, 실험실을 청소하고 필요한 데이터를 가져갈 시간이 주어졌다. 우리는 슬픈 작별의 차를 마셨다. 덧없이 꿈이 산산조각 나고 실업자가 된 나는 상심한 채 집으로 돌아왔다.

운명의 여신에게 버림받은 나를 하나의 미래가 기다리고 있었다. 다음 날 아침 눈을 떴을 때도 머리에 떠오른 것은 아버지의 회사에서 일하고 있는 자신의 모습뿐이었다. 자신을 불쌍히 여기는 짓은 그만두고 새 일자리를 찾아 나섰다. 아버지는 새 직업을 찾기 위한 만 3주간의 말미를 주었다. 3주 안에 일자리를 찾지 못한다면 꼼짝없이 경리로 일해야 했다. 연구소에서 행복한 일을 경험한 후라 도저히 그렇게 할 수 없었다. 한시라도 허비할 수 없던 나는 취리히 전화번호부를 샅샅이 뒤져 모든 연구소와 병원, 진료소에 절박한 내용의 편지를 써 보냈다. 학업 성적, 추천장, 사진과 함께 조속한 답변을 요청하는 글도 첨가했다.

그때는 여름이 끝나갈 무렵으로, 구직에 그다지 적절한 시기는 아니었다. 매일 우편함을 보러 달려갔다. 하루가 1년 같았다. 맨 처음 받은 편지는 채용하지 않겠다는 통지였다. 2주 동안이나 채용 거절 답장이 계속되었다. 모두가 한결같이 나의 열성과 의욕, 성적을 칭찬했지만 지금은 견습 일자리가 없다는 것이었다. 내년에 다시 지원한다면 고려해보겠다는 답장뿐이었다. 그때는 너무 늦다.

3주째도 매일 우편함 옆에서 기다리며 편지를 받을 때마다 실망했다. 그러다가 그 주의 마지막 날, 기다리고 기다리던 편지를 집배원이 가져왔다.

취리히의 주립병원 피부과 연구실에서 보내온, 견습생이 퇴직하여 빨리 충원해야 한다는 내용의 편지였다. 한달음에 병원으로 달려갔다. 의사와 간호사들이 바삐 복도를 오가고 있었다. 병원 특유의 냄새에 그리움을 느꼈다. 내 집처럼 편안했다.

피부과 연구실은 병원의 지하에 있었다. 실장인 칼 젠더 박사의 사무실은 복도 구석에 있었는데 창문 없는 방이었다. 박사가 일을 열심히 하는 사람임은 한눈에 알 수 있었다. 책상 위에는 서류가 산더미처럼 쌓여 있고, 연구실 전체도 활기에 넘쳤다. 면접을 순조롭게 마친 후 나는 연구실에 채용되었다. 한시라도 빨리 아버지에게 알리고 싶었다.

나는 너무 기쁜 나머지 "월요일 아침에 제 가운을 가지고 출근하겠습니다."라고 젠더 박사에게 말했다.

운명과의 굳은 약속

매일 병원에 발을 들여놓을 때마다 세상에서 제일 신성하고 청정하고 멋진 냄새라고 스스로 정한 병원 공기를 가슴 가득 들이마시고, 부리나케 창문 없는 연구실로 내려갔다. 의사가 매우 부족한 혼란스러운 전쟁 기간이었기에 나는 언제까지나 지하 연구실에만 틀어박혀 있지는 않겠다고 다짐했다. 드디어 기회가 찾아왔다.

일을 시작한 지 채 몇 주도 지나지 않아 젠더 박사가 내게 물었다.

"입원 환자의 혈액 표본을 채취하는 일에 흥미가 있어요?"

채혈 대상 환자들은 성병 말기인 매춘부들이었다. 페니실린이 발견되기 전인 그 시대에 성병 환자들은 1980년대의 에이즈 환자와 마찬가지로 두려움의 대상이었고, 버려지고 격리되었다. 훗날, 젠더 박사는 내가 그 제안을 거절하리라 생각했다고 실토했다. 그때 나는 제안을 받아들여 용감하게 그 암울한 병동으로 갔다.

환자는 극도로 처참한 상태의 여자들뿐이었다. 대부분의 환자가 온몸에 병독이 침범하여 의자에 앉을 수도 침상에 누울 수도 없어 그

물 침대에 매달려 있었다. 첫눈에는 병으로 쇠약해진 가련한 동물처럼 보였다. 그러나 모두 인간이었다. 말을 걸자마자 곧, 가족에게도 사회에서도 버림받은 환자의 대부분이 놀랄 정도로 따뜻하고 친절하고 사랑스러운 사람들임을 알았다. 의지할 곳도 전혀 없는 사람들이었다. 그것을 깨닫자 뭔가 도와주고 싶다는 생각이 한층 강해졌다.

채혈을 끝낸 후 환자의 침상에 앉아 그들의 삶에 대해, 그들이 보고 경험해온 일에 대해, 살아 있는 것에 대해 몇 시간이나 이야기했다. 몸에 대한 치료 이상으로 마음의 치유가 시급한 사람들임을 알았다. 환자들은 우정과 공감을 갈망했다. 나는 그것을 제공했고, 그들은 대신 내 눈과 마음을 크게 뜨게 해주었다. 공평한 교환이었다. 그 경험은 나를 더욱 강하게 해주었다.

1944년 6월 6일, 연합군이 노르망디에 상륙했다. 디데이였다. 전쟁의 흐름이 바뀌었고, 그 대규모 진공 작전의 효과를 우리는 곧 느꼈다. 피난민이 스위스로 파도처럼 밀어닥쳤다. 한 번에 수백 명의 사람들이 며칠이나 계속해서 몰려왔다. 그들은 걸어서, 다리를 질질 끌며, 기어서, 또 등에 업혀서 왔다. 부상당한 노인들도 있었지만 대부분이 여자와 아이들이었다. 하룻밤 만에 우리 병원은 부상자로 넘쳐 났다.

피난민은 곧장 피부과 병동에 왔다. 우리는 그들을 대형 목욕탕으로 안내해 이를 구제驅除하고 소독을 실시했다. 나는 상사의 허락을 얻을 겨를도 없이 아이들을 돌보는 데 전념했다. 물비누를 칠해 옴을 치료한 다음 부드러운 솔로 몸을 문질러주었다. 깨끗이 빤 옷으로 갈아입힌 후에 가장 절실하다고 느낀 포옹과 위로의 말을 해주었다.

"이제 괜찮아."

그 일은 쉴 틈도 없이 몇 주간이나 계속되었다. 나는 간호에 몰두했다. 나보다 훨씬 비참한 사람들을 앞에 두고 자신의 건강에 신경 쓸 여유는 없었다. 식사는 뒷전으로 밀려났다. 잠? 그럴 시간이 있을까? 자정이 넘어 비슬비슬 집에 갔다가 동이 트면 다시 일을 시작했다. 고통 받고 두려워하는 아이들을 돌보는 데 몰두한 나머지 연구실 본연의 업무마저 팽개쳐버려, 실장이 젠더 박사에서 아브라함 바이츠 박사로 바뀌었다는 중대한 소식도 며칠 늦게 들었을 정도였다.

간호에 몹시 바쁜 동안 굶주린 난민에게 제공하는 식량이 부족해졌다. 나는 다른 연구실에 소속된 견습생 발트원과 함께 많은 사람들의 배를 채우기 위한 작전을 꾸몄다. 매일 밤이 되면 병원의 주방에 수백 명분의 입원식을 주문하여 커다란 수레로 그것을 운반하여 아이들에게 배급했다. 남은 음식은 어른들에게 배급했다.

귀중한 식량의 유용이 발각되어 징계를 받는 것은 시간 문제였다. 바이츠 박사의 사무실에 불려갔을 때 나는 처벌이 가볍기를 기도하면서도 징계 면직을 각오했다. 식량의 유용뿐 아니라 새로운 상사에게 인사드리는 것은 고사하고 연구실 본연의 임무조차 완전히 방기했던 것이다. 하지만 바이츠 박사는 그런 나를 꾸짖지 않고 오히려 칭찬해주었다. 박사는 나를 멀리서 지켜보았다면서 그토록 헌신적으로 기쁘게 아이들을 돌보는 사람을 본 적이 없다고 했다.

"자네 일은 난민 아이들을 돌보는 거네." 바이츠 박사는 말했다. "그게 자네의 운명이야."

나는 안도하며 가슴을 쓸어내렸고 의욕이 솟구쳐오는 것을 느꼈다. 바이츠 박사는 전쟁에 휩쓸린 조국 폴란드에 의료 원조가 긴급하다고 이야기했다. 소름 끼치는 참상, 특히 수용소의 유대인 아이들기러기는 언제 하늘을 향해 날아가야 한다는 것을 어떻게 알까? 누가 그 계절이 왔음을 가르쳐 주는 것일까? 우리 인간은 나아갈 때를 어떻게 알까? 철새와 마찬가지로 인간도 분명히 알고 있다. 귀를 기울이기만 하면 내면의 목소리가 들린다. 분명한 목소리가 미지의 세계로 여행을 떠날 때임을 알린다.

이야기를 듣는 동안 가슴이 미어지고 눈물이 났다. 박사의 가족도 큰 고통을 당했다고 했다.

"폴란드는 자네 같은 사람을 필요로 하고 있네." 바이츠 박사는 말했다. "견습이 끝난 후의 이야기겠지만, 폴란드에 가서 내 구호 활동을 돕겠다고 약속해주지 않겠어?"

해고를 면하고 오히려 격려까지 받은 나는 그렇게 하겠다고 약속했다. 하지만 일은 거기서 끝나지 않았다.

그날 밤, 발트원과 나는 병원의 관리주임에게 불려갔다. 그는 커다란 마호가니 책상 건너편에서 도둑을 보는 듯한 눈으로 두 연구실 견습생을 오만하게 내려다보았다. 피곤하고 의기소침했지만, 나는 이 거들먹거리고 독선적이고 뚱뚱한 관리를 경멸하는 마음밖에 없었다. 관리주임은 난민에게 배급한 식량에 상당하는 전액을 현금, 또는 배급표로 변상하도록 요구했다. 그리고 말했다. "변상하지 못하면 너희들은 당장 해고야."

나는 망연자실했다. 일자리를 잃고 싶지 않았고, 그렇게 큰 돈을 마련할 길도 없었다. 지하 연구실에 내려가자 나의 심상치 않은 모습을 보고 바이츠 박사는 무슨 일이 있었느냐고 물었다. 사정을 들은 박사는 불쾌한 듯 고개를 저으며 너무 걱정하지 말라고 했다. 다음날 바이츠 박사는 취리히 유대인 사회 지도자들에게 도움을 요청하여 식량 비용이 전액 배급권으로 지불되었다. 나는 일자리를 지킬 수 있었다. 은인인 바이츠 박사에게 전쟁이 끝나면 꼭 폴란드의 재건을 돕겠다고 재차 약속했다. 그러나 그날이 그렇게 빨리 오리라고는 예상하지 못했다.

그때까지 암덴의 산장에 손님을 맞이하는 아버지를 도왔던 일은 셀 수 없을 정도이지만, 1945년 1월 초 산장에서의 손님맞이는 특별했다. 우선 나 자신에게 주말의 휴양이 필요하기도 했다. 하지만 아버지는 이번의 손님들은 내가 정말 좋아할 사람들이라고 했다. 우리의 손님은 국제 평화 봉사단원들이었다.

유럽 각국에서 온 스무 명의 단원은 이상에 불타는 우수한 젊은이들로 보였다. 모두가 크게 노래하고 웃고 왕성하게 먹은 다음 국제평화봉사단(1차 세계대전 후에 설립되어 훗날 미국 평화봉사단의 모델이 되었다.)이 세계 평화와 협력의 실현을 목표로 헌신하고 있다는 이야기에 넋을 잃고 귀 기울였다.

세계 평화? 국가와 민족 간의 협력? 황폐해진 유럽인들에 대한 지원? 나로서는 꿈같은 일을 젊은이들은 이야기하고 있었다. 그들의 인도주의적 체험담 하나하나가 영혼을 울리는 음악으로 들렸다. 취리히에도 지부가 있다는 사실을 알았을 때 나는 망설이지 않고 지원을 결심했다. 전쟁의 종국이 점점 확실해지자 곧 지원서를 쓰며, 평화로운 스위스를 떠나 전쟁의 참화를 입은 유럽 각국에서 피해자에 대한 지원 활동에 나선 내 모습을 그려보았다.

영혼의 음악에 대해 말하면 또 하나 잊히지 않는 일이 있다. 1945년 5월 7일 유럽에서 전쟁이 끝난 날에 들은 사방에서 울려 퍼지는 종소리였다. 그보다 더 감동적인 심포니는 없었다. 그때 나는 병원에서 일하고 있었다. 마치 신호라도 한 듯이, 그러나 실제로는 지극히 자연발생적으로 스위스의 방방곡곡에 있는 교회에서 종소리가 일제히 울려 퍼졌다. 모두가 동시에 승리를, 무엇보다도 평화를 찬미하는 환호 소리가 종소리와 공명하여 울려퍼졌다. 병원 직원들의 도움을 받아 나는 모든 환자를 옥상으로 데려갔다. 너무 쇠약하여 침대에서 일어날 수 없는 환자들도 업혀 올라와, 모두가 함께 평화를 축복했다.

노인부터 막 태어난 갓난아기까지 모두가 함께 감격을 나누며 평화의 고마움을 음미하는 순간이었다. 서 있는 사람, 주저앉은 사람이 있는가 하면 휠체어에 앉은 사람, 들것에 누운 사람, 고통에 시달리는 사람도 있었다. 하지만 그 순간은 모두 고통을 잊고 있었다. 모두가 사랑과 희망, 인간 본래의 존재로 단단히 이어져 있었다. 정말 아름답고 잊을 수 없는 순간이었다.

겨우 생활이 정상적으로 돌아왔다고 생각할 겨를도 없이 국제평화봉사단 활동에 참여하게 되었다. 축제 기분이 끝나고 며칠 후, 새로 열린 국경을 넘어 프랑스에 들어가 에퀴르시 마을의 재건을 계획하고 있는 50명가량의 파견단 단장을 만났다. 그림처럼 아름다운 그 작은 마을은 나치의 손에 의해 전부 파괴되었다고 했다. 그들은 내가 합류하기를 원했다. 병원일이 산더미처럼 남아 있었지만 이런 좋은 기회를 놓칠 수 없었다.

그것은 바로 내 일이었다. 나의 가장 든든한 후원자이던 바이츠 박사는 기꺼이 휴가를 주었다. 하지만 집에서는 달랐다. 저녁 식탁에서 그 계획을 꺼내자, 허락을 구할 틈도 없이 아버지는 폭발했다. 아버지는 내 경솔함을 꾸짖으며 현지에서 부닥칠 것이 틀림없는 위험에 대한 내 무지를 꾸짖었다. 어머니도 내가 지뢰와 굶주림과 질병이 기다리는 외국에 가지 말고 동생들처럼 고향에서 살기를 바랐다. 부모님은 나의 절박한 기분을 이해할 수 없었을 것이다. 결과가 어떻든 이미 내 운명은 머나먼 저편의 고통 받는 사람들이 기다리는 황야에 있었다.

가야 할 곳이 있고, 도와야 할 사람들이 있는 한 나는 그 길로 나아가야 했다.

의미 있는 일

고물 자전거를 타고 에퀴르시행 국경을 넘는 나를 본 사람은 캠프에
가는 여행자라고 생각했을 것이 틀림없다. 태어나서 처음으로 안전
한 스위스 국경을 넘은 나는 전쟁이 빚은 참상을 직접 볼 수 있었다.
전쟁 전에는 고풍스럽고 운치 있는 마을이었다는 에퀴르시는 완전
히 파괴되어 있었다. 멀쩡히 서 있는 집은 한 채도 없었다. 부상당한
젊은이 몇몇이 멍한 눈으로 어슬렁거리고 있었다. 살아남은 사람은
대부분 노인과 여자와 아이들이고, 학교 지하실에는 나치 포로 몇 사
람이 감금되어 있었다.

　우리의 도착은 크나큰 일이었다. 마을 사람 모두가 나와 환영해주
었고, 촌장은 "뭐라 감사드려야 좋을지 모르겠습니다."라고 했다. 나
역시 똑같은 기분이었다. 도움을 필요로 하는 사람들에게 봉사할 수
있는 기회에 감사하고 있었다. 봉사단원 모두가 열성으로 일했다. 산
에서 아버지에게 배운 기본적 생존 기술부터 병원에서 배운 의학의
기초 지식까지 몸에 익힌 모든 것이 쓸모 있게 이용되었다. 보람 있

고 대의에 불타는 날들의 연속이었다.

우리의 생활 여건은 아주 열악했지만 나는 더할 나위 없이 행복했다. 밤에는 별을 바라보면서 부서진 침상이나 땅바닥에서 잤다. 비가 내리면 그대로 흠뻑 젖었다. 공구는 곡괭이와 삽, 도끼밖에 없었다. 60대인 한 여성 봉사대원은 1차 세계대전 후인 1918년에도 비슷한 봉사활동을 했다는 이야기를 해주었다. 그녀는 우리가 가진 얼마 안 되는 것에 감사하는 마음을 갖게 해주었다.

여성 봉사단원 중 최연소인 내가 식사 당번으로 임명되었다. 부엌으로 사용할 수 있을 만한 집이 하나도 없었으므로 밖에 커다란 장작 스토브를 만들었다. 식량 조달이 문제였다. 우리의 휴대 식량은 마을 주민들에게 배급하자 곧바로 동나버렸고, 기적적으로 재난을 모면한 마을 식료품점에 남아 있는 것은 기껏해야 선반의 먼지뿐이었다. 봉사단원 몇몇이 하루 종일 숲과 농장을 돌아다녀도 한 끼분의 식량을 마련하는 것이 고작이었다. 50명의 단원에게 마른 생선 한 마리가 제공된 날도 있었다.

그래도 우리는 고기와 감자, 버터의 부족을 충만한 동료애로 메웠다. 밤이 되면 환담을 나누고 소리 높여 노래했다. 나중에 알게 된 이야기지만, 그 노래는 학교 지하실에 있던 독일군 포로들에게 위안이 되었던 것 같다. 우리가 에퀴르시에 도착했던 초기에, 매일 아침 포로들이 지하실에서 끌려나와 마을 외곽의 들판을 구석구석 걷는 것을 보았다. 해질 무렵 돌아오는 포로의 숫자가 한두 명이 줄어 있었다. 포로들에게 추궁하여, 지뢰 제거 작업에 이용되고 있다는 사실을 알게 되었다. 돌아오지 않은 포로는 자신들이 예전에 설치했던 지뢰에 폭사한 것이다. 분개한 우리는 포로들의 앞을 걸으며 위협하여 마을 사람들에게 그 관행을 그만두고 대신 포로들을 재건 작업에 참여하도록 했다.

봉사단원들은 마을 사람들과 나만큼 나치를 증오하지 않았다. 이 작은 마을에서 자행한 죄악만으로 증오심을 불러일으키기에 충분했지만, 고국 폴란드에 두고 온 가족을 걱정하는 바이츠 박사를 생각하면 증오심은 더욱 커지기만 했다. 하지만 마을에서 몇 주 생활하는 동안, 독일 병사들도 사기 꺾이고 배고프고, 자신들이 깔아놓은 지뢰밭에서 죽을까 겁내는 똑같은 인간으로 다가왔다. 차츰 나는 마음을 열고 있었다.

나치가 아니라 다만 순박하고 궁핍한 인간이 거기에 있었다. 밤중에 나는 학교에 몰래 들어가 지하실 쇠창살 사이로 비누와 종이, 연필 등을 넣어주었다. 그리고 병사들로부터 가족에게 보내는 눈물어린 편지를 받아왔다. 나는 그 편지들을 소중히 보관하고 있다가 스위스로 돌아오자마자 가족들에게 보냈다. 몇 년 후의 일이지만, 무사히 살아 돌아간 병사들의 가족으로부터 감사의 말을 적은 장문의 편지를 받았다. 돌아갈 때는 지쳐 있었지만 에퀴르시에서의 한 달은 아주 충만했다. 분명 집도 많이 지었지만 우리가 마을 사람들에게 준 최고의 선물은 사랑과 희망이었다.

마을 사람들은 의미 있는 일을 하고 있다는 우리의 신념을 한층 강화시켜주었다. 떠나는 날 촌장이 주최한 송별회에서 한 노인이 내게 악수를 청해왔다. 봉사단원 모두와 친해졌고 나를 '꼬마 숙녀 요리사'라고 부르며 귀여워해준 병약한 노인은 편지를 내게 건네주며 말했다.

"자넨 정말 훌륭한 박애 정신을 발휘해주었어. 내겐 가족이 없기 때문에 말해두고 싶은 게 있다네. 어디에서 살든 어디에서 죽든 우린 결코 자네를 잊지 않을 거야. 인간에서 인간으로의, 마음 깊은 곳에 우러나오는 감사와 사랑의 마음을 받아주게."

내가 누구인지, 삶에서 무엇을 하고 싶은지 탐구하는 여정에서 노인의 말은 커다란 격려가 되었다. 나치 독일의 죄악은 이미 전쟁 중에 응징 받았고, 전쟁이 끝난 후에도 재판이 진행되고 있었다. 하지만 전쟁이 드리운 깊은 상처와 거의 모든 가정이 경험한 그 후유증에 의한 고통은 오늘날의 폭력, 노숙자, 에이즈 등의 문제와 마찬가지로 국제평화봉사단에 모인 사람들처럼 참여와 원조의 도덕적 의무를 인식하지 못하는 한 결코 치유될 수 없다고 생각했다.

에퀴르시 마을에서의 경험 때문인지 나는 고국 스위스의 풍요를 견디기 어려웠다. 거기에는 모든 것이 넘쳐났다. 온갖 식료품이 가득한 상점들과 번창하는 기업에 혐오감을 느꼈다. 하지만 나는 가정에도 도움을 줘야 할 입장이었다. 허리를 다쳐 몸이 불편해진 아버지는 마일렌의 집을 팔고 통근이 편리한 취리히로 이사하려는 참이었다. 여동생들은 유럽에, 오빠는 인도에 유학 중이었기 때문에 내가 이사 일을 도맡아 할 수밖에 없었다.

마음이 매우 착잡했다. 가슴 설레며 포도밭을 쏘다니고 덤불 숲 깊숙이에 있는 비밀의 바위 위에서 춤추던 소녀 시절에 작별을 고할 때가 왔다는 생각에 몹시 안타까웠다. 그와 동시에 조금이나마 성장하여 다음 무대를 향해 나아갈 준비가 되었다는 자각도 있었다. 곧 나는 병원 연구실로 돌아왔다. 6월에 견습생 시험에 합격하여 다음 달부터 취리히 대학 안과 연구실에서의 바쁜 연구 생활이 시작되었다. 새 상사가 된 저명한 의사 마르크 암슬러 교수는 내가 1년 이상

일하지 않을 거라는 사실을 알면서도 수술 조수를 비롯한 책임 있는 일을 맡겼다. 의과대학을 목표로 공부하고 있지만 내 머릿속에서는 언제나 국제평화봉사단이 떠나지 않았다.

"아, 제비는 또 날아가는군."

국제평화봉사단에서 새로운 소집이 있어 그 뜻을 알렸을 때 암슬러 박사는 그렇게 말했다. 화내지도 실망하지도 않고 온화한 표정이었다. 국제평화봉사단에 참가하는 것에 대해서는 종종 서로 이야기했기 때문에 바이츠 박사는 나의 장기 휴가를 훨씬 전부터 예상하고 있었다. 그의 눈에서 선망의 빛이 떠오른 것을 알 수 있었다. 내 마음은 벌써 새로운 모험의 땅으로 내닫고 있었다.

때는 봄이었다. 국제평화봉사단의 이번 목적은 벨기에 몽스의 교외에 있는 석탄 가루 날리는 탄광촌을 원조하는 것이었다. 전쟁 전에 그 마을 사람들에게 먼지 많고 더러운 공기를 피할 수 있도록 산 위에 운동장을 만들어주겠다고 약속했던 것이다. 취리히 지부장은 갈 수 있는 데까지 기차로 가도록 했다. 기차는 벨기에에서 훨씬 못 미치는 곳까지밖에 운행하지 않았다. 나는 취리히에서 히치하이크로 가겠다고 대답했다. 처음 밟아보는 파리를 지나 무거운 배낭을 짊어지고 유스호스텔을 전전하면서 겨우 탄광촌에 다다랐다.

탄광촌은 공기는 석탄 먼지로 탁하고 온갖 것이 시커먼 탄가루로 덮여 있는 음울한 곳이었다. 진폐증 같은 끔찍한 부작용으로 평균 수명은 마흔 살에도 미치지 못하고, 사랑스런 아이들의 미래가 불투명한 마을이었다. 우리의 일이자 마을 사람들의 꿈은 석탄 버럭더미 하나를 다른 버럭더미에 옮겨 쌓아 높은 산을 만들어 공기 맑은 꼭대기에 운동장을 건설하는 것이었다. 삽과 곡괭이를 휘두르며 근육이 아파 움직이지 않게 될 때까지 열심히 일했다. 그런데 마을 사람들이 연일 파이와 페이스트리를 갖다 주는 바람에 나는 몇 주 만에 몸무게가 3.5킬로그램이나 늘어버렸다.

늘어난 체중 이외에도 귀중한 만남을 가졌다. 어느 날 밤, 저녁 식사를 배불리 먹고 나서 모두 포크송을 부르고 있을 때 미국인 봉사단원과 이야기할 기회가 있었다. 봉사단원 중에 몇몇 있던 퀘이커 교도 젊은이였다. 서투른 영어로 자기소개를 하자, 젊은이는 데이비드 리치라고 이름을 밝히고 "뉴저지에서 왔습니다."라고 말했다.

나는 일찍부터 그 남자의 명성을 듣고 있었다. 유명한 자원봉사자이자 헌신적인 평화 운동가로 알려진 사람이었다. 필라델피아 빈민가를 출발점으로 유럽 각지의 전쟁 피해 지역들에서 활동했고, 최근에는 폴란드에서 일했다고 리치는 설명했다. 다시 폴란드로 돌아갈 생각이라고 했다.

오, 이런 기적이! 세상에 우연은 없다는 증거였다.

폴란드. 그 기회를 놓칠 수는 없었다. 나는 리치에게 바이츠 박사와의 약속을 말해주며 함께 데려가 달라고 부탁했다. 리치는 폴란드가 원조를 절실히 필요로 하는 것은 맞지만 나를 데려가는 일은 몹시 어렵다고 했다. 안전하고 신뢰할 만한 교통수단이 없고, 있다 하더라도 요금이 너무 비싸다는 것이었다. 나는 키가 작고 도저히 스무 살로 보이지 않는 어린 얼굴인데다 주머니에 달랑 15달러밖에 없었지만, 그런 장애는 문제되지 않았다. "히치하이크로 가겠어요!"하고 나는 큰소리로 말했다. 리치는 눈을 휘둥그레 뜨고 이어 싱긋 웃더니 내 열정을 알아차린 듯 "어떻게든 해보겠어요."라고 말했다.

약속은 아니었다. 해보겠다고 말했을 뿐이었다.

그러나 폴란드로 가는 데 있어서 그것은 문제도 아니었다. 다음 목적지인 스웨덴으로 출발하기 전날 밤 나는 저녁 식사 준비 중에 큰 화상을 입었다. 고물 무쇠 냄비가 두 동강 나면서 끓는 기름이 다리에 튀었던 것이다. 3도 화상으로 커다란 물집이 생겼다. 붕대를 몇 겹이나 칭칭 감고 속옷 몇 벌과 야영용 모포를 가지고 어쨌든 길을 나섰다. 함부르크에 도착할 즈음 다리가 욱신욱신 아파왔다. 붕대를 풀고 보니 화농이 심했다. 가장 싫은 독일 땅에서 발이 묶일까 봐 걱정스러웠다. 의사를 찾아 간단한 치료를 받고 다시 여행을 계속했다.

고통스러운 여행이었다. 하지만 고맙게도 열차 안에서 힘들어하는 나를 보다 못한 적십자 봉사대원의 도움으로 병원에 갈 수 있었다. 덴마크의 그 병원은 시설이 좋았다. 신속한 치료와 맛있는 식사 덕분에 며칠 만에 스톡홀름에서 기다리는 평화봉사단 동료를 따라붙을 만큼 체력을 회복했다.

그러나 좋은 일만 계속되지는 않았다. 생기를 되찾은 나는 맡겨진 새 임무에 실망했다. 독일 젊은이 그룹을 훈련하여 국제평화봉사단에 참여시키도록 하는 임무였다. 보람 있는 일은 아니었다. 게다가 나는 그 독일인들의 대부분을 싫어했다. 그들은 히틀러 나치에 저항하지 않고 오히려 지지했다고 거리낌 없이 공언했고, 자주 나와 논쟁했다. 하루 세끼 맛있는 식사를 얻어먹을 목적으로 스웨덴에 온 기회주의자들이 아닐까 하는 의심이 들 정도였다.

그렇다고 훌륭한 사람들이 없는 것은 아니었다. 아흔세 살의 러시아 이민 노인은 나를 좋아했다. 노인은 향수병에 걸린 나를 위로하고, 러시아와 폴란드의 민화를 이야기해주었다. 내 스물한 번째 생일에 노인은 일기장에 이렇게 써주었다.

"당신의 빛나는 눈동자는 태양빛을 연상시킨다오. 다시 만나 함께 태양을 맞이하는 날이 오기를. 안녕!"

그 후 활력을 북돋워야 할 필요가 있을 때면 언제나 일기의 이 페이지를 펼쳐보았다. 활기 있고 친절한 노인은 그렇게 강렬한 인상을 남기고 돌연 사라져버렸다. 삶은 늘 그런 우연들로 이루어진다. 그러므로 그것의 의미하는 바에 대해 마음을 열어둘 필요가 있다. 그 노인에게 무슨 일이 있었을까? 우리가 함께할 시간이 끝났다는 것을 알고 있었을까? 노인이 사라진 직후에 봉사단의 친구 데이비드 리치에게서 전보가 왔다. 들뜬 마음으로 봉투를 열어본 나는 온몸에 전류가 흐르는 듯한 기쁨을 느꼈다. 나의 모든 희망과 꿈이 갑자기 실현된 것 같았다. 리치는 이렇게 썼다.

"엘리자베스, 빨리 폴란드로 와! 꼭 네가 필요해."

드디어 왔어! 이보다 좋은 생일 선물은 없었다.

축성 받은 흙

바르샤바까지 가는 길도 고난의 연속이었다. 가는 도중 농가에서 건초를 베고 우유를 짜는 일로 여비를 벌었다. 스톡홀름을 출발할 때에는 힘들게 번 돈도 비자를 취득하고 배표를 끊느라 거의 바닥나 있었다. 타고 갈 배는 끔찍했다. 선체가 발갛게 녹슬고 끊임없이 삐걱거리는 소리가 나는 낡은 배라 무사히 폴란드의 그단스크까지 갈 수 있을까 불안했다. 나는 물론 삼등칸 승객이었다. 밤에는 갑판 위의 딱딱한 나무 벤치에서, 따뜻한 이불과 폭신폭신한 베개를 꿈꾸면서 잤다. 어둠 속에서 갑판을 서성대고 있는 네 명의 남자는 무시하기로 했다. 불의의 사태를 걱정하기에는 너무 지쳐 있었다.

아무 일 없이 밤이 지났다. 다음 날 아침, 네 남자는 각기 다른 동유럽 나라에서 온 의사라고 자신들을 소개했다. 학술회의에 왔다가 돌아가는 중이었다. 다행히도 바르샤바까지 동행하자고 권유해왔다. 그단스크 역은 많은 사람들로 북적이고 있었다. 기차가 들어오는 플랫폼은 더욱 붐비고 혼란스러웠다. 커다란 짐 보따리를 짊어진 사람,

닭과 거위를 안은 사람, 염소와 양을 끌고 가는 사람 등, 마치 노아의 방주를 연상시키는 광경이었다.

　나 혼자였다면 절대 기차에 올라타지 못했을 것이다. 기차가 도착하자 사람들이 우르르 몰려들어 아수라장이 벌어졌다. 장신에 훌쩍 마른 헝가리 의사가 원숭이 같은 날렵함으로 기차 지붕에 기어 올라가 나머지 네 사람을 끌어올렸다. 기적이 울리자 나는 화통에 매달렸고, 기차가 겨우 움직이기 시작했다. 그곳은 안전한 자리라고 할 수 없었다. 터널을 지날 때마다 납작하게 엎드려야 했고, 굴뚝에서 연신 소용돌이치며 토해내는 시커먼 연기에 숨쉬기가 괴로웠다. 이윽고 승객 수도 줄어들기 시작해 우리는 간신히 객실로 들어갈 수 있었다. 다섯 명이 음식을 나누어 먹고 인생사에 대해 이야기꽃을 피우고 있을 때 왜 그런지 분에 넘치는 여행을 한다는 듯한 기분이 들었다.

　바르샤바까지의 여행도 편하지는 않았지만, 도착하고 나서부터가 큰일이었다. 네 의사는 바르샤바에서 기차를 갈아타게 되었다. 한편 나는 뭔가 일어날 듯한 그 도시에서 혼자가 되어 어찌할 바를 모르고 있었다. 굴뚝 청소라도 한 듯 검댕으로 새까매진 얼굴로 우리는 작별 인사를 했다. 그리고 나는 군중 속에서 퀘이커 교도 친구를 찾았다. 도착 일시를 알리는 것은 불가능했다. 마중 나왔을 리 없었다. 어디로 가야 할까?

　하지만 운명은 신앙과 같은 것이다. 어느 쪽이나 신의 뜻을 열렬히 믿는 마음이 필요하다. 시선을 이리저리 옮기며 살펴봤지만 리치는 없었다. 그때 인파 위로 솟은 커다란 스위스 국기가 눈에 들어왔다. 이어 리치의 모습이 보였다. 리치는 오직 직감으로 그날 그 시간에 동료들을 데리고 마중 나온 것이다.

기적이었다. 나는 리치의 가슴에 뛰어들었다. 리치의 동료가 따뜻한 차와 수프를 대접했다. 그때만큼 맛있게 먹은 적은 없었다. 편안한 침대에서 실컷 자야겠다는 생각을 할 새도 없이 트럭 짐칸에 올라타고, 공습으로 폐허가 된 비포장 길을 하루 내내 달렸다. 목적지는 남동쪽 비옥한 농업 지대인 루시마에 있는 국제평화봉사단 캠프였다.

달리는 트럭에서 주위를 바라보는 것만으로 원조가 절실히 필요하다는 것을 통감할 수 있었다. 전쟁이 끝나고 2년 가까이 지났지만 바르샤바는 아직 폐허 속에 있었다. 시가의 건물은 모두 벽돌 파편의 산으로 변해 있었다. 30만 명의 시민이 지하호에서 살았으며, 저녁 식사 준비와 난방을 위해 불을 땔 때 흘러나오는 연기만이 근근이 목숨을 이어가는 표시였다. 그 참상은 독일군과 러시아군에게 파괴된 교외의 마을들도 다르지 않았다. 사람들은 동물처럼 땅굴을 파고 그 속에서 살고 있었다. 나무는 베어 쓰러지고 땅은 폭격으로 패어 있었다.

루시마에 도착했을 때 나는 긴급한 치료를 필요로 하는 많은 사람들에게 원조의 손길을 내미는 봉사단원의 일원이라는 것을 큰 축복으로 느꼈다. 달리 어떤 감정을 가질 수 있겠는가? 병원도 진료소도 없는 마을에서 사람들은 장티푸스와 결핵을 비롯하여 온갖 병으로 고통 받고 있었다. 폭탄 파편에 부상당해 상처가 곪아터진 사람은 운이 좋은 편이었다. 아이들은 홍역 같은 흔한 병으로 죽어가고 있었다. 그럼에도 마을 사람들은 따뜻하고 다른 사람을 걱정하는 마음을 잃지 않았다.

재난 구조에 뛰어든 사람이 전문가일 필요는 없다. 이런 상황에 대처하는 유일한 방법은 팔을 걷어붙이고 일을 시작하는 것뿐이다.

국제평화봉사단 캠프는 세 채의 대형 텐트에 자리 잡고 있었다. 밤에는 대개 야외에서, 여행 내내 가지고 다녔던 따뜻한 군용 모포를 둘둘 말고 잤다. 여기서도 나는 식사 당번으로 임명되었다. 말린 바나나, 기증받은 거위, 밀가루와 계란 등 그때마다 입수한 재료로 맛있는 음식을 만들어, 오직 한 가지 목적으로 맺어져 전 세계에서 모인 자원봉사자들을 기쁘게 하는 일에서 나는 무한한 보람을 느꼈다.

내가 도착했을 때에는 이미 몇 채의 집이 재건되었고, 새로 학교 건물을 짓는 공사가 진행 중이었다. 나는 석공, 벽돌공, 지붕 이는 직공으로도 일했다. 매일 아침 냇가에서 빨래를 하면서 애처로울 만큼 여윈 백혈병 말기 아가씨로부터 폴란드어를 배웠다. 짧은 생애를 고통 속에 보내온 그녀는 자신의 처지를 최악이라고 생각하지 않았다. 그 반대로 생각했다. 불평 한마디 하지 않고 다른 사람을 원망하지도 않고 담담하게 운명을 받아들이고 있었다. 그녀에게는 그 병이 인생이었고, 적어도 인생의 일부였다. 말할 필요도 없이 나는 그녀에게서 외국어 이상의 것을 배웠다.

매일 온갖 일이 기다리고 있었다. 한번은 촌장과 마을 유지들의 불만을 달래는 일을 도왔다. 자원봉사자들이 당국의 허가를 받지 않고 집을 짓기 때문에 촌장 그룹은 이권을 챙길 기회를 놓치고 있던 것이다. 또 어느 때는 농가에서 송아지의 출산을 돕기도 했다. 어떤 일이 기다리고 있을지는 누구도 알 수 없었다. 어느 날 오후 내가 교사의 벽돌을 쌓고 있을 때 한 남자가 지붕에서 떨어져 다리에 깊은 상처를 입었다. 보통의 상황이라면 봉합해야 할 정도의 외상이었다. 그러나 주변에는 나와 폴란드인 부인밖에 없었다. 부인은 재빨리 손으로 흙을 떠서 상처에 발랐다. 나는 놀란 나머지 큰소리로 외쳤다.

"안돼요. 감염된단 말이에요!"

마을에는 무당 비슷한 치유사들이 있었다. 그들은 동종요법 같은 예부터 전해 내려오는 민간요법으로 환자를 치료했다. 지혈하기 위해 다리를 천으로 묶는 나를 그들은 이상한 듯 바라보고 있었다. 그때부터 나는 '파니 닥터'(여의사)라고 불리게 되었다. 아직 의사는 아니라고 설명했지만 나를 포함하여, 마을 사람들에게 의사와 치유사의 차이를 설명해줄 수 있는 사람은 아무도 없었다.

그때까지 모든 의료 문제는 항카와 당카라는 두 여자가 맡아 처리해왔다. 싹싹하고 밝은 두 여자는 '군의'라고 불렸다. 러시아군이 침공했을 때에 폴란드 저항군에 지원하여 그곳에서 온갖 부상자와 병자들을 돌보면서 야전 의학의 기초를 몸에 익힌 여자들이었다. 물론 피를 보고 겁낼 사람들은 아니었다.

내가 출혈을 멈추게 했다는 소문을 듣고 두 여자가 찾아와 내 경력에 대해 물었다. 내게서 '병원'이라는 말이 들리자마자 두 여자는 나를 껴안고 동료가 생겼다고 기뻐했다. 그때부터 건설 현장에 있는 내게 병자와 부상자들을 데려와 진단받도록 했다. 단순한 감염에서 사지를 절단해야 할 상태까지 별별 환자가 있었다. 할 수 있는 일은 뭐든 했지만, 꼭 껴안아주는 것밖에 할 수 없을 때가 많았다.

그리고 어느 날 두 여자에게서 아주 굉장한 선물을 받았다. 방 두 개 딸린 통나무집이었다. 깨끗하게 청소된 내부에는 장작 난로와 선반이 마련되어 있었다. 그 집을 진료소로 사용하고 세 사람이 환자 치료를 담당하기로 결정되었다. 나는 그 자리에서 건설 일을 졸업하게 되었다.

다음 날부터 내가 한 일이 의술을 펼친 것인지 아니면 다만 기적을 간구한 것뿐이었는지는 모르겠다. 매일 아침 진료소 밖에는 스물다섯 명에서 서른 명이 줄지어 서 있었다. 며칠을 걸어서 찾아온 사람도 있었다. 환자들은 몇 시간이나 밖에서 기다렸다. 비가 올 때는 대기실에서 기다렸다. 그 대기실은 보통 거위와 닭, 염소 등 마을 사람들로부터 돈 대신 기증받은 가축을 넣어두는 창고였다.

또 하나의 방은 수술실로 사용되었다. 의료 기구 몇 가지와 치료약이 약간 있었을 뿐 마취제도 없었다. 놀랍게도 우리는 그곳에서 아주 대담하게 복잡한 수술을 시행했다. 손발을 절단하고, 폭탄의 파편을 제거하고, 아기를 받아냈다. 어느 날 포도알 크기의 종양이 있는 임산부가 왔다. 개복하여 고름을 빼내고 종양을 떼어냈다. 태아가 무사하다는 사실을 알리자 임산부는 벌떡 일어나 걸어 집으로 갔다.

마을 사람들의 회복력은 놀라웠다. 그들의 용기와 삶의 의지는 내게 강렬한 인상을 주었다. 그들의 회복력이 높은 것은 오로지 삶에 대한 강력한 의지 덕분이라고 생각할 수밖에 없는 때가 종종 있었다. 인간 존재의 본질과 모든 생명체의 본질은 단순히 살아가는 것, 생존하는 것에 있다고 깨달았다. 일찍이 "나의 목표는 생명의 의미를 밝히는 것에 있다."라고 마음의 수첩에 적었던 내게 그것은 살아가는 동안 가장 깊은 교훈이 되었다.

어느 날 밤 최대의 시련이 찾아왔다. 응급 환자를 돌보러 항카와 당카가 이웃 마을로 출동해 진료소에는 나 혼자밖에 없었다. '단독 비행'은 그때가 처음이었다. 시기도 최악이었다. 의약품은 아무것도 없었다. 무슨 일이 일어나더라도 즉석에서 대처해야 했다. 다행히 낮을 무사히 넘기고 밤도 조용히 깊어지고 있었다. 나는 담요를 두르고 중얼거렸다.

"아, 오늘밤은 누구도 날 깨우지 않겠지. 오랜만에 한번 푹 자야지."

하지만 그 혼잣말은 불운을 부르는 징크스였다. 자정쯤에 아기 울음소리 같은 소리가 들렸다. 나는 억지로 눈을 뜨지 않았다. 어쩌면 꿈일지도 몰라. 꿈이 아니라 해도 어쩌란 말인가? 환자는 매일 밤 시도 때도 없이 찾아온다. 그것에 일일이 대응하다가는 조금도 눈을 붙일 수 없다. 그래서 나는 자는 체하기로 작정했다.

그때 또 소리가 들렸다. 아기가 칭얼거리는 소리였다. 힘없이 매달리는 듯한 울음소리가 계속 들려오고 있었다. 이윽고 호흡이 거칠어지고 고통스런 헐떡거림으로 변했다. 나는 연약한 자신의 태도를 혐오하면서 눈을 떴다. 두려워했던 대로 꿈은 아니었다. 만월의 은은한 빛을 받으며 한 여자가 내 옆에 쭈그려 앉아 있었다. 여자는 담요를 온몸에 두르고 있었다. 분명 그 울음소리는 여자의 것이 아니었다. 내가 일어나 앉았을 때 다시 울음소리가 들리고 담요의 틈으로 아기의 얼굴이 보였다. 자꾸 감기는 눈을 뜨려고 애쓰면서 나는 아기를 관찰했다. 사내아이였다. 그리고 시선을 어머니의 얼굴로 옮겼다. 여자는 밤늦게 깨운 것을 사과하고, 영험한 여의사들이 있다는 소문을 듣고 먼 마을에서 걸어 찾아왔다고 했다.

아이의 이마에 손을 짚어보았다. 세 살가량으로 보이는 사내아이의 몸은 고열로 불덩이 같았다. 입술과 혀에 물집이 생겼고 탈수 증세도 보였다. 장티푸스 증상이었다. 유감스럽게도 내가 할 수 있는 일은 아무것도 없었다.

"약이 없습니다. 아무것도……. 진료실에 가더라도 뜨거운 차 한 잔 대접해드리는 것밖에 할 수 없군요. 죄송합니다."

여자는 실망이 가득한 눈빛이었지만 고맙다는 예를 표하고 진료실로 나를 따라왔다. 아기가 힘겹게 숨을 몰아쉬자 여자는 어머니만이 할 수 있는 눈빛으로 나를 지긋이 바라보았다. 고요하고 애절한 눈빛, 호소하는 듯한 검은 눈동자에는 상상할 수 없는 슬픔이 담겨 있었다. "이 아이를 살려주세요." 어머니는 차분하게 말했다. 나는 체념하여 고개를 내저었다.

"안 돼요. 당신은 이 마지막 아이를 살려내야 합니다."

여자가 단호히 말했다. 그리고 겁내는 기색 없이 말을 계속했다. "내 열세 명의 아이 중 막내입니다. 다른 아이들은 모두 마이다네크 수용소에서 죽었습니다. 하지만 이 아이는 수용소에서 태어났어요. 겨우 살아나왔는데 여기서 죽게 놔둘 순 없어요."

설령 이 작은 진료소가 시설을 완벽하게 갖춘 병원이었다 할지라도 아기를 살려낼 가능성은 거의 없었다. 그렇다 해도 수수방관하고 있는 내 자신이 너무나 한심했다. 이 여자는 이미 충분히 고통을 겪었다. 가족이 모두 가스실에서 살해당했으면서도 이 여자가 아직 한 가닥의 희망을 버리고 있지 않은 이상, 나도 어떻게든 내 안의 모든 힘을 불러 모아야 했다. 필사적으로 생각한 끝에 한 가지 방법을 떠올렸다. 루블린 시까지 가면 병원이 있다. 캠프에는 차가 없기 때문에 걸어가야 했다. 병원에 도착할 때까지 아이가 살아 있다면 병원 측을 설득해 입원시킬 수 있을 것이다. 위험한 도박이었다. 하지만 그것밖에 방법이 없다는 것을 직감한 부인은 아기를 안아 올리며 "좋아요, 가요!"라고 말했다.

점점 약해져가는 아기를 번갈아 안으면서 우리는 밤새도록 걸었다. 해가 뜰 무렵 거대한 석조 건물 병원 앞의 높은 철문에 이르렀다.

닫혀 있는 문 너머에서 수위가 더 이상 환자를 받을 수 없다고 말했다. 30킬로미터나 걸어왔는데도? 나는, 축 늘어져 의식을 잃어가는 아기를 바라보았다. 안돼! 이대로 헛되이 끝나게 할 순 없어!

그때 의사처럼 보이는 한 남자가 눈에 들어왔다. 나는 그 사람의 소매를 붙잡고 호소했다. 의사는 마지못해 아기의 이마에 손을 대 맥을 짚어보더니 이제 가망이 없다고 말했다. "욕실까지 환자를 수용하고 있어요. 이 아이는 가망이 없기 때문에 입원시켜봤자 소용없어요." 갑자기 분노가 치밀어 올랐다. "나는 스위스에서 왔습니다." 의사에게 바싹 다가가 코끝을 똑바로 올려다 보며 분노를 터뜨렸다.

"폴란드 사람들을 도우려고 걸어서 히치하이크로 아주 힘들게 이 나라에 왔어요. 루시마의 자그마한 진료소에서 혼자 매일 50명이나 되는 환자를 돌보고 있어요. 오직 이 아이를 살려야 한다는 일념으로 밤새 걸어왔습니다. 당신이 이 아이를 진료해 주지 않는다면 나는 스위스로 돌아가 모두에게 말할 거예요. 폴란드 사람들은 사랑도 동정심도 없는 냉정한 사람들이라고. 한 어머니가 열두 명의 아이를 강제수용소에서 잃고 살아남은 마지막 아이마저 죽어가고 있는데 폴란드 의사가 죽게 내버려뒀다고요."

변화가 일어났다. 의사는 내키지 않는 표정으로 아이에게 손을 내밀며 "입원시키겠소. 하지만 한 가지 조건이 있어요."라고 말했다. 아이의 엄마와 내가 3주 동안 아이 곁을 떠나 있어야 한다는 조건이었다. "3주 후면 이 아이가 땅에 묻혀 있는지 건강해져 집에 돌아갈 수 있는지 알게 될 거요." 의사는 그렇게 말했다. 어머니는 망설일 것도 없이 아이를 축복해주고 의사에게 건넸다. 병원 안으로 사라지는 의사와 아기를 지켜보는 어머니에게서 인간으로서 할 도리는 다 했다는 안도의 표정이 떠올랐다. 두 번 다시 만날 일은 없을지도 모르는 여자에게 나는 물었다.

"이제 어떻게 하시겠어요."

"함께 가서 선생님을 돕겠습니다."

그 여자는 훌륭한 조수가 되었다. 세 개밖에 없는 귀중한 주사기를 사용할 때마다 작은 단지에 넣어 소독하고, 붕대를 빨아 햇볕에 말리고, 진료소 바닥을 부지런히 청소하고, 식사 준비를 하고, 절개 수술을 할 때에는 환자를 붙잡아주는 일도 해주었다. 통역에서 간호와 요리까지 그녀가 할 수 없는 일은 없었다.

그러던 어느 날 아침 눈을 떴을 때 그 여자가 보이지 않았다. 쪽지도 남기지 않고 작별 인사도 없이 밤중에 슬그머니 떠나버린 것이다. 나는 얼떨떨하고 낙담했다. 며칠이 지나서야 그녀가 행방을 감춘 이유를 알게 되었다. 그 여자의 아이를 루블린의 병원에 맡긴지 3주가 지났던 것이다. 나는 일에 쫓겨 잊고 있었지만, 어머니는 매일 손꼽아 헤아리며 기다렸던 것이 틀림없다.

한 주일 후, 별빛을 받으며 자다가 아침이 되어 눈을 떠보니 머리맡에 손수건 꾸러미가 놓여 있었다. 손을 뻗어 만져보니 흙이 들어 있었다. 이곳에서 늘 대하는 미신의 하나라 생각하고 꾸러미를 진료소 선반 구석에 놓아두고 까맣게 잊었다. 그런데 한 여자 환자가 "꾸러미를 풀고 안을 보세요."라고 성화를 해댔다. 꾸러미 안에는 흙과 함께 작은 쪽지가 들어 있었다.

"파니 닥터에게." 쪽지에는 이렇게 적혀 있었다. "선생님이 구해주신 열세 번째 아이의 엄마 W로부터. 축성 받은 폴란드 흙을 드립니다."

아, 그 아기는 살아났다. 내 얼굴에 함박웃음이 떠올랐다.

종이쪽지의 마지막 글귀를 다시 읽어보았다.

"축성 받은 폴란드 흙을 드립니다."

순간 수수께끼가 풀렸다. 그 여자는 한밤중에 일어나 30킬로미터를 걸어 병원에 가서 살아난 자식을 보았다. 루블린에서 아기를 데리고 자신의 마을로 돌아가 집의 흙을 한줌 파가지고 사제를 찾아가서 축성 받은 것이다. 나치가 성직자를 거의 모두 몰살했으므로 사제를 찾으러 많은 시간을 돌아다녔을 것이다. 이제 그 흙은 신의 축복을 받은 특별한 흙이 되었다. 흙을 내 머리맡에 놓고 그 여자는 다시 마을로 돌아갔다. 그 모든 것을 알게 되자 그 작은 꾸러미에 든 흙은 내가 일찍이 받은 가장 귀중한 선물로 변했다.

그때는 알 도리가 없었지만, 곧 그 흙이 내 생명을 구해주었다.

여름
summer

/

곰
의

장

가족과의 재회

암슬러 교수 같은 상사를 만난 것만큼 감사한 일은 없다. 그는 훌륭한 안과 의사였지만, 그 한없는 이해심과 동정심과 비교하면 그 뛰어난 의술도 무색해질 정도였다. 대학 병원에서 일을 시작한 지 1년도 지나지 않은 시기에 흔쾌히 자원봉사 휴가를 내주었던 암슬러 교수는 병원에 돌아온 나를 반갑게 맞아주면서 이렇게 말했다.

"이제 겨울이군. 사랑스러운 제비가 둥지로 돌아온 걸 보니 말이야."

예전과 조금도 달라지지 않은 지하 검사실은 마치 천국 같았다. 나는 곧 검사와 연구를 다시 시작했다. 하지만 암슬러 교수는 내가 좀 더 책임 있는 일을 해낼 수 있을 만큼 성장했다는 것을 금방 알아차렸다. 그는 나를 소아 병동에 배치하여 교감성 안염이나 악성 종양 등으로 시력을 잃어가고 있는 아이들을 검사하도록 하였다. 내가 아이들을 대하는 방식은 의사나 부모들과 달랐다. 아이들에게 직접 말을 걸어 시력을 잃어가는 불안한 심정에 귀 기울이며, 그들이 얼마나 솔직하게 반응하는지 알아차렸다. 이곳에서도 나는 나중에 도움이 될 기술을 익히게 되었다.

나는 시력 장애 환자를 검사하는 지하에서의 일이 좋았다. 그것은 측정과 검사를 반복하는 몇 시간씩 걸리는 일이었다. 필연적으로 환자와 둘만의 긴 시간을 암실에서 보내게 되어, 그곳은 완벽한 대화의 장소가 되었다. 아무리 과묵하고 조심성 많은 환자라도 그런 친밀한 환경 안에서는 마음을 열었다. 나는 아직 스물세 살의 검사원이었지만, 노련한 정신과 의사처럼 환자의 말을 듣는 기술을 몸에 익혔다.

열심히 일을 하면 할수록 의사가 되고 싶은 열망이 커져갔다. 어려운 관문인 의과대학 입학 자격시험에 합격하기 위해 야간 예비학교에 다니기 시작했다. 그리고 소홀히 했던 과목들인 독일어, 프랑스어, 영문학, 기하학, 삼각법, 그리고 가장 골칫거리인 라틴어를 맹렬히 공부했다.

그런데 여름이 찾아온 것과 함께 따뜻한 남풍을 타고 국제평화봉사단에서 편지가 날아왔다. 자원봉사자들이 이탈리아 레코에 모여 한 병원의 진입로를 건설하고 있는데, 식사 당번이 절실히 필요하다는 것이었다. 그들이 내 의향을 물어볼 필요는 없었다. 나는 며칠 후에 리비에라 해안에서 낮에는 곡괭이를 휘두르고 밤에는 캠프파이어를 둘러싸고 노래하고 있었다. 모든 것이 잘 되었다. 나의 멋쟁이 암슬러 교수가 일자리를 보증해주었고, 부모님도 평화봉사단 활동을 허락해주었다. 그 즈음에는 부모님도 내 방식에 완전히 익숙해져 있었다.

다만 한 가지 제약이 있었다. 출발하기 전에 아버지는 '철의 장막' 너머로 가는 것을 금지했다. 그곳에 갔다가는 실종될지도 모른다고 아버지는 생각했다. "다시 철의 장막 너머로 간다면 넌 더 이상 내 딸이 아니다." 아버지는 가장 엄한 벌칙을 꺼내 아예 못을 박았다.

"알겠습니다." 나는 대답했다. 그러나 속으로는 쓸데없는 걱정이라고 생각했다. 이탈리아에서 여름을 보내는데 왜 그런 걱정을 할까?

그러나 아버지의 걱정은 적중했다. 도로 건설이 예정보다 빨리 끝나고, 국제평화봉사단으로부터 두 아이를 폴란드의 부모 품으로 데려다주라는 다급한 요청을 받았다. 아이들의 어머니는 스위스인이고 새 의붓아버지는 폴란드인이었는데, 두 사람 모두 국외로 나올 수 없었다. 폴란드에서 일한 경험이 있는 스위스인인 나는 이 임무에 최상의 적격자였다. 폴란드어를 구사하고 현지 지리에 밝은 데다 아이를 동반해도 의심받지 않을 터였다. 이미 히치하이크로 이탈리아의 여러 도시들을 돌아다니며 미술관들을 구경했었다. 여름이 끝나기 전에 또 한 번의 모험을 해보는 것도 나쁘지 않았다. 폴란드도 다시 한번 가보고 싶었다. 하늘이 주신 선물 같은 임무였다.

여덟 살짜리 사내아이와 여섯 살짜리 여자아이 남매와 취리히에서 합류하기로 했다. 아이들을 만나기 전에 잠시 집에 들러 갈아입을 옷가지를 챙겼다. 그때 어머니가 집에 있었다면 훗날의 재난은 피할 수 있었을지 모른다. 그러나 집에는 아무도 없었다. 아버지의 충고를 까맣게 잊고 있던 나는 간단한 안부 메모에 여행 계획을 덧붙여 써놓았다.

기차역에서 만난 국제평화봉사단 취리히 지부장은 임무를 또 하나 주었다. 체코슬로바키아 프라하에 가서 고아원 실태를 조사해달라는 임무였다. 위험한 일인지 알고 있었지만 나는 임무를 기꺼이 맡았다. 바르샤바까지 가는 동안 위험한 일이 있을지 모른다는 두려움은 온 데 간 데 없이 사라졌다. 바르샤바에서 무사히 아이들을 넘겨주고 밤새도록 도시를 쏘다녔다. 2년 전보다도 훨씬 나아진 식량 사정, 사람들의 웃는 얼굴과 시장에 늘어선 꽃들을 보고 나는 기뻤다.

프라하의 모습은 바르샤바와 아주 딴판이었다. 도시 밖으로 나가는 검문소에서는 범죄자처럼 취급받아 알몸으로 조사받는 굴욕을 당했다. 못된 보초병들로부터 우산과 소지품을 빼앗기기도 했다. 여행하면서 겁먹은 것은 그때가 처음이었다. 가는 곳마다 부정과 불신의 공기가 감돌았던 기억이 지금도 생생하다. 상점은 텅 비어 있고, 사람들의 표정은 험악하고, 꽃은 찾아볼 수 없었다. 숨이 막혀 질식할 것 같았다.

고아원은 악몽 그 자체였다. 수용된 아이들을 보니 가슴이 찢어지는 것 같았고, 속이 메스꺼웠다. 불결하고 먹을 것도 없고, 무엇보다 사랑이 없었다. 하지만 내가 할 수 있는 일은 아무것도 없었다. 비밀경찰이 졸졸 따라다니며 감시하더니 아예 노골적으로 빨리 사라져 달라고 말했다.

분노가 치밀어 올랐지만 어리석은 행동은 할 수 없었다. 강력한 체코 군을 상대로 싸워 이길 방법도 없었다. 하지만 꼬리를 내리고 도망칠 수만은 없었다. 고아원을 떠나기 전에, 배낭을 다 쏟아 옷과 신발, 모포 등 갖고 있는 물건을 남김없이 아이들에게 주었다. 취리히로 돌아오는 길에 나는 프라하에서 아무것도 할 수 없었다는 것에 안타까웠다. 그나마 바르샤바에 남아 있던 희망의 빛으로 위안을 삼았다.

"예제 폴스크 니에 기네바." 나는 작은 목소리로 노래했다. "폴란드는 아직 지지 않았어. 그래, 폴란드는 아직 지지 않았어."

모든 아이들이 그렇듯이, 나도 여행에서 돌아올 때마다 기쁨으로 가슴이 부풀었다. 이번에는 더욱 그랬다. 아파트의 문 앞에 서자 어머니의 맛있는 음식 냄새가 풍겨오고 접시와 스푼 부딪치는 소리와 함께 즐거운 대화 소리가 들렸다. 유달리 큰 목소리에 나는 가슴이 설레었다. 오랫동안 만나지 못한 오빠의 목소리였다. 에른스트는 오래전부터 파키스탄과 인도에서 생활하고 있었다. 편지로 안부만 나누어왔기에 이렇게 직접 만나는 것은 뜻밖이었다. 옛날처럼 가족 모두가 얼굴을 맞대고 실컷 이야기꽃을 피울 수 있을 것 같았다.

하지만 희망 사항일 뿐이었다. 그 기대는 너무 낙관적이었다. 에른스트가 그동안 어떻게 변했을까 상상하면서 노크를 하려고 할 때 갑자기 현관문이 열렸다. 아버지가 문간에 우뚝 버티어 서서 들어가려는 나를 막았다. 두 눈이 분노로 이글거렸다.

"누구시오?" 아버지는 엄숙한 목소리로 말했다. "우린 댁을 모르겠는데."

아버지가 싱긋 웃으면서 농담이라고 말해주기를 기대했지만, '탕' 하는 소리와 함께 문이 닫혔다. 아버지는 내가 어디에 다녀왔는지 알고 있는 것이 틀림없었다. 바쁘게 휘갈겨 쓴 메모의 내용은 잊었지만, 약속을 어긴 나를 아버지가 벌하려 한다는 것은 알아차렸다. 나무 바닥을 걸어가는 아버지의 발소리가 멀어져갔다. 그리고 고요해졌다. 아까처럼 활기차지는 않았지만 집안에서 대화가 시작되었고, 어머니도 여동생들도 나를 맞으러 나오지 않았다. 아버지가 나가보지 못하게 했을 것이다.

남의 기대에 따르기보다 자신이 옳다고 판단한 일로 치를 대가가 이것이라면 나도 아버지만큼, 아니 아버지보다 더 강하게 나갈 수밖에 없었다. 나는 잠시 문 앞에서 망설인 후 뒤돌아 나왔다. 발길은 클로스바흐슈트라세로 향했다. 전차 정류장 부근의 작은 커피숍 앞에서 멈추었다. 그곳이라면 먹을 것과 화장실이 있었다. 잠은 지하 검사실에 가서 자기로 했으나 갈아입을 옷이 문제였다. 가진 것은 몽땅 프라하의 고아원에 주고 왔다.

커피숍에 들어가 가벼운 식사를 주문했다. 어머니는 아버지의 행동에 속상했겠지만 아버지의 마음을 돌리기에는 역부족이었다. 여동생들도 내 편을 들고 싶겠지만 이젠 그들의 생활이 있었다. 에리카는 결혼했고, 에바는 스키 챔피언이자 시인인 세플리 부헤르와 약혼했다. 나만이 아직 혼자이고 안정되지 않은 상태에 있었다. 하지만 후회는 없었다. 그때 어떤 시가 떠올랐다. 할머니가 손님방 침대 머리맡의 벽에 걸어놓은 시였다. 어린 시절 나는 자주 그 침대에서 잤다. 어렴풋한 기억이지만 이런 시였다.

이제 안 된다고 생각할 때에도
언제나, 어디선지 모르게
한줄기 작은 빛이 비쳐온다.

그 작은 빛을 바라보면
다시 용기가 솟구친다.
그리고 다시 한걸음 앞으로 나아갈
힘이 솟구친다.

몹시 고단했던 나는 탁자에 엎드려 잠들었다. 누군가 내 이름을 불러 잠에서 깨어났다. 고개를 들어 주위를 둘러보니 친구 실리 호프마이어가 보였다. 실리는 손을 흔들며 다가와 내 옆에 앉았다. 내가 검사 기사 자격을 땄을 때 같은 주립병원에서 전도유망한 언어치료사 자격을 취득한, 말하자면 동기생이었다. 그 후 만나지 못했지만, 실리는 그때나 다름없이 사교적이고 매력적이었다. 실리는 이야기를 시작하자마자 어머니와의 다툼에 대해 털어놓고 "집을 나와 독립하고 싶어."라고 말했다.

들어보니, 이미 몇 주 전부터 아파트를 구하러 다녔는데 겨우 적당한 집을 찾아냈다고 했다. 다락방 아파트로 엘리베이터는 없고, 97개나 되는 계단을 올라가야 하지만 취리히 호수가 바라다보이고 교통도 편리하다고 했다. 다만 한 가지 문제가 있었다. 복도 맞은편에 있는 작은 방도 함께 빌려야 한다는 것이었다. 실리는 낙담하고 있었지만 나는 눈이 번쩍 띄었다.

"그 집을 얻자." 내 사정을 이야기하기도 전에 나는 소리쳤다.

다음 날 우리는 계약서에 서명하고 이사했다. 비치된 커다란 골동품 책상 외에 내 가재도구는 모두 구세군에서 조달했다. 음악에 재능 있는 실리는 작은 그랜드 피아노를 들여놓았다. 그날 오후 아버지가 부재중일 때 나는 집에 찾아가 어머니에게 내 거처를 알렸다. 작은 창에서 보이는 풍경에 대해서도 이야기했다. 옷가지를 배낭에 챙겨 넣으면서 어머니와 동생들에게 와줄 것을 부탁했다.

비록 커튼은 낡은 침대 시트로 만들었지만 새 집은 아늑한 둥지였다. 실리와 나는 거의 매일 저녁 손님을 초대했다. 그녀의 친구들인 지역 실내악단 멤버들이 멋진 음악을 연주했고, 내 야간학교 친구들로 향수병에 걸린 외국인 학생들이 대화에 지적인 색을 더해주었다. 터키 출신의 건축과 학생은 놋쇠 커피포트를 가져왔고 할바(참깨가루와 꿀로 만든 과자)라는 디저트를 만들어주었다. 여동생들도 자주 놀러왔다. 부모님의 집에 비하면 지극히 초라한 곳이었지만, 그 방은 어떤 것과도 바꿀 수 없는 공간이었다.

1950년 가을부터 본격적으로 시험공부에 돌입했다. 낮에는 암슬러 교수 밑에서 일하고 밤에는 마투라를 목표로 예비학교에서 공부했다. 삼각법부터 셰익스피어, 지리학, 물리학까지 공부할 과목은 다양했다. 이 시험을 준비하는 데 일반적으로 3년 걸리지만 집중적으로 공부하여 1년 만에 시험을 치를 정도까지 이르렀다.

때가 되어 원서를 제출했지만, 문제는 500스위스 프랑에 달하는 입학금을 마련할 길이었다. 어머니로부터 도움 받을 수도 없었다. 그만큼 큰 돈은 아버지의 허가 없이 어머니 마음대로 쓰지 못했다. 한동안 희망이 없어 보였다. 고맙게도 여동생 에리카와 그의 남편 에른스트가 부엌을 새로 고치려고 모아놓은 돈을 빌려주었다. 꼭 500프랑이었다.

1951년 9월 초, 나는 마투라 시험을 치렀다. 시험은 논문을 포함하여 닷새 동안 계속되었다. 합격하려면 전 과목 평균이 일정 수준 이상에 도달해야 했다. 물리학, 수학, 동물학, 식물학은 자신 있었지만 라틴어는 아주 엉망이었다. 시험을 담당한 노교수는 내가 다른 모든 과목에서 좋은 성적을 냈기 때문에 라틴어 성적에 낙제점을 주어야 한다는 것에 마음 아파했다. 나는 그것을 예상하고 처음부터 평균 점수를 높이는 전략을 세웠다. 합격은 자신 있었다.

우편으로 합격 통지가 날아온 것은 아버지의 생일 전날이었다. 아직 의절한 상태였지만 나는 아버지에게 특별한 선물을 보낼 생각이었다. 해당하는 날짜의 칸에 '해피 버스데이'와 '마투라에 합격'이라고 써넣은 달력이었다. 아버지의 생일날 오후 그 달력을 집의 우편함에 넣어두었고, 다음 날 아침 아버지의 반응을 떠보려고 회사 밖에서 기다렸다. 아버지는 자랑스러워할 것이다.

내 직감은 맞아떨어졌다. 아버지는 처음에는 냉담했지만, 이윽고 찌푸린 얼굴이 웃는 얼굴로 바뀌었다. 용서한다는 의미는 아니더라도 1년 이상 본 적이 없는 아버지의 서투른 애정 표현이었던 것이다. 그것으로 충분했다. 얼음은 녹아가고 있었다. 그날 밤 검사실에서 돌아온 후, 두 여동생이 아버지의 메시지를 전하러 아파트에 왔다.

"아버지께서는 언니가 저녁식사에 오길 바라셔."

성찬을 앞에 두고 아버지가 합격 축하 건배를 제안했다. 하지만 우리는 나의 시험 합격보다도 다시 가족 모두가 하나된 것을 기뻐했다.

이제 안 된다고 생각할 때에도 언제나, 어디선지 모르게 한줄기 작은 빛이 비쳐온다. 그 작은 빛을 바라보면 다시 용기가 솟구친다. 그리고 한걸음 앞으로 나아갈 힘이 솟구친다.

의과대학 시절

죽음과 그 과정에 관한 연구에서 내가 가장 영향 받은 정신과 의사는 C. G 융이었다. 의대 1학년 시절, 취리히 시내를 산보하고 있는 이 전설적인 스위스 정신과 의사를 나는 종종 목격했다. 보도와 호숫가를 걷는 융의 모습은 언제나 망아의 상태에서 깊은 사색에 잠겨 있는 듯 보였다. 나는 융과의 사이에 불가해한 인연을 느꼈다. 입을 열면 금세 마술적으로 통할 것 같은 기묘한 친근감을 품고 있었다.

유감스럽게도 내 쪽에서 말을 걸어본 적은 없었다. 그보다는 이 위대한 사람과 마주치는 것을 피했다. 융의 모습을 보면 나는 반사적으로 길을 건너버리든지 걸어가는 방향을 바꿔버렸다. 지금은 그것을 후회하고 있다. 하지만 당시에 나는 융에게 말을 거는 순간 정신과 의사가 될지도 모른다고 생각했다. 정신과는 내 진로 지망 리스트의 최하위에 있었다.

의대에 입학한 처음부터 나는 전 과목을 진료하는 '컨트리 닥터'가 되기로 결심했다. 스위스에서는 컨트리 닥터가 되는 것을 장려하고, 그것이 의사 진로 중의 하나로 되어 있다. 학교를 졸업하면 새내기 의사는 지방에서 대진(代診)을 경험한다. 일종의 도제 제도 같은 것으로, 외과나 정형외과 같은 전공의 과정으로 나아가기 전에 햇병아리 의사에게 일반 진료를 배우게 하는 것이다. 그것이 마음에 들면 그냥 컨트리 닥터로 머물 수 있는데, 나는 처음부터 그것을 희망했다. 하지만 그때까지는 의과대학에서 7년을 공부해야 했다.

컨트리 닥터는 훌륭한 제도였다. 그 경험 덕분에 보수보다 환자를 먼저 생각하는 의사로 자라게 된다. 나는 의과대학에서 좋은 출발을 했다. 화학, 생화학, 생리학 같은 기초 자연과학은 거뜬히 해치웠다. 하지만 해부학에서는 하마터면 퇴학당할 뻔했다. 해부학 첫 수업 날, 주위의 모든 학생이 외국어로 말하고 있었다. 강의실을 잘못 찾아온 줄 알고 일어나 나가려고 했다. 오만하고 규율이 엄한 교수가 강의를 멈추고 나의 무례함을 야단쳤다. 그리고 변명도 들으려 하지 않고 "잘못 찾아온 건 아니네."라고 말하고 이렇게 덧붙였다. "여자가 의학 공부라니, 집에서 밥이나 짓고 바느질이나 해야지."

굴욕감을 느꼈다. 나중에 알고 보니, 학급의 3분의 1은 이스라엘과 스위스 정부의 협정에 의해 유학 온 이스라엘 학생으로 내가 들은 말은 히브리어였다. 그 후에도 해부학 교수에게 미움을 산 일이 있었다. 나를 포함하여 몇몇 1학년생들이 공부는 하지 않고, 가난하여 학업을 계속하지 못할 처지의 이스라엘 학생을 위해 모금 활동을 하고 있다는 소리가 교수의 귀에 들어갔다. 교수는 모금 활동의 리더 격인 학생을 퇴학 처분하고 내게는 이렇게 말했다. "집에 가서 바느질이나 해."

퇴학당하고 싶지는 않았다. 하지만 교수가 의사로서 기본 의무를 망각하고 있다고 생각하여 나는 퇴학을 각오하고 이렇게 되받았다.

"우리는 다만 어려운 처지에 있는 동료를 도우려고 했을 뿐입니다. 선생님도 의사가 될 때 그런 일을 하겠다는 선서를 하시지 않았습니까?"

교수도 변명의 여지는 없었다. 쫓겨난 학생은 복학했고, 나는 유학생들을 돕는 활동을 계속했다. 곧 몇몇 인도 유학생과 친구가 되었다. 그중 한 친구가 실험용 쥐에 한쪽 눈을 물려 실명 위기에 처했다. 그 학생을 내가 주 5일 밤을 일하고 있던 암슬러 교수의 안과에 입원시켰다. 히말라야 산록 마을에서 온 그 유학생은 너무 두려워하고 낙담한 나머지 며칠이나 아무것도 먹지 않았다.

경험을 통해 나는 조국을 멀리 떠나 병에 걸려 아팠을 때 얼마나 두려운지 잘 알고 있었다. 그래서 병원 주방에 부탁하여 그 학생에게 친숙한 인도 음식을 제공하게 했다. 또 병원 측의 허가를 받아, 본인이 수술 받을 준비가 될 때까지 인도인 친구가 병실에서 침식을 함께하며 곁에서 돌보도록 해주었다.

이 일로 뜻하지 않은 선물을 받게 되었다. 인도의 네루 수상으로부터 초대장이 왔다. 유학생을 도운 답례로, 베른의 인도 영사관에서 열리는 공식 리셉션에 초대된 것이다. 야외 정원에서 열리는 환상적인 행사였다. 나는 인도인 친구들로부터 선물 받은 아름다운 사리를 입고 갔다. 나중에 수상이 된, 네루의 딸 인디라 간디로부터 꽃다발과 감사장을 받았다. 그보다는 인디라의 진심어린 환대가 무척 기뻤다. 리셉션 도중에 인디라의 권유로 네루 수상에게 인사하고, 유명한 저서 『인도의 발견The Unity of India』에 서명을 부탁했다.

"지금은 안 돼요"

네루는 쩌렁쩌렁한 목소리로 말했다. 그 시퍼런 서슬에 압도되어

나는 뒷걸음치다가 인디라에게 안기는 꼴이 되었다.

"걱정 말아요." 인디라가 위로해주었다. "제가 사인을 받아드릴 게요."

2분쯤 지났을까, 인디라는 아버지에게 저서를 건넸다. 수상은 서 명을 하고 아무 일 없었다는 듯 웃으며 딸에게 저서를 되돌려주었다. 몇 년 후 나도 수천 권의 책에 서명을 부탁받게 되었다. 뉴욕 존 F. 케 네디 공항의 화장실에서 변기에 걸터앉은 채 서명을 한 적도 있었다. "지금은 안 돼요."라고 소리치고 싶을 때가 몇 번이나 있었다. 그때마 다 인도 수상에게 배운 교훈을 반면교사로 삼아 그런 기분을 억눌 렀다. 내 책을 사준 사람들에게 상처 주는 일은 할 수 없었다.

학교생활은 큰 어려움이 없었다. 나는 대부분의 사람들보다 중노 동에 길들여져 있었다. 아니면 요령이 좋았는지도 모른다. 밤에는 안 과 검사실에서 보내며, 거기에서 정기적인 수입을 얻었다. 생활비는 그리 많이 필요하지 않았다. 점심은 대부분 샌드위치로 때웠지만 때 때로 학생 식당에서 급우들과 함께 식사하기도 했다. 매일 아침, 통 학할 때 전차 안에서 공부한 것을 빼면 대체로 언제 공부했는지 기억 나지 않는다.

다행히 시각적 기억력을 타고난 나는 실습과 강의 내용을 잊는 법 이 없었다. 하지만 지루한 강의, 특히 해부학은 밑바닥을 헤맸다. 한 번은 해부학 강의가 행해지는 커다란 계단식 강의실 위쪽 자리에서 여자 친구와 서로의 삶과 과거와 미래에 대해 이런저런 이야기를 하 고 있었다. 친구는 장난삼아 강의실을 둘러보고 핸섬한 스위스인 학 생을 가리켰다. "그 사람이야, 저 사람이 미래의 내 남편이야."

우리는 킥킥 웃었다. "이번엔 네 남편을 골라봐." 친구가 말했다.

나도 주변을 둘러보았다. 건너편 자리에 미국인 유학생 그룹이 앉아 있었다. 불쾌한 행동으로 평판이 좋지 않은 무리였다. 끊임없이 저질 농담을 던지고, 해부용 시신을 놓고 다른 학생들의 기분을 해치는 말을 서로 속삭이곤 했다. 나는 그들을 싫어했다. 그런데도 내 눈길이 한 학생에게 머물렀다. 짙은 갈색 머리의 잘생긴 남자였다. 그 남자가 우리 클래스에 있다는 것을 처음 알았다. 이름도 알지 못했다. "저 남자야." 나는 말했다. "저 남자로 하겠어."

우리의 천진한 웃음소리가 교실에 울려 퍼졌다. 그러나 마음 깊은 곳에서는 우리 둘 다 언젠가 그 남자들과 맺어질 운명이라는 것을 의심하지 않았다. 그것은 시간과 '우연'에 맡겨져 있었다.

해부학에 관한 한 되는 일이 없었다. 시작부터 좋지 않았지만, 기초 과정을 마치고 병리 해부에 들어갈 무렵 사태는 더욱 악화되었다. 병리 해부실에서는 학생을 네 명씩 그룹으로 나누어 각각 시신 한 구가 배정되었다. 배정된 우리 그룹의 면면을 볼 때, 교수가 과거의 불쾌한 일로 내게 앙갚음하고 있다고 확신했다. 미래의 남편으로 선택된 핸섬한 젊은이를 포함하여 미국인 학생 세 명이 나와 같은 조였던 것이다.

시신을 다루는 태도를 보고 미국인 학생들에 대한 내 인상은 더욱 나빠졌다. 죽은 남자의 몸을 농담거리로 삼고, 창자로 줄넘기를 하고, 고환의 크기를 화제로 삼아 나를 놀려댔다. 재미있지도 우습지도 않았다. 막되고 무신경한 무뢰한들로밖에 보이지 않았다. 게다가 미래의 남편과의 대면치고는 그다지 로맨틱하거나 멋진 장면이라고 할수 없었다. 나는 불쾌감을 숨기지 않고 딱 잘라 말했다. "그런 무례한 행동과 농담 짓거리는 제적 사유가 돼요. 또 혈관과 신경과 근육의 이름을 외우는 데도 방해가 된다고요."

미국인들은 얌전하게 내 말을 경청했지만, 한 사람—나의 미국인—이 발끈했다. 내가 분노로 폭발하기 직전 그는 사과하는 듯한 웃는 얼굴로 손을 내밀었다. "안녕, 나는 로스예요. 임마누엘 로스."

나는 금세 무장을 해제했다. 임마누엘 로스. 어깨가 넓고 근육질에 올려다봐야 할 정도로 키가 큰 남자였다. 뉴욕 출신이었다. 말투를 듣고 곧 알아차렸다. 태어난 곳이 어디냐고 묻기도 전에 '브루클린'이라는 대답이 들려올 듯한 악센트였다. 로스가 한 가지 더 덧붙였다. "친구들은 나를 매니라고 불러요."

병리 해부 교실의 파트너가 된 후에도 매니가 나를 영화와 식사에 초대하기까지는 3개월이 걸렸다. 매니에게 예쁜 여자친구들이 많다는 것을 알고 있었지만, 우리 사이는 서로 속마음을 나누며 자연스럽게 우정이 싹터갔다.

삼남매의 막내인 매니는 매우 힘든 어린 시절을 지냈다. 양친은 모두 청각 장애자였다. 매니가 여섯 살 때 아버지가 돌아가시고, 일가는 숙부의 비좁은 아파트로 옮겼다. 몹시 가난한 생활이었다. 아버지에게 받은 유일한 선물인 호랑이 봉제 인형을 편도선 수술을 받던 다섯 살 때 간호사에게 빼앗겨 잃어버렸다. 오랜 세월이 흘렀는데도 매니가 아직도 그 상실에 가슴 아파하는 것을 알고 나는 토끼 블래키 이야기를 해주며 위로했다.

매니는 일하면서 학교에 다녔고, 해군 복무를 마치고 뉴욕 대학 의과 예과를 졸업했다. 퇴역 군인의 경쟁률이 치열한 미국의 의과대학을 피해 독일어 강의와 스위스 독일어의 클래스 토론으로 고생할 것을 각오하고 매니는 취리히 대학 의과를 선택했다. 나의 통역 덕분에 공부를 잘 할 수 있게 되었다고 기뻐한 매니는 나의 첫 데이트 상대이자 결혼을 생각하게 한 남자였다. 여름 방학 전에 나는 매니에게 스키를 가르쳐주었다. 신학기가 시작되었을 즈음, 매니는 자신을 좋아하는 여자들을 어떻게 떼어놓을지 고민하게 되었다.

2학년이 되자 실제로 환자를 접할 기회가 주어졌다. 내게는 즉석에서 바른 진단을 내릴 수 있는 탐정 같은 후각이 있었다. 그리고 어린 시절 중병을 앓았던 때문인지 소아과를 유난히 좋아했다. 또 동생 에리카가 병원에 입원해 있을 때의 경험과 관계가 있을지도 모른다. 다행인지 불행인지, 임상 실습 문제로 고민할 겨를은 없었다. 그보다는 더 큰 문제로 머리가 복잡했기 때문이다. 바로 아버지의 심기를 건드리지 않고 매니를 가족에게 소개하는 것이었다. 그해 크리스마스가 기회를 주었다.

보통이라면 크리스마스는 가족만을 위한 특별한 날이었지만, 그해에는 일주일 전에 맛있는 성탄 요리를 구실 삼아 어머니에게 손님 초대를 허가받았다. 손님은 내가 엄선한 미국인 친구 세 명으로, 그 중에는 물론 매니도 있었다. 어머니에게는 세 사람이 고국을 멀리 떠나와 크리스마스 만찬도 먹지 못하고 외롭게 지낸다는 정말 눈물나는 이야기 ― 대체로 사실이었다. ―를 들려주며, 충분히 시간을 들여 미국인 친구들을 기쁘게 할 스위스 전통 요리를 풀코스로 준비해주기 바란다고 부탁했다. 한편 아버지에게도 남자 손님들이 올 거라고 넌지시 이야기했다.

크리스마스 밤, 매니가 커다란 꽃다발을 가져와 대번에 어머니 마음을 사로잡았다. 세 남자가 식사 후에 식탁을 치우고 설거지를 하는 것을 보면서 어머니는 찬사를 아끼지 않았다. 스위스 남자들은 결코 하지 않는 일이었다. 아버지도 소중히 간직해둔 와인과 브랜디를 대접했고, 자연스럽게 피아노를 둘러싼 즐거운 합창회로 이어졌다. 합창은 거실을 따뜻한 빛으로 가득 채운 많은 초들이 다 타 녹아내릴 때까지 계속되었다. 10시가 지나자 나는 미리 약속한 대로 친구들에게 신호를 보냈다.

"벌써 11시가 되어가네." 슬며시 나는 중얼거렸다. 아버지는 손님이 너무 오래 머물면 밖이 영하 10도가 넘더라도 태연히 현관문과 창문을 죄다 활짝 열어놓아 손님의 무례함을 알리는 사람이었다. 그것만은 어떻게든 피하고 싶었다.

하지만 그날 아버지는 매우 기분이 좋았다. "아주 좋은 애들이야." 나중에 아버지는 그렇게 말했다. "그중에 매니가 가장 괜찮아. 매니는 네가 집에 데려온 청년 중에서 제일 나아." 아버지 말이 맞다. 하지만 매니에 대해 아버지가 아직 모르는 한 가지 중요한 사실이 있었다. 이 유쾌한 순간이 폭탄을 터트리기에 더없이 좋은 기회였다. "더욱이 그 사람은 유대인이에요." 아버지의 눈치를 살피며 나는 말했다. 침묵이 흘렀다. 아버지가 취리히의 유대인 사회를 싫어한다는 사실을 알고 있는 나는 얼른 부엌으로 가서 어머니의 설거지를 거들었다. 언젠가는 매니 편에 서서 싸워야 한다고 생각하면서…….

다행히도 그날 밤은 싸우지 않았다. 아버지는 아무 말 없이 곧장 침실로 물러났다. 하룻밤 생각해볼 속셈인 것 같았다. 다음 날 아침 식사 때, 아버지는 뜻밖의 폭탄을 터뜨렸다. "언제든 매니를 데려와도 좋다." 그로부터 몇 달도 지나지 않아 내가 매니를 초대할 필요도 없게 되었다. 가족으로 인정받은 매니는 내가 없어도 종종 저녁을 먹으러 왔다.

예정대로 결혼식은 1955년에 올렸다. 아니, 내 결혼식은 아니었다. 매니와 나는 더욱 가까워져 언젠가는 결혼할 생각이었지만, 그것은 졸업한 뒤의 이야기였다. 신부인 여동생 에바와 신랑 세플리는 몇세대 선조부터 우리 가족이 다니던 작은 예배당에서 영원한 사랑을 서약했다. 두 사람이 깊은 관계를 맺은 이래로 부모님은 세플리를 여동생의 결혼상대로 어울리지 않는다는 견해를 내비쳤다. 의사? 변호사? 좋다. 사업가라면 더욱 좋다. 스키 타는 시인? 그것이 문제였다.

나는 여동생 편이었고, 줄기차게 세플리를 변호했다. 명석하고 감수성이 풍부하고, 나와 마찬가지로 산과 꽃과 햇빛을 사랑하는 부드러운 남자였다. 주말에 우리 세 사람은 자주 암덴에 있는 산장에 갔다. 스키를 타고 요들송을 부르고 기타와 바이올린을 연주할 때면 세플리는 늘 만면에 웃음을 지었다. 때로는 매니도 함께 했다. 매니는 딱딱한 매트리스에서 자거나 장작 스토브로 요리하는 것에 개의치 않았고, 숲의 동물과 식물에 관한 내 설명도 감명 깊게 들었지만 언제나 도시로 돌아와야 마음이 놓인다고 했다.

다음 해에는 한 번도 산장에 가지 못했다. 의대 7년 과정의 마지막 해를 맞이하여 실습에 줄곧 쫓겼다. 인턴에 상당하는 스위스 제도에 따라 나는 그해를 니더베닝겐에서 일반 진료 실습으로 시작했다. 3주간의 군사 교육에 소집된 젊은 의사를 대진하는 일이었다. 현대적 시설을 갖춘 대학 부속병원에서 온 나는 그 의사가 출발 직전에 바쁘게 안내해준 진료소의 빈약한 검사실과 엑스레이 장비를 보고 일종의 문화 충격을 받았다. 의사는 또 주변 일곱 개 농촌 마을 환자의 진료기록 카드가 담긴 색다른 파일을 보여주었다.

"일곱 개 마을이라구요?" 내가 되물었다.

"그래요, 그래서 오토바이를 타고 다녀야 해요." 의사가 말했다.

오토바이 이야기는 그것으로 끝이었다. 의사가 떠나고 몇 시간 후, 첫 응급 전화가 울렸다. 오토바이로 15분 거리에 있는 마을에서 온 전화였다. 오토바이 짐칸에 검은 왕진 가방을 묶고 시동 페달을 밟았다. 나는 오토바이는 고사하고 자동차 운전도 해본 적이 없었다.

그럭저럭 달리기 시작했다. 하지만 3분의 1정도 온 언덕길에서 왕진 가방이 짐칸에서 흘러 떨어지는 소리가 들렸다. 이어 요란스럽게 땅에 부딪치는 소리가 났다. 가방에서 튀어나온 의료 기구가 사방으로 흩어졌다. 고개를 돌려 그 참상을 보는 순간 큰 실수를 범했다는 것을 알아차렸다. 도로의 구덩이에 빠진 오토바이가 방향을 잃고 제멋대로 달려갔다. 나는 왕진 가방 옆에 떨어졌고, 이윽고 오토바이도 넘어져 멈추었다.

나의 진료 실습은 그렇게 시작되었다. 전혀 알아차리지 못했지만, 온 마을 사람이 창문으로 나를 지켜보고 있었다. 여의사가 새로 왔다는 소식은 모두 알고 있었다. 오토바이가 털털대며 언덕을 올라오다가 넘어지는 소리를 듣자마자 사람들은 흥미진진한 모습으로 모여들었다. 몸을 일으킨 나는 여기저기 긁힌 상처에서 흐르는 피를 바라보았다. 남자들이 넘어진 오토바이를 세워주었다. 겨우 환자의 집에 당도하여 심장신경증을 앓는 노인을 돌봤다. 노인은 자신보다도 상태가 나쁜 듯한 나를 본 덕분인지 곧 원기를 회복했다.

무릇 찰과상부터 암에 이르기까지 온갖 병을 치료한 벽촌에서의 3주간을 보낸 후 다시 학교로 돌아왔다. 몸은 지쳐 있었지만 더욱 자신감이 생겼다. 남은 두 이수 과목인 산과학/부인과학과 심장학에 흥미는 없었지만 큰 어려움도 없었다. 문제는 그 뒤의 국가 고시였다. 의사가 되려면 그 지루하고 힘든 6개월을 견뎌내야 했다. 그 다음에는? 매니는 졸업하면 미국으로 가자고 했지만, 나는 인도에서 자원봉사활동을 하고 싶었다. 분명 우리에게 의견에 차이가 있었지만 나는 좋은 쪽으로 해결되리라 믿고 있었다. 힘든 시기였다. 그리고 사태를 더욱 힘들게 만드는 일이 일어났다.

삶은 언제나 현재에 있다

의사 고시 위원회는 만 하루 동안 의대생이 7년간 배운 모든 범위에 걸쳐 구두시험과 필기시험을 실시했다. 인성 테스트와 임상 지식 평가도 실시되었다. 나는 무난하게 통과했지만 내 점수보다도 매니가 합격할 수 있을지 걱정되었다.

하지만 의사가 직면하는 일 중에는 의과대학에서 배우지 않는 것도 적지 않다. 내가 그런 시련에 부닥친 것은 최종 시험 직전이었다. 그 일은 에바와 세플리의 아파트에서 시작되었다. 나는 시험공부의 압박에서 벗어날 필요성을 느끼고 커피와 페이스트리를 가지고 에바의 아파트에 들렀다. 이야기를 나누고 있다가 세플리의 안색이 창백하고 피곤해 보인다는 것을 알아차렸다. 분명히 보통 때의 세플리와는 달랐다. 야위어 보이기도 했다. 기분이 어떠냐고 물어보았다. "배가 좀 아파요." 세플리가 대답했다. "의사 말로는 위궤양이래요."

직관적으로 나는 이 느긋하고 강인한 산 사나이의 증세가 위궤양은 아니라고 느꼈다. 다음 몇 주 동안, 귀찮아하면서도 매일 세플리의 상태를 관찰했다. 그리고 세플리의 주치의를 만났다. 주치의는 자신의 진단에 대해 내가 의문을 제기하자 참지 못했다. "너희 의대생들은 전부 똑같아." 주치의는 비웃으며 말했다. "뭐든 다 알고 있다고 생각하지."

세플리가 심각한 병에 걸렸다고 생각하는 사람은 나만이 아니었다. 에바도 같은 두려움을 품고 있었다. 남편의 건강이 점점 나빠지는 것을 지켜보며 무척 걱정했다. 내가 암일 가능성을 넌지시 비추자 에바는 이제야 그 이야기를 할 수 있게 되었다며 오히려 크게 안도할 정도였다. 우리는 전부터 내가 명의라고 생각하던 의사에게 세플리를 데려갔다. 그 의사는 환자의 말을 '경청'하는 진단의 명인으로 평판 높은 노련한 컨트리 닥터로 의과대학 객원교수이기도 했다. 간단한 진찰만으로 의사는 우리가 염려한 암임을 확인해주며 시급히 수술해야 한다고 말했다.

시험에는 수백 개나 되는 문제가 나왔지만 그때 내가 직면한 듯한 문제는 없었다. 세플리를 대학 병원에 데려가, 담당 외과의사에게 수술 입회를 허락받았다. 개복 결과가 심각하면 밖에서 기다리고 있는 에바에게 "걱정했던 대로야."라고 말해야 했다. 그리고 뒷일은 운명에 맡기는 수밖에 없었다. 이제 겨우 스물여덟 살이고 결혼한 지 1년도 채 안 된 세플리는 스키 슬로프에서 보여주는 우아함으로 이 불행한 운명의 장난에 대처해야 했다.

수술실에 들어선 나도 운명의 장난에 맞서려고 애썼다. 지켜보는 것이 고통스러웠지만, 외과의사가 절개를 시작할 때부터 내내 나는 세플리의 몸에서 눈을 떼지 않았다. 위 절개가 시작되었을 때는 무의식중에 고개가 돌려지는 것을 애써 참았다. 처음 본 것은 위 내벽의 작은 종양이었다. 이윽고 외과의사는 고개를 내저었다. 세플리의 위는 악성 종양으로 두껍게 덮여 있었다. 절제할 수 있는 상태는 아니었다. "유감이지만 자네의 직감이 맞았네." 외과의사가 말했다.

이 소식을 들고 여동생은 고통스런 침묵에 빠져들었다. "이제 손쓸 방도가 없어."라고 나는 말했다. 그리고 여동생과 나는 무력감과 분노, 특히 그 주치의에 대한 분노를 느꼈다. 어쩌면 젊은 생명을 구할 수도 있었을 시기에 그 의사는 중대한 가능성에 대해 전혀 관심을 기울이지 않았다.

세플리가 회복실에서 혼수상태에 빠져 있는 동안 나는 머리맡에 걸터앉아, 에바와 세플리를 우리 집에서 시내 변두리의 예배당까지 태우고 간 아름답고 고풍스런 마차를 떠올렸다. 채 일 년도 안 된 일이다. 그때는 모든 것이 잘 되어가는 듯했다. 두 여동생 모두 결혼하여 한없이 행복했고, 나도 언젠가 동생들처럼 예배당 제단 앞에 서는 것을 꿈꾸었다. 하지만 힘없이 누워 있는 세플리를 내려다보면서 나는 미래에 기댈 수 없다고 생각했다. 삶은 언제나 현재에 있었다.

의식을 회복한 세플리는 질문 하나 없이 묵묵히 운명을 받아들였다. 의사는 환자에게 필요한 것만을 신중히 알렸다. 의사의 설명을 조용히 듣고 있는 세플리의 손을 나는 꼭 쥐어 주었다. 마치 내 힘을 그에게 전달하는 것처럼. 몇 주 후 세플리는 퇴원했다. 여동생은 그의 마지막 삶을 함께 하며 위안과 사랑을 주었다.

1957년 어느 화창한 가을날 오랜 세월의 노력이 마침내 보상받았다. "합격했네." 대학의 주임 시험관이 말했다. "이제 자네는 의사야."

합격 소식에 기쁘면서도 한편으로 착잡했다. 세플리의 일로 우울해 있던 데다, 인도로 6개월간 외과 연수를 간다는 계획이 마지막 순간에 좌절되어 낙담해 있던 참이었다. 연수 계획이 무산되었다는 통지는 내가 겨울옷을 사람들에게 남김없이 주어버린 후에 날아왔다. 만일 그때 계획대로 인도에 갔더라면 아마 매니와 결혼하지 않았을지도 모른다.

우리는 서로 사랑했지만 완벽한 커플이라고 할 수는 없었다. 매니는 나의 인도 행을 반대했다. 졸업하면 둘이 미국으로 건너갈 작정이었다. 그 무례한 의대생들 탓에 미국에 대한 내 인상은 아주 좋지 않았다. 하지만 인도 행 계획이 무산되었을 때 나는 도박을 걸어보기로 했다. 매니와 함께 미국에서 시작하는 미래를 선택했다.

얄궂게도, 내 비자 신청이 미국 대사관에서 거절당했다. 폴란드에 여행한 적이 있는 나 같은 사람은 모두 공산주의자라고 생각하는 선입견에 세뇌된 자가 있었던 모양이었다. 하지만 1958년 2월에 매니와 결혼하며 그 문제도 불문에 부쳐졌다. 가족만의 조촐한 결혼식이었다. 서둘러 식을 올린 것은 때늦기 전에 세플리에게 신랑 들러리를 맡기기 위해서였다. 그 다음 날 세플리는 입원했다. 걱정했던 대로, 매니가 졸업하고 나서 6월에 치른 우리의 정식 결혼식에 세플리는 참석하지 못했다.

결혼식을 올린 6월까지 나는 랑엔탈에서 임시 컨트리 닥터로 일했다. 사람들에게 존경받던 컨트리 닥터가 갑자기 사망해 남은 부인과 아이들의 생계가 막막해지고 후임자도 없는 상태였던 것이다. 그곳에서 내가 버는 수입의 대부분은 유족에게 건네고 필요한 금액만 받기로 했다. 전임 의사처럼 나도 환자에게 한 번만 청구서를 보내고, 치료비를 내지 않은 사람이 있어도 신경 쓰지 않았다. 거의 모든 환자가 뭐로든 치료비를 냈다. 돈이 없는 사람은 바구니에 과일이나 채소를 가득 담아 가져왔다. 내게 딱 맞는 드레스를 손수 지어 가져온 사람도 있었다. 어머닛날에는 주체할 수 없을 정도로 많은 꽃을 받았고, 진찰실이 장례식장처럼 북적였다.

랑엔탈 시절 가장 가슴 아팠던 날은 가장 바쁜 날이기도 했다. 그날은 아침에 문을 열었을 때부터 대기실이 꽉 차 있었다. 한 여자아이의 발에 난 상처를 꿰매고 있을 때 세플리에게 전화가 왔다. 겨우 들릴 듯 말 듯한 쉰 목소리였다. 상처를 봉합하는 도중인 데다 아이가 울고 있어 이야기할 상태는 아니었다. 세플리는 부탁이 있다면서 "곧 와줄 수 있어요?"라고 물었다. 도저히 갈 수 없을 것 같았다. 대기실에 많은 환자가 기다리고 있고, 게다가 왕진도 몇 군데 다녀와야 했다. 그러잖아도 병원으로 세플리를 찾아갈 계획은 있었다. "모레에 갈게요." 나는 격려하듯이 말했다. "꼭 갈게요."

슬프게도, 죽음은 내 사정을 봐줄 만큼 관대하지 않았다. 그래서 세플리가 전화했던 것이 틀림없다. 이제 시간이 없었던 것이다. 이 세상에서 저 세상으로의 가혹한 여행을 받아들인 죽어가는 사람들이 대개 그렇듯이, 세플리도 작별 인사를 하기 위한 귀중한 시간이 얼마 남아 있지 않다는 것을 알고 있었다. 다음 날 아침 일찍 세플리는 세상을 떠났다.

세플리의 장례식이 끝나고 돌아오자 나는 랑엔탈의 들판을 혼자 걸어 다녔다. 맑은 공기에는 갖가지 색으로 흐드러지게 핀 봄꽃 향기가 감돌고 있었다. 세플리가 바로 곁에 있는 듯한 기분이 들었다. 보이지 않는 세플리에게 말을 걸자 점점 기분이 나아졌다. 그래도 그를 만나러 가지 못한 자신을 용서할 수 없었다.

죽어가는 환자의 절박한 심정을 무시해서는 안 된다는 것을 나는 배웠다. 벽지에서의 진료는 상부상조에 의해 이루어졌다. 병자 옆에는 할아버지와 할머니, 아버지와 어머니, 친척, 사촌, 아이들, 이웃들이 있었다. 환자가 위중할 때도 임종할 때도 마찬가지였다. 친구와 일가친척, 이웃 모두가 달려왔다. 그것이 당연한 일로 생각되었다. 실제로 신출내기 의사로서 가장 보람을 느낀 것은 진료소에서의 진찰이나 왕진 때보다도 오히려 친구를 필요로 하는 외로운 환자를 방문하여 격려하고 함께 몇 시간을 보낼 때였다.

의과대학에서 가르쳐주지 않는 사실이지만 의학에는 한계가 있다. 또 한 가지 의과대학에서 가르쳐주지 않는 사실은 자비심이 거의 모든 것을 치유한다는 점이다. 시골 진료소에서 보낸 몇 달의 경험을 통해 나는 훌륭한 의사란 해부와 수술과 처방과는 아무런 관계도 없다는 것을 확신하게 되었다. 의사가 환자에게 줄 수 있는 가장 큰 도움은 스스로 너그럽고 친절하고 섬세하고 애정 어린 인간이 되어주는 것이다.

신의 뜻

성인 여자이고 임상 의사이고 결혼을 앞둔 나를 어머니는 아직껏 어린아이 취급을 했다. 머리 스타일에 참견하고 메이크업 전문가의 지도를 받게 하는 등, 내게 시집가기 전의 아가씨다운 모양을 강요했다. 어머니는 또 미국에 가는 것을 탐탁지 않게 생각하는 나를 타일렀다. 매니는 어떠한 멋진 여자들과도 결혼할 수 있는 똑똑하고 멋진 남자라는 것이었다. "매니가 졸업 시험에 합격하려면 네 도움이 필요해."라고 어머니는 말했다.

그것은 어머니 방식의 불안 표시이기도 했다. 어머니는 내가 축복받은 여자라는 것을 자각하기 바랐다. 하지만 나도 그것을 잘 알고 있었다.

매니가 내 도움 없이 의사고시에 합격한 후, 우리는 정식으로 결혼했다. 성대한 예식이 되었다. 흥이 나지 않은 사람은 아버지뿐이었다. 아버지는 몇 달 전에 다친 허리가 낫지 않아 여느 때 같은 우아한 왕 같은 춤을 출 수 없었다. 하지만 아버지의 결혼 축하 선물은 그 미

114

흠함을 채우고도 남았다. 에바의 멋진 피아노 반주에 맞추어 좋아하는 노래들을 불러 녹음한 음반을 선물했다.

결혼식이 끝난 후 가족 모두 브뤼셀에 가서 만국박람회를 구경했다. 그곳에서 가족의 전송을 받으며 매니와 나, 그리고 우리 결혼식에 참석한 몇몇 미국인 친구들은 거대한 크루즈선 '리베르티호'에 올랐다. 호화로운 식사, 눈부신 태양, 갑판에서의 댄스파티도 스위스를 뒤로 하고 관심도 없는 나라로 가는 나의 착잡한 심정을 달래주지 못했다. 그래도 나는 이의 없이 운명에 몸을 맡겼다. 그때의 일기를 살펴보면 나는 그것을 감수해야 할 인생의 여행으로 이해했던 듯싶다.

기러기는 언제 하늘을 향해 날아가야 한다는 것을 어떻게 알까? 누가 그 계절이 왔음을 가르쳐주는 것일까? 우리 인간은 나아갈 때를 어떻게 알까? 철새와 마찬가지로 인간도 분명히 알고 있다. 귀를 기울이기만 하면 내면의 목소리가 들린다. 분명한 목소리가 미지의 세계로 여행을 떠날 때임을 알린다.

미국에 도착하기 전날 밤, 말을 타고 황야를 질주하는 인디언의 꿈을 꾸었다. 그 인디언은 나였다. 꿈속에서 햇살은 타는 듯이 뜨거웠고, 목이 말라 눈을 떴다. 불현듯 지금부터 시작되는 모험을 자신이 갈망하고 있다는 생각이 들었다. 나는 아메리카 인디언 문화를 접해본 경험이 전혀 없는데도 어린 시절부터 인디언의 방패와 상징들에 몹시 끌렸던 일, 바위 위에서 전사처럼 춤추었던 일을 매니에게 이야기했다. 내 꿈은 단순한 우연이었을까? 그럴 리는 없다. 왠지 모르지만 그 꿈은 마음을 안정시켰다. 내면의 목소리처럼, 꿈은 내게 미지로의 여행이 실제로는 귀향이라고 알리는 듯했다.

매니에게는 문자 그대로 귀향이었다. 억수같이 쏟아지는 빗속에서 매니가 자유의 여신상을 가리켰다. 부두에는 수많은 사람이 배를 향해 손을 흔들고 있었다. 그 속에는 매니의 청각 장애 어머니와 오기가 강하다는 여동생도 있었다. 두 사람에 대해서는 오래 전부터 수없이 이야기를 들었지만 그래도 알고 싶은 것이 많았다. 어떠한 사람들일까? 유대인도 아닌 외국인을 가족으로 맞이해줄까?

인형처럼 치장한, 매니의 어머니는 의사가 된 아들을 보고 수만 마디의 말로로 표현 못할 기쁨을 그 눈에 나타냈다. 여동생의 반응은 어머니와 사뭇 대조적이었다. 열다섯 개의 슈트케이스, 버들고리, 상자들을 찾고 있을 때 우리는 여동생의 목소리를 들었다. 미용실에서 막 나온 듯한 화려한 머리장식에 새 맞춤옷을 차려입은 롱아일랜드 여자는 교성을 지르며 매니에게 안겼다. 그리고는 마치 금방 헤엄쳐 온 듯 옷이 흠뻑 젖고 머리칼에서 물이 뚝뚝 떨어지는 나를 찬찬히 바라보더니 "고작 이런 여자밖에 고를 수 없었어요?" 하는 표정으로 매니를 보았다.

세관에서 내 왕진 가방을 압수당했다. 겨우 세관을 통과한 후 매니의 여동생 집으로 향했다. 그녀는 롱아일랜드 린브룩에 살고 있었다. 저녁 식탁에서 나는 경솔하게도 우유를 청하는 실수를 해버렸다. 얄궂게도, 나는 원래 우유를 마시지 않고 브랜디를 좋아하는 편이었다. 그저 미국인은 모두 우유를 마신다고 생각했다. '젖과 꿀이 흐르는 땅' 미국이 아닌가? 우유 대신 식탁 밑으로 남편에게 발을 걷어차였다. 여기는 유대교의 집이었다. 유대교의 율법에 따라 조리한 코셔라는 정결한 음식밖에 입에 댈 수 없다고 매니가 설명했다.

"코셔를 지키는 법을 배워요." 시누이가 매몰차게 말했다.

저녁 식사가 끝나고 나는 잠시 숨을 돌릴 생각으로 부엌에 갔다. 시누이가 냉장고 앞에 선 채 햄 조각을 베어 먹고 있었다. 그것을 보자 갑자기 기분이 좋아졌다. "코셔를 지킬 생각은 없어요." 내가 말했다. "게다가 아가씨도 지키는 것 같진 않네요."

몇 주 후 두 사람만의 아파트로 이사했을 즈음 나도 조금씩 새로운 생활에 익숙해지고 있었다. 작은 아파트였지만 매니와 내가 인턴으로 일하게 된 글렌 코브 커뮤니티 병원에서 가까워 편리했다. 살인적인 스케줄에다 월말이면 식료품도 살 수 없게 될 정도의 급여밖에 받지 못했지만 일을 시작하며 나는 생기가 넘쳤다. 흰 가운을 입고 모든 생각과 에너지를 환자에게 쏟는 일에 뭐라 말할 수 없는 기쁨을 느꼈다.

아침에 일찍 일어나 매니의 아침식사를 해주고 함께 출근하여 밤 늦게까지 일했다. 집에 돌아오는 것도 함께였지만, 파김치가 되어 침대에 쓰러지는 날의 연속이었다. 격주마다 주말에는 매니와 나 단 둘이 250개 침상의 병원 입원환자 모두를 진료했다. 우리는 서로의 약점을 보완해주면서 일했다. 매니는 꼼꼼하고 논리적인 진단에 능하고 병리학과 조직학에 자신 있었다. 나는 직관적이고 침착하며 응급실에서 필요한 순간적 판단력이 뛰어났다.

일 이외의 개인적인 시간은 거의 없었다. 빈 시간이 생기더라도 돈이 없었다. 하지만 가끔은 예외도 있었다. 한번은 매니의 상사가 볼쇼이 발레단의 표 두 장을 주었다. 생각지도 않은 선물이었다. 우리는 가장 좋은 옷을 차려입고 전차에 올라 맨해튼으로 갔다. 그런데 객석의 조명이 꺼지자마자 나는 잠이 들어 커튼콜이 한창일 때 깨어났다.

가장 힘든 건 새로운 문화에 적응하는 일이었다. 심각한 귓병으로 응급실에 실려 온 청년이 있었다. 구급차로 온 환자가 대개 그렇듯이, 청년도 들것에 벨트로 묶여 있었다. 이비인후과 전문의를 기다리는 동안 청년이 내게 '레스트룸'에 가도 되겠느냐고 물었다. 전문의가 금방이라도 올 수 있으므로 환자를 어딘가로 가게 해 의사의 바쁜 시간을 낭비할 수는 없었다.

더군다나 레스트룸(화장실)이라는 말을 들어본 것은 그때가 처음이었다. 그래서 회진을 떠나기 전에 청년에게 말했다. "이곳에서 마음껏 레스트(휴식)하세요."

회진에서 돌아오니, 간호사가 벨트를 끌러 청년을 화장실에 가도록 해주는 참이었다. "선생님, 하마터면 저분 방광이 터질 뻔했어요."라는 간호사의 말에 내 얼굴이 빨개졌다.

수술 조수를 할 때는 더욱 창피한 일이 있었다. 일상적인 수술 중에 여유 만만한 외과의는 필요한 기구를 건네주는 나 따위는 안중에도 없이, 대담하게도 간호사와 시시덕거리고 있었다. 갑자기 환자가 대량 출혈을 시작했다. 간호사와 희롱 중이던 외과의는 "쉿shit"(제기랄) 하고 소리 질렀다. 그것도 처음 듣는 말이었다. 수술 기구를 담은 트레이를 이리저리 살피고 당황하여 나는 변명하듯 말했다. "죄송합니다. 쉿이 뭔지 모르겠습니다."

나중에 매니에게 설명을 들을 때까지 왜 그들이 웃었는지 알 수 없었다. 하지만 매니 자신도 누구 못지않게 나의 그런 실수에 즐거워했다. 최악의 사건은 매니의 상사 부부로부터 고급 레스토랑에 초대되었던 밤에 일어났다. 나는 칵테일로 스크루드라이버를 주문했다. 메인 요리가 나왔을 때 웨이터가 "한 잔 더 드시겠습니까."라고 물었다. 아무것도 모르는 나는 농담할 생각에 "아뇨, 됐습니다. 많이 스크루screw(성교)했습니다." 정강이에 가해진 매니의 일격이 내 말이 유머러스하지도 재치 있지도 않다는 것을 알려주었다.

그러한 실수가 불가피하다는 것은 알고 있었다. 그것은 미국에 적응해가는 과정의 일부였다. 하지만 가족과 함께 크리스마스를 보낼 수 없다는 것만큼 힘든 일은 없었다. 병원 도서관의 사서로 일하는 스칸디나비아 출신 여자로부터 홈 파티에 초대받지 않았더라면 아마도 나는 새해 전에 스위스로 갔을 것이다. 그녀의 크리스마스트리는 스위스의 우리 집 트리와 똑같이 진짜 전나무에 양초가 많이 켜져 있었다. 부모님에게 보낸 편지에도 썼지만 그것은 "칠흑 같은 어둠에서 발견한 작은 등불"이었다.

그날 밤의 일은 신에게 감사했지만, 그렇다고 적응하기가 더 나아진 것은 아니었다. 롱아일랜드의 이웃들은 아파트 뒤뜰 담 너머로 가장 은밀한 문제들에 대해 거리낌 없이 떠들어대는 여자들이었다. 그런 무신경함이 견딜 수 없었다. 하지만 소아과 병동의 눈꼴사나운 광경에 비하면 그것은 양호한 편이었다. 무대에 서는 패션모델처럼 차려입은 어머니들은 고가의 장난감을 사들고 와 아픈 자식에 대한 사랑이 얼마나 큰지 과시했다. 장난감이 크면 클수록 자식에 대한 사랑도 커지는 것일까? 그 여자들 모두가 정신분석의를 필요로 한다는 것은 놀랄 일이 아니었다!

어느 날 소아과 병동에서, 버릇없는 아이가 장난감을 가져오지 않은 어머니에게 사납게 날뛰며 떼쓰는 것을 목격했다. "엄마, 와줘서 고마워요."라고 말하는 대신 아이는 "내 선물은?"하고 소리쳤다. 당황한 어머니는 급히 선물 가게로 뛰어갔다. 나는 아연실색했다. 미국의 엄마들과 아이들은 도대체 무엇을 생각하는 것일까? 무엇에 가치를 두고 있을까? 아픈 아이의 손을 잡고 삶에 대해 열린 마음으로 정직하게 이야기하는 것이 정말 필요할 때 도대체 무슨 꼴인가?

미국의 아이들과 부모들에 질려 있을 때 인턴에서 전문의 코스를 선택하여 레지던트가 될 시기가 찾아왔다. 매니는 브롱크스에 있는 몬테피오레 병원에서 병리학 레지던트 과정을 밟기로 했고, 나는 스스로 '타락한 마이너리티'라고 불렀던 소아과를 택했다. 20명 이상의 경쟁자를 밀어내고 컬럼비아 프레스비테리언 메디컬 센터의 유명한 소아 병원에 들어간다는 것은 특히 외국인에게는 지극히 어려운 일이었다. 면접을 담당한 병원장 페트릭 오닐 박사는 내가 소아과를 지망한 이유를 설명하는 동안 눈이 휘둥그레졌다. "그 아이들을 그냥 놔둘 수 없습니다. 그 어머니들도 마찬가집니다."

충격과 당혹스러움으로 오닐 박사는 의자에서 굴러 떨어질 뻔했다. 그 눈으로 이유를 묻고 있었다. "소아과에서 일하게 된다면 그 아이들을 더 잘 이해할 수 있을 겁니다." 나는 설명했다. 그리고 "그리고 아이들을 관대히 대해주고 싶습니다."

파격적이었지만 면접은 잘 되었다. 면접의 끝 무렵에, 오닐 박사는 격일 24시간 근무라는 스케줄은 임신한 레지던트에게는 정말로 무리라고 설명하면서 내 답변을 요청했다. 질문의 의미를 이해한 나는 당분간 아이를 가질 계획이 없다고 대답했다. 두 달 후, 컬럼비아 프레스비테리언 메디컬 센터에서 편지가 왔다. 나는 여름부터 시작하는 레지던트 근무를 준비하고 있던 매니의 품에 안겼다. 권위 있는 병원의 첫 외국인 소아과 레지던트로 받아들여진 것이었다.

우리는 축하하는 의미로 청록색의 시보레 임팔라 새 차를 샀다.

매니는 천진하게 그것을 자랑하고 다녔다. 마치 번쩍이는 새 차에서 풍요로운 미래를 보는 것 같았다. 더 좋은 소식이 뒤이어 찾아왔다. 며칠간 아침에 잠을 깰 때 욕지기를 느낀 나는 임신했다는 사실을 알아차렸다. 드디어 엄마가 된다는 사실에 가슴이 뛰었다. 하지만 간신히 확보한 레지던트 자리가 위험해지게 되었다. 오닐 박사가 병원 규정을 분명하게 언급했던가? '임신한 레지던트는 무리!' 그래, 분명히 그렇게 말했다.

잠시 동안 임신 사실을 비밀로 해두기로 결심했다. 앞으로 3, 4개월은 눈에 띄지 않을 터였다. 그때까지 열심히 일하여 신임을 얻어야 한다. 오닐 박사라면 노력을 인정하여 예외를 둘 것이라고 생각했다. 하지만 속일 수는 없었다. 오닐 박사는 나의 부적격 사유에 정말 애석해 했지만, 규칙에 예외는 없었다. 대신 다음 해에 채용하겠다고 약속했다.

그 약속이 매우 고마운 것이었지만 당장 도움은 되지 못했다. 나는 일을 해야 했다. 몬테피오레 병원에서 받는 매니의 월급은 105달러로, 아이의 양육은 고사하고 둘의 생활도 근근이 꾸려나갈 정도였다. 나는 어찌할 바를 몰랐다. 시기가 너무 늦어 웬만한 레지던트 자리는 남아 있지 않았다.

그러던 어느 날 밤, 매니가 맨해튼 주립병원에 자리가 있다는 소리를 듣고 왔다. 별로 반갑지 않았다. 맨해튼 주립병원은 정신병원으로 가장 상태가 심한 환자들을 수용하기 위한 공공시설이었다. 원장은 머리가 이상한 스위스인 정신과 의사로, 레지던트들을 몰아대는 것으로 유명했다. 하지만 방세를 내고 식탁에 음식을 올려놓아야 했다. 나 또한 뭔가를 해야 했다.

며칠 후 D박사에게 면접을 받았다. 이웃처럼 모국어로 이야기를 나눈 후, 연구원 지위와 월급 400달러를 약속받았다. 갑자기 부자가 된 듯한 기분이 들었다. 매니와 나는 맨해튼 동쪽 96번지에 깔끔한 원룸 아파트를 얻었다. 아파트의 뒤쪽에 작은 뜰이 있어 나는 주말에 롱아일랜드에서 양동이로 흙을 날라 붓고 꽃과 채소를 심었다. 그날 밤 가벼운 하혈이 있었지만 신경 쓸 정도는 아니었다. 이틀 후 나는 수술실에서 실신했다. 글렌 코브 병원의 병실에서 의식을 회복하고 곧 유산했다는 것을 알았다.

매니는 나를 위로한다며 아파트를 온통 꽃으로 장식해 놓았지만, 진정한 위로는 의식의 힘을 믿는 자신의 마음밖에 없었다. 우연은 없었다. 어머니 같은 집주인은 내가 좋아하는 필레 미뇽(쇠고기 안심 요리)을 만들어 주었다. 얄궂게도, 내가 혼자 쓸쓸히 퇴원한 그날, 집주인의 딸은 막 태어난 건강한 여자아이를 안고 같은 병원을 퇴원했다. 그날 밤 늦게 아파트의 벽 너머에서 신생아의 울음소리가 들려왔다. 그때서야 나는 처음으로 슬픔의 깊이를 느꼈다.

하지만 여기서도 또 중요한 교훈이 있다. 바라는 것이 주어질지는 분명하지 않지만, 신은 항상 그 사람에게 꼭 필요한 것을 주신다.

죽을 때까지 살아가는 것

몬테피오레 병원에서는 정신 약리학 클리닉을 담당하고, 동시에 신경과를 포함하는 다른 진료과의 환자를 위한 자문조정 의사로 일했다. 얼마 후 한 신경과 의사로부터 환자를 체크해달라는 의뢰를 받았다. 그 환자와 만나보았다. 20대의 남자로 심인성 마비와 우울증을 앓는 것으로 추정되었다. 나는 난치의 퇴행성 질환인 ALS(근위축성 측상 경화증) 말기라는 진단을 내렸다.

"그 환자는 죽음을 각오하고 있습니다."라고 나는 보고했다. 신경과 의사는 내 진단에 동의하지 않았을 뿐만 아니라 비웃기까지 했다. 그러면서 환자에게 필요한 것은 침울한 기분을 개선시켜주기 위한 진정제뿐이라고 주장했다. 하지만 며칠 후 그 환자는 죽고 말았다.

나의 정직함은 병원에서 일반적으로 실행되는 의술과는 거리가 멀었다. 하지만 몇 개월이 지나, 많은 의사가 일상적으로 죽음과 관련된 일체의 것에 대해서는 언급을 피한다는 사실을 알게 되었다. 빈사의 환자는 맨해튼 주립병원의 정신병 환자들 못지않은 냉혹한 취급을 받았다. 격리되고 학대받았다. 아무도 정직하게 대해주지 않았다. 암 환자가 "나는 죽습니까?"라고 물으면 의사는 으레 이렇게 대답했다. "쓸데없는 소리 말아요." 그러나 나는 그렇게 할 수 없었다.

하지만 몬테피오레뿐 아니고 다른 병원들에도 나 같은 의사는 거의 없었다. 나처럼 전쟁으로 피폐해진 유럽의 여러 마을에서 구조 활동을 한 경험이 있는 의사는 물론, 아들 케네스를 키우면서 일하는 나 같은 어머니 의사는 없었다. 게다가 정신분열증 환자와 함께 일한 경험에서 나는 인간에게는 약물이나 과학을 뛰어넘는 치유력이 있다는 것을 배웠다. 나는 그러한 경험을 모두 가져와 병동에서 일하고 있었다.

자문 조정 일을 할 때 나는 환자의 침대에 걸터앉아 손을 잡고 몇 시간 동안이고 이야기했다. 죽어가는 환자 중에 사랑과 접촉과 교류를 갈망하지 않는 사람은 하나도 없다는 사실을 나는 배웠다. 죽어가는 환자는 의사와의 안전거리를 바라는 것이 아니었다. 다만 솔직함을 갈망했다. 자살 충동에 시달리는 심한 우울증 환자들도 항상은 아니지만 종종 그들의 삶에 아직 의미가 있다는 것을 확신했다. "어떤 걸 느끼고 있는지 말해주세요. 그러면 내가 다른 사람들을 돕는 데 도움이 될 거예요." 나는 그렇게 말하곤 했다.

하지만 비극적이게도 최악의 상태에 있는 사람들—말기 환자나 죽어가는 과정에 있는 사람들—에게 최악의 치료가 행해졌다. 그들은 간호사실에서 가장 먼 방에 갇혀, 스스로 끌 수도 없는 환한 형광등 불빛 아래 누워 있었다. 규정된 시간 외에는 병문안도 허락되지 않았다. 마치 죽음이 전염되기라도 하듯 혼자 죽어가도록 내버려졌다.

나는 그런 관습에 따르는 것을 거부했다. 아무리 생각해도 잘못된 것으로 보였다. 나는 몇 시간이든 죽어가는 환자들 곁에 머물며 말을 걸었다. 내 일터는 병원 내의 모든 병실이었지만, 발길은 언제나 최악이라고 생각되는 환자 — 죽어가는 환자 — 쪽으로 향했다.

그들은 모두 그때까지 만난 최고의 스승이었다. 나는 그들이 운명을 받아들이려고 고투하는 모습을 지켜보았다. 그들이 신을 맹렬하게 비난하는 말에 귀 기울였다. "왜 하필 나입니까?"라고 울며 호소하면 나는 힘없이 어깨를 들썩일 뿐이었다. 그 사람들이 신과 화해할 때의 말에 귀 기울였다. 그리고 진심을 나눌 수 있는 사람이 옆에 있으면 죽어가는 사람들도 언젠가는 모든 것을 받아들이는 단계에 이른다는 것을 알아차렸다. 그 경험은 결국 내게 죽어가는 과정의 여러 단계에 관한 책을 쓰도록 해주었지만, 그것은 죽음뿐이 아니고 모든 유형의 상실에 대처하는 방법에도 적용된다.

그저 귀 기울이는 것만으로 나는 모든 죽어가는 환자는 자신의 죽음을 알고 있다는 사실을 깨닫게 되었다. "알려야 할까?"라든가 "이미 알고 있을까?"라는 물음이 필요한 것이 아니다. 던져야 할 물음은 단 하나 "그 사람의 이야기를 들어줄 수 있을까?"이다.

지구 건너편에서는 아버지가 이야기를 들어줄 사람을 찾고 있었다. 9월에 어머니는 전화로 아버지가 입원했고 죽어가고 있다고 알려왔다. 이번에는 거짓 경보가 아니라고 어머니는 강조했다. 매니는 시간을 낼 수 없었지만, 나는 케네스를 안고 다음 날 첫 비행기로 출발했다.

취리히 병원에 도착하자, 아버지가 죽음 가까이에 있음을 금방 알 수 있었다. 팔꿈치 수술의 실수로 치명적인 패혈증에 감염된 것이다.

아버지의 배에는 고름 뽑아내는 기구들이 달려 있었다. 몹시 야위고 고통스러워했다. 이제 의학으로 할 수 있는 방법은 없었다. 아버지는 몹시 집에 돌아가고 싶어 했지만, 아무도 들으려 하지 않았다. 담당 의사도, 병원도 아버지의 퇴원을 허용하지 않았다.

하지만 아버지는 집에서 편히 죽게 놔두지 않으면 자살하겠다고 위협했다. 극도로 지치고 동요한 어머니도 아버지를 뒤따라 죽지 않을까 두려워하고 있었다. 누구도 입 밖에 내지 않았지만 나는 그 심정을 알고 있었다. 할아버지는 척추 골절로 요양원에서 돌아가셨다. 집에서 죽고 싶다는 마지막 소원이 있었음에도 불구하고 그곳에서 돌아가셨다. 할아버지는 집에 돌아오고 싶어 했지만 아버지는 의사에게 설득당해 그 마지막 소원을 들어주지 않았다. 이제 아버지는 할아버지와 같은 입장에 놓였다.

내가 의사라는 것을 밝혀도 병원 측의 태도는 변하지 않았다. 아버지를 퇴원시키려면 일체의 책임을 묻지 않겠다는 각서에 서명하라고 말했다. "집으로 가시는 도중에 사망할 겁니다."라고 의사는 경고했다.

나는 병상의 아버지를 바라보았다. 아버지는 무력하게 고통에 시달리며 집에 돌아가고 싶어 했다. 결단을 해야 했다. 그 순간, 빙하를 하이킹하다 크레바스에 떨어졌을 때 아버지가 구해준 일이 생각났다. 그때 아버지가 자일 묶는 법을 가르쳐주지 않았더라면 나는 그 심연에 빠진 채 죽었을 것이다. 이번에는 내가 아버지를 구해낼 차례였다.

나는 각서에 서명했다. 나의 고집쟁이 아버지는 퇴원할 수 있다는 사실을 알고 축배를 들고 싶어 했다. 아버지는 내가 며칠 전에 몰래 병실로 들여온, 당신이 제일 좋아하는 와인을 한 잔 달라고 부탁했다. 잔을 아버지의 입술에 갖다 대고 있는 동안, 몸에 연결된 호스에서 와인이 방울져 떨어지는 것이 보였다. 이제 아버지를 놓아드려야 할 때가 왔다는 것을 깨달았다.

병실의 기구를 넘겨받아 아버지를 구급차에 태웠다. 나는 아버지의 곁에 앉았다. 집이 가까워지면서 아버지의 표정에 생기가 되살아났다. 때때로 아버지는 내 손을 힘주어 잡아 고마운 마음을 전달했다. 구급대원들이 아버지를 침대로 옮겼다. 건장했던 아버지의 몸은 애처로울 정도로 야위어 있었다. 하지만 아버지는 침대에 눕혀질 때까지 주변 사람들에게 이것저것 명령을 했다. 그러고는 "마침내 돌아왔군."이라고 중얼거렸다.

그리고 이틀 동안 아버지는 편안하게 졸며 보냈다. 깨어 있는 시간에는 좋아하는 산 사진이나 스키 대회에서 받은 트로피들을 바라보았다. 어머니와 나는 교대로 아버지의 곁을 지켰다. 오빠와 여동생들이 달려오지 않은 이유는 생각나지 않지만, 서로 연락만은 취하고 있었다. 간호할 사람을 한 명 고용했지만, 아버지의 몸을 닦아주고 쾌적하게 지내도록 하는 일은 내가 했다. 점점 죽음이 다가오면서 아버지는 식사를 하지 못하게 되었다. 하지만 아버지는 지하 저장실에서 와인을 가져다달라고 요구했다.

돌아가시기 전날 밤, 극심한 고통에 시달리면서 자고 있는 아버지를 나는 지켜보았다. 차마 볼 수 없어 딱 한번 모르핀을 주사했다. 하지만 다음 날 오후에 뜻밖의 일이 일어났다. 고통스런 잠에서 깨어난 아버지가 내게 말했다.

"창문을 열어주렴. 교회의 종소리를 듣고 싶구나." 잠시 동안 아버지와 나는 그 귀에 익은 성 십자가 교회의 종소리에 귀 기울였다. 그때 아버지는 보이지 않는 할아버지에게 말을 걸어 몹쓸 요양원에서 죽음을 맞이하게 한 일에 대해 사죄하기 시작했다. "틀림없이 이 고통으로 죄의 대가를 치르고 있는 겁니다." 아버지는 말했다. "이제 곧 뵈러 가겠습니다."

할아버지와 이야기하고 있는 도중에 아버지는 내 쪽으로 고개를 돌려 물을 달라고 청했다. 아버지가 분명하게 현실을 인식하고, 하나의 현실과 다른 현실을 의식적으로 왕래할 수 있다는 것을 알고 나는 깊이 감동했다. 물론 내게는 할아버지의 모습이 보이지도 목소리가 들리지도 않았다. 아버지는 분명 못 다 한 일을 정리하고 있었다.

그날 밤 아버지는 급격히 쇠약해지기 시작했다. 나는 아버지 곁에 놓인 간이침대에서 잠들었다. 새벽녘, 아버지의 자세를 편히 잡아주고 따뜻한 이마에 키스하고 손을 꼭 잡았다. 그러고는 커피 마시러 부엌에 갔다. 2분 후 돌아왔을 때 아버지는 숨져 있었다. 30분 동안 어머니와 나는 아버지의 침상 곁에 앉아 천천히 작별 인사를 했다.

아버지는 위대한 사람이었지만 이제 거기에 없었다. 에너지, 영혼, 마음, 뭐가 됐든 아버지를 아버지답게 하던 것은 사라졌다. 아버지의 영혼이 육신을 떠났다. 아버지가 할아버지의 인도로 곧장 천국에 올랐고, 천국에서 하느님의 조건 없는 사랑의 품에 안겼다는 것을 나는 확신했다. 사후의 삶에 대해서는 아직 아무것도 몰랐지만, 아버지가 마침내 평화를 찾았다는 것만은 믿었다.

다음 일이 기다리고 있었다. 나는 시 보건소에 신고했다. 보건소는 시신의 처리를 맡고 관과 장례용 리무진을 무료로 제공해주었다. 간호해주던 사람은 어째서인지 아버지의 사망 소식을 듣자마자 모습을 감춰버려, 마지막으로 아버지의 몸을 깨끗이 하는 일을 내게 남

우리가 성장하는 데 특별한 스
승이 필요한 것은 아니다. 삶의
스승은 여러 가지 모습으로 우
리 앞에 나타난다. 아이로, 말기
환자로, 청소부로…….
세상의 그 어떤 학설과 과학도
타인에게 마음을 여는 것을 두
려워하지 않는 인간의 힘에는
미치지 못한다.

겨주었다. 친구인 브리짓 빌리자우 의사가 도와주러 왔다. 우리는 함께 아버지의 마른 나무 같은 몸에 들러붙은 고름과 배설물을 닦아내고 좋은 양복을 입혀드렸다. 경건한 침묵 속에서 우리는 일에 몰두했다. 짧은 시간이지만 아버지가 손자 케네스를 만나고 케네스가 할아버지를 알 기회가 주어진 것에 나는 감사했다.

보건소 직원 두 사람이 관을 가져왔을 때, 아버지는 깨끗하게 정돈된 방의 침대에 정장 차림으로 누워 있었다. 엄숙하게 아버지를 관에 눕힌 후 보건소 직원 한 사람이 내 옆으로 와서 작은 목소리로 "정원에서 꽃 몇 송이를 꺾어 아버님의 손에 쥐어드리면 어떻겠습니까?"라고 조심스럽게 물었다. 내가 그것을 잊고 있었다니? 꽃을 사랑하는 마음을 길러주고 자연의 아름다움에 눈을 뜨게 해준 것은 아버지였다. 나는 케네스를 안은 채 계단을 뛰어 내려가 가장 아름다운 국화 몇 송이를 꺾어다가 아버지의 손에 쥐어주었다.

장례식은 사흘 후에 열렸다. 딸들이 결혼식을 올린 예배당에서 아버지와 함께 일한 동료들, 아버지가 가르친 학생들, 스키클럽 친구들의 정중한 예를 받았다. 오빠 외에 가족 모두가 모인 장례식은 아버지가 좋아하던 찬송가로 끝을 맺었다. 슬픔은 오래 계속될 것이다. 하지만 아무도 후회는 없었다. 그날 밤 나는 일기에 이렇게 적었다. "아버지는 돌아가실 때까지 진실하게 사셨다."

첫 강의 시간

1962년쯤, 나는 벌써 미국인이 다 되었다. 4년의 세월이 나를 바꾸어놓은 것이다. 어느새 껌을 씹고 햄버거를 먹으며, 아침 식사를 달콤한 시리얼로 때우고, 닉슨보다 케네디를 지지하게 되었다. 어머니를 미국 여행에 초대하는 편지에 "스커트 대신 바지를 입고 외출할 때가 있으니 충격 받지 마세요."라고 쓴 기억도 있다.

하지만 마음 한구석에서는 뭐라 말할 수 없는 불안이 있었다. 결혼하고 엄마가 되었어도 아직 삶에 자리 잡지 못했다는 생각이 사라지지 않았다. 뭔가 부족했다. 그것을 알아내려고 나는 일기에 이렇게 썼다.

"내가 왜 미국에 있는지 아직도 잘 모르겠다. 하지만 틀림없이 이유가 있을 것이다. 미국에는 아직 변경이 있는 것으로 알고 있다. 언젠가는 그 미지의 세계로 여행하게 될 것이다."

왜 그렇게 느꼈는지 알지 못한 채 그해 여름, 일기에 쓴 것처럼 서부로 여행하게 되었다. 매니와 나는 콜로라도 대학에서 일자리를 얻었다. 신경병리학과와 정신과를 둘 다 개설한 대학은 당시 콜로라도 대학이 유일했다. 매니의 새 컨버터블을 타고 덴버까지 갔다. 케네스를 돌보기 위해 어머니도 동행했다. 그곳은 장대하고 아름다운 풍경이 끝없이 펼쳐져 있었고, 우리는 자연을 향한 동경의 마음이 절로 일어났다.

덴버에 도착해보니 살 집의 수리가 아직 끝나지 않았다. 진입로에 트레일러를 떼어놓고 우리는 모처럼 관광 여행을 떠났다. 우선 로스앤젤레스에 사는 매니의 형을 방문했다. 다음에는 지도 보는 데 익숙지 않은 어머니가 "멕시코는 바로 옆!"이라고 우겨댄 덕분에 티후아나에 가게 되었다. 돌아오는 길에는 내 제안으로 애리조나, 유타, 콜로라도, 뉴멕시코 네 주가 서로 만나는 지점인 포 코너스로 달렸다.

그 괜찮은 선택 덕분에 모뉴먼트 밸리의 거대한 메사(꼭대기가 평평한 암석 구릉)와 뷰트(평원의 고립된 산), 기암을 구경할 수 있었다. 그곳에서 나는 이상하리만큼 낯익은 느낌을 받았다. 특히 멀리 말을 타고 가는 인디언 여인을 보았을 때는 그리움으로 가슴이 저려올 정도였다. 그 풍경이 마치 예전에 본 것처럼 너무 친숙했다. 미국에 도착하기 전날 밤 배에서 꾼 꿈이 생각났다. 매니에게도 어머니에게도 이야기하지 않았지만, 그날 밤 나는 침대에 앉아 평소라면 엉뚱하다고 생각될 생각에 빠져들었다. 그 일을 잊지 않기 위해 일기에 이렇게 적었다.

나는 윤회설에 대해서는 거의 알지 못한다. 윤회 따위는 향불을 잔뜩 피워놓은 방에서 전생이 이렇다 저렇다 논하는 이상한 사람들과 관계 있는 거라고만 생각해왔다. 내 기질과는 맞지 않았다. 나는 실험실에 있을 때 가장 편안했다. 그렇지만 이제 알았다. 마음과 정신에는 현미경으로도 화학 반응으로도 밝혀낼 수 없는 신비가 있다는 것을. 언젠가는 더 많은 것을 알고 이해하고 싶다.

덴버로 돌아오자 일상의 삶이 기다리고 있었다. 나에겐 그곳이 바로 인생의 목적을 탐구하는 곳이었다. 병원은 특히 그 탐구에 적절한 곳이었다. 나는 정신과 의사였지만 일반적인 정신의학에는 절대 도전해볼 생각이 없었다. 더욱이 문제를 안고 있는 환자들 속에서 일할 생각이었다. 결국 내 마음을 사로잡은 것은 맨해튼 주립병원에서 정신분열증 환자에게 했던 직관적 방식의 정신의학, 즉 약물요법이나 집단치료가 아니라 일대일로 치유하는, 기존 방식에서 벗어난 정신의학이었다. 대학 동료들에게 그것을 이야기해봤지만 격려해주는 사람은 아무도 없었다.

어떻게 하면 좋을까? 나는 학계에서도 정평이 난 저명한 정신과 의사 세 명에게 조언을 구했다. 세 의사 모두 시카고에 있는 유명한 정신분석학 연구소에서 교육 분석을 받으라고 권유했다. 그때의 내게는 도움이 되지 않는 상투적인 답변이었다.

그리고 나서 정신과에 새로 생긴 정신생리학 연구소 소장인 시드니 마골린 교수의 강의를 들었다. 마골린 교수는 강단에서 학생들을 단번에 휘어잡는 마력이 있었다. 긴 백발을 휘날리며 강한 오스트리아 억양으로 강의하는 노 교수는 굉장히 매혹적인 연사였다. 강의를 몇 분 들은 것만으로 마골린 교수야말로 내가 찾고 있던 사람임을 알았다.

당연한 일이지만 마골린 교수의 강의는 언제나 만원이었다. 강의의 주제는 늘 뜻밖의 것이었다. 몇 번째인가의 강의가 끝난 후 나는 교수의 뒤를 따라 연구실까지 가서 내 소개를 했다. 그때 노 교수의 격의 없는 응대에 나는 더욱 매료되었다. 우리는 독일어와 영어로 오랫동안 이야기를 나누었다. 교수의 강의와 마찬가지로 우리의 화제는 우주의 모든 사물과 현상을 넘나들었다. 이야기하는 사이사이에 나는 개인적인 고민에 대해 상의했고, 교수는 인디언 유트족에 관한 깊은 지식을 나누어주었다.

다른 선배 의사들과 달리 마골린 교수는 시카고에 가라고 하지 않았다. 그 대신 자신의 연구소에서 일하라고 권유했고, 나는 그 권유를 받아들였다. 마골린 교수는 까다롭고 요구가 많은 상사였지만, 정신신체 질환에 관한 연구를 돕는 일은 덴버에서 내가 거둔 최대의 수확이었다. 때로는 교수가 다른 부서에서 가져온 이상한 기구들을 조립하는 일만 몇 시간이고 한 적도 있었다. 그래도 나는 만족했다. 교수가 관습에 얽매이지 않는 파격적인 사람이었기 때문이다. 이를테면 교수의 연구 팀에는 전기 기사, 손재주가 좋은 잡역부, 헌신적인 비서가 포함되었다. 연구소 자체는 거짓말 탐지기, 심전도기 등등의 기계들로 꽉 차 있었다. 마골린 교수는 환자의 상념과 감정과 병과의 상관성을 측정하는 데 관심이 있었다. 또한 치료에 최면을 활용했고, 윤회를 믿고 있었다.

일에서의 행복감은 가정생활로 이어졌다. 매니도 신경병리학과에서 중요한 강의를 담당하여 만족하고 있었다. 우리 가정은 꿈꾸던 대로 이루어져갔다. 마당에는 스위스 풍의 암석정원을 만들어 가문비나무와 고산 식물, 미국에서 처음 발견한 에델바이스를 심었다. 주말이면 케네스를 동물원에 데려가거나 로키 산을 하이킹했다. 마골린 교수 부부와 자주 즐거운 저녁을 보냈는데, 클래식 음악을 감상하기도 하고 프로이트에서 전생설에 이르기까지 온갖 화제로 토론을 벌이기도 했다.

실망한 일은 아주 적었지만, 우리 가족에게는 정말 중요한 일이 있었다. 덴버로 이사와 두 번째 해인 1964년 동안 나는 두 번 더 임신했고 모두 유산했다. 상실을 슬퍼하기보다 좌절에 대처하기가 점점 힘들어졌다. 매니도 나도 아이를 또 하나 원했다. 나는 두 아이를 갖고 싶었다. 신의 허락으로 사내아이를 낳았다. 이번에는 딸아이를 갖고 싶었지만, 운명에 맡길 수밖에 없었다.

마골린 교수는 자주 여행을 했다. 어느 날 연구소로 나를 부른 교수가 2주간 유럽에 다녀올 거라고 알렸다. 또 유럽의 여기저기 도시와 명소 이야기를 하고 싶은가보다 생각했다. 우리 둘 다 젊은 시절 자주 여행했기에 추억담으로 종종 이야기꽃을 피우곤 했기 때문이었다. 하지만 그날은 달랐다. 교수는 특유의 아닌 밤중에 홍두깨 식으로, 의과대학 수업의 대강代講을 내게 맡겼다. 한참 만에 무엇을 요구받았는지 이해한 순간 온몸에 식은땀이 흘렀다.

명예는 되겠지만 도저히 불가능한 이야기였다. 생기 넘치는 달변의 연사인 마골린 교수의 강의는 매혹적인 퍼포먼스이자 지적인 원맨쇼에 가까웠다. 대학에서 가장 많은 수강생이 몰리는 강의를 어떻게 내가 대신할 수 있단 말인가? 나는 인원의 많고 적음에 상관없이 사람들 앞에서 말하려면 몹시 떨며 얼어버렸다.

"아직 시간이 이 주나 있어." 교수가 격려하듯 말했다. "나는 대학의 강의 요강 따윈 따르지 않네. 필요하다면 내 파일을 이용해도 좋아. 테마는 자네가 좋아하는 걸 택하게."

공황 상태가 지나자 초조함이 몰려왔다. 다음 날부터 1주 동안은 도서관에 들락거리며 독창적인 테마를 찾아 이 책 저 책 뒤적거렸다. 기존 정신의학에 대해 이야기할 생각은 없었다. 환자를 '다루기 쉽게' 하기 위한 약물 투여를 옳다고 여기는 입장도 받아들이고 싶지 않았다. 또 여러 정신병에 관해 필요 이상으로 깊이 들어가는 너무 전문화된 테마는 배제했다. 강의를 듣는 학생 대부분은 정신의학 이외의 전문 분야에 관심을 가졌기 때문이었다.

그래도 두 시간을 채워야 했다. 미래의 의사들이 꼭 알아두어야 할 정신의학 지식이면서 한편 내 기대에 충족하는 테마를 찾고 싶었다. 정형외과 의사는 무엇에 흥미가 있을까? 비뇨기과 의사는? 내가 경험에서 배운 것은 대부분의 의사가 환자의 마음과 너무나도 멀리 떨어져 있다는 사실이었다. 그들에게 필요한 것은 사람들이 병원에 들어섰을 때 느끼는 두려움과 긴장이라는 단순하고 현실적인 감정에 대면하는 일이었다. 그들은 환자를 인간 동료로 대우할 필요가 있었다.

그렇다면 모든 의사가 공유하는 문제는 무엇일까? 나는 자문했다. 아무리 많은 문헌을 들춰봐도 아무것도 떠오르지 않았다.

그런데 어느 날 갑자기 주제가 떠올랐다. 죽음. 모든 의사와 환자가 그것을 생각하고 있다. 대부분의 사람은 그것을 두려워한다. 언젠가는 모두 그것에 직면해야 한다. 그것이야말로 의사와 환자가 공유하는 테마였고, 어쩌면 의학에서 최대의 신비였다. 그것은 최대의 금기이기도 했다.

주제는 정해졌다. 자료 조사에 들어갔다. 하지만 난해한 정신분석적 논문, 그리고 불교와 유대교와 아메리카 인디언 등의 죽음 의례에 관한 약간의 사회학적 연구를 제외하면 도서관에는 죽음에 관한 자료가 아무것도 없었다. 나는 전혀 다른 각도에서 죽음이란 주제에 접근해보려고 생각했다. 내 논제는 간단했다. 의사들이 죽음이란 무엇인가에 대해 솔직히 이야기하고, 죽음에 대한 이해가 깊어지면 죽음을 다루기가 훨씬 편안해질 것이다.

겨우 길이 보였다. 마골린 교수는 항상 강의를 2부로 구성해 진행했다. 처음 한 시간은 이론적 가설을 내놓고, 다음 한 시간은 그 가설을 뒷받침하는 경험적 증거를 제시하는 방식이다. 나는 혼신의 힘을 다해 전반부의 가설 설정에 몰두했다. 하지만 후반부의 증거 제시 단계에 와서는 생각이 막혔다.

무엇으로 할까? 그것을 생각하면서 며칠 병원 안을 돌아다니는 동안에 문득 아이디어가 떠올랐다. 어느 날 회진하는 중에 백혈병으로 죽어가는 린다라는 열여섯 살 소녀의 병실을 찾아 여느 때처럼 침대에 걸터앉아 이야기하던 때였다. 전에도 여러 번 만나 이야기를 나눈 적이 있었다.

갑자기, 린다가 자신의 상태에 대해 아주 솔직하고 분명하게 편안히 이야기하고 있다는 사실을 깨달았다. 주치의의 비정한 치료로 모든 희망을 빼앗겼는데도 린다는 딸인 자신의 죽음에 잘 대처하지 못하는 부모에 대한 분노를 거리낌 없이 표현했다. 얼마 전에 어머니가 신문에 딸의 어려운 처지를 알리는 광고를 내고 마지막이 될 것이 틀림없을 딸의 생일을 위해 "열여섯 살 생일을 축하합니다"라는 생일카드를 보내도록 독자에게 호소했다는 것이다.

그날 우리가 이야기를 나눌 때, 생일 카드가 커다란 자루에 가득 담겨 배달되었다. 선의가 담겨 있지만 전혀 모르는 사람들이 써 보낸 카드들이었다. 이야기 도중에 린다는 가녀린 팔로 그 카드 자루를 밀어냈다. 그리고 창백한 볼이 분노로 빨개진 채 이런 것 대신 부모님과 친척들의 진심 어린 병문안을 바란다고 했다.

"내가 어떤 기분인지 그걸 생각해줬으면 좋겠어요!" 린다는 격분했다. "하필이면 왜 나예요? 하느님은 왜 내가 죽도록 정해놓았죠?"

나는 이 용감한 소녀에 매료되었다. 의대생들은 이 소녀의 말에 귀 기울여야 한다고 생각했다. "장래 의사가 될 학생들에게, 어머니에게 할 수 없던 얘기를 실컷 해봐." 나는 린다를 격려했다.

"열여섯 살에 죽는다는 게 어떤 건지 그들에게 가르쳐줘. 화가 나면 화를 내도 좋아. 어떤 말을 해도 좋아. 지금의 진실한 마음을 죄다 털어놓는 거야."

첫 강의 날, 나는 커다란 계단식 강의실 단상에서 깨끗하게 타이핑한 원고를 소리 내어 읽었다. 나의 서투른 영어 억양도 한몫 거들었지만, 학생들의 반응은 마골린 교수 때와는 크게 달랐다. 학생들의 태도는 용서할 수 없을 만큼 거칠었고 막되었다. 껌을 씹고 거리낌 없이 잡담하고 무례한 행동을 했다. 강의를 진행해나가면서, 자신이 프랑스어나 독일어로 강의하는 입장이 될 경우를 생각하는 학생이 한 사람이라도 있을까 생각했다. 또 스위스 의과대학을 생각했다. 스위스에서 교수는 학생들로부터 절대적인 존경을 받고 있었다. 교실에서 껌을 씹거나 잡담을 하는 일은 있을 수 없었다. 하지만 여기는 고국에서 수천 킬로미터 떨어진 미국이었다.

강의에 너무 몰두해 학생들이 차츰 조용해졌다는 사실도 알아차리지 못했다. 전반부의 강의가 끝나갈 즈음에는 나도 침착함을 되찾아, 실제 죽어가는 소녀를 보고 놀랄 학생들의 모습을 생각해볼 여유가 생겼다. 쉬는 시간에 용감한 소녀를 맞이하러 갔다. 예쁜 옷을 입고 머리를 단정히 한 린다를 휠체어에 태워 교실로 들어갔다. 긴장하여 어쩔 줄 모르던 한 시간 전의 나와는 대조적으로 린다의 맑은 갈색 눈동자와 야무진 턱은 내면의 평온함을 보여주고 있었다.

휴식 시간이 끝나 돌아온 학생들은 소리 없이 조심스럽게 자리에 앉았다. 나는 린다를 소개하고, 관대하게도 병의 말기에 닥친 상황이 어떤 것인지에 대한 질문에 대답해주기 위해 자발적으로 이 자리에 섰다고 설명했다. 작은 술렁거림과 함께 의자를 움직이는 소리가 들리는가 싶더니 이내 숨막히는 침묵이 흘렀다.

분명 학생들은 거북해하고 있었다. 질문해보라고 했지만 아무도 손을 들지 않았다. 결국 몇몇 학생을 지명하여 강단으로 불러들여 질문하도록 했다. 겨우 나온 질문이라고는 혈구 수치, 간장의 비대 정도, 화학 요법에 대한 반응 등 임상적인 사소한 사항에 관한 것뿐이었다.

린다의 개인적인 감정에 관련된 질문이 나오지 않을 것이 분명해지자 나는 자신이 생각하는 방향으로 대화를 이끌어가기로 결심했다. 하지만 그럴 필요는 없었다. 학생들의 무신경한 질문에 린다가 더 이상 참지 못하고 분노를 폭발시켰던 것이다. 차갑게 빛나는 갈색 눈으로 학생들을 응시하며 린다는, 늘 담당 의사와 전문의들로부터 받고 싶었던 질문들을 스스로 던지고 대답하기 시작했다.

열여섯에 앞으로 몇 주밖에 살지 못한다면 어떤 기분일까? 고등학교 졸업 댄스파티를 꿈꿀 수 없다면 어떠할까? 데이트에도 나가지 못한다면? 어른이 되어 직업을 선택하는 것도 생각하지 못한다면? 남편이 될 남자도 꿈꿀 수 없다면? 그런 상태로 하루하루 보낼 때 무엇이 도움이 될까? 왜 사람들은 진실을 말해주려 하지 않을까?

30분 가까이 이야기한 린다는 피곤해져 침대로 돌아갔다. 학생들은 거의 꿈을 꾸는 듯한 표정으로 침묵에 잠겨 있었다. 커다란 변화가 일어난 것이다. 강의가 끝났는데도 아무도 자리에서 일어서지 않았다. 뭔가 말하고 싶은데도 무엇을 이야기하면 좋을지 모르는 것이다.

토론을 시작했다. 대부분의 학생이 감동하여 눈물을 흘렸다고 말했다. 죽어가는 소녀를 직접 만나 그런 감정을 느낀 것은 자신의 인생의 덧없음을 인정하는 것에서 기인한다고 나는 알려주었다. 대부분의 학생은 태어나서 처음으로 자신에게도 확실하게 찾아올 죽음에 대한 공포에 직면했다. 자신이 린다의 입장이라면 어떨지를 생각하지 않을 수 없었다.

"이제야 여러분은 과학도가 아닌 인간으로 돌아왔군요." 침묵은 이어졌다.

"여러분은 죽음을 앞둔 환자가 어떤 기분인지 알게 될 거예요. 그뿐 아닙니다. 자비의 마음을 가지고 환자를 대할 수 있게 될 거예요."

강의로 진이 빠진 나는 사무실로 돌아와 커피를 마셨다. 불현듯 1943년에 취리히의 연구소에서 일어난 사고가 생각났다. 검사실에서 화학약품을 혼합하다가 부주의로 병을 떨어뜨려 약품이 폭발해 불타올랐다. 나는 얼굴과 양손, 머리에 중화상을 입었다. 말할 수도 양손을 움직일 수도 없이, 참을 수 없는 고통에 시달리면서 몇 주 동안 병원에서 보냈다. 의사는 매일 고문 같은 치료를 계속했다. 막 돋아난 새 피부와 함께 붕대를 벗겨내고 상처를 초산은으로 지진 다음 다시 새 붕대를 감았다. 의사는 손가락의 가동성可動性이 완전하게 돌아오지 않을 것이라고 했다.

하지만 밤이 되면 검사실의 동료 기사가 의사의 눈을 피해 병실로 찾아왔다. 그리고 점점 부하가 커지게 만든 이상한 기계를 내 손가락에 장착하고 운동을 시켰다. 그것은 둘만의 비밀이었다. 퇴원하기 일주일 전에 담당 의사가 의대생 그룹을 거느리고 회진을 왔다. 의사가 나의 증례를 소개하며 손가락이 움직이지 않는 이유를 설명하고 있을 때 나는 터져 나오는 웃음을 간신히 참으며 손을 번쩍 들어 손가락을 자유롭게 움직였다. 모두가 할 말을 잃었다. "어떻게된 거죠?" 의사가 물었다. 나는 비밀을 털어놓았다. 의사도 학생들도 뭔가를 배웠을 것이다. 한 번 그런 일을 경험하면 생각이 영원히 바뀐다.

바로 조금 전 열여섯 살의 린다가 의대생들에게 그와 똑같은 일을 해주었다. 린다는 학생들에게 인생의 마지막에서 무엇이 의미를 가지고 귀중한 것인지, 무엇이 우리의 시간과 에너지를 허비하는 것인지 몸으로 가르쳐 주었다. 실제로 린다의 짧은 생이 남겨준 교훈은 그녀가 죽은 후에도 오랫동안 공명처럼 울려퍼졌다.

죽어가는 환자의 이야기에 귀 기울이기만 하면 삶에 대해 무한히 많은 것을 배울 수 있다.

모성

죽음 이외의 주제도 포함한 여섯 번의 강의에 나는 전력을 투구했다. 마골린 교수가 돌아오자 급격하게 힘이 빠지는 것을 느꼈다. 그 즈음 나는 매일 정신분석으로 시간을 보낸다는 생각만으로도 진저리가 쳐졌지만, 결국 시카고 정신분석학 연구소에 교육 분석을 신청하기로 결심했다. 1963년 초 신청이 받아들여졌을 때 길을 잘못 택했다는 생각이 들었다. 하지만 그때 신청을 취소할 좋은 구실이 생겼다. 임신 사실을 알았던 것이다.

케네스 때와 마찬가지로 이 아기도 만기를 채울 것 같은 예감이 들었다. 그래도 운에 맡길 수는 없었다. 산부인과 의사로부터 "자궁에서 아기를 보호하기 위해" 필요하다는 말을 듣고 가벼운 외과 수술을 받기도 했다. 덕분에 아홉 달 동안 나는 정신적으로나 육체적으로나 건강했다. 일과 가정의 균형을 유지하는 것에도 문제는 생기지 않았다. 일은 중증 정신장애자 병동을 맡았다. 세 살이 되어 한창 재롱을 떠는 케네스도 동생이 생기는 날을 손꼽아 기다렸다.

1963년 12월 5일 막 강의를 끝냈을 때 양수가 터졌다. 진통이 일어나기에는 아직 일렀지만, 책상 앞에 앉은 채 학생에게 매니를 불러달라고 부탁했다. 같은 건물에서 강의하고 있던 매니가 곧장 달려왔다. 케네스 때의 경험으로 걱정할 필요가 없다는 것은 알았지만, 매니는 나를 집으로 데려가 산부인과 의사에게 왕진을 요청했다. 산부인과 의사도 특별한 문제는 없다고 판단하고 안정을 취하고 월요일에 병원에 오라고 했다. "침대에서 쉬며 체온이 떨어지지 않도록 하세요. 그리고 힘주지 마세요."

산부인과 의사는 남자이기 때문에 쉽게 말하는 것이다. 만일 월요일에 입원하게 되면 준비해두어야 할 일이 있었다. 주말은 매니와 케네스의 식사를 만들어 냉동하고, 슈트케이스에 옷가지를 챙겨 넣는 일로 지나갔다. 월요일 아침, 상태가 괜찮았지만 뒤뚱거리며 진료실에 들어설 때쯤에는 복벽이 돌처럼 딱딱해져 있었다. 복막염이라는 진단이 내려졌다. 양수가 터진 날에 진료했다면 피할 수 있었던 위험한 감염증이었다.

나는 급히 근처의 가톨릭 병원으로 이송되었다. 수녀들이 출산 유도를 준비하고 있는 동안 의사로부터 아기가 너무 작아 살아날 것 같지 않다는 말을 들었다. "아기가 진통제를 견뎌내지 못할 겁니다." 의사가 그렇게 말할 때도 나는 이미 엄청난 통증을 느끼고 있었다. 배를 살짝 건드리기만 해도 참을 수 없는 통증을 느꼈다. 진통은 파도처럼 연달아 밀려와 몸과 마음이 급격히 소진되었다.

정신을 차려보니, 수녀들이 탁자 위에 성수와 세례에 필요한 도구를 늘어놓았다. 이유를 곧 알았다. 아기가 죽는다고 생각한 것이다. 내 건강 따위는 상관없고 아기가 죽기 전에 세례만은 할 수 있기를 바라는 것이었다.

48시간 동안, 나는 진통의 격랑을 겪으며 의식과 무의식 사이를 오락가락했다. 매니가 곁에 있어 주었지만 그가 할 수 있는 일은 아무것도 없었다. 한번은 숨이 멈췄다. 그 외에도 이제 죽는구나 하고 생각한 적이 몇 번 있었다. 차마 보지 못한 의사가 척추에 진통제 주사를 놓았다. 하지만 아무 효과도 없었다. 일어날 일은 어쨌든 일어나야 했다. 꼬박 이틀간의 진통 끝에 드디어 아기의 울음소리가 들렸다. 누군가가 "공주님입니다!"라고 말했다.

모두가 사산아로 태어나리라 생각했던 바버라는 살았고, 생명을 이어가기 위해 분투하고 있었다. 몸무게는 1.4킬로그램이 약간 넘었다. 수녀가 급히 인큐베이터에 넣기 전에 나는 아기의 얼굴을 가까이서 들여다보았다. 겨우 900그램으로 역시 살아나지 못할 거라는 말을 들은 내 자신의 출생과 닮았다는 생각이 든 것은 나중의 일이었다. 그때에는 소망대로 태어난 여자아이에게 미소를 보낼 힘도 없이 깊은 잠 속으로 빠져들었다.

병원에서 사흘을 보낸 후 집에 돌아왔다. 슬프게도 딸과 함께 올 수 없었다. 체중이 늘어날 기미가 보이지 않았기 때문에 좀 더 튼튼해질 때까지 병원에 남아 있어야 한다고 의사는 말했다. 다음 주는 딸아이에게 수유하러 3시간 간격으로 차를 타고 병원에 갔다. 집에서 아이를 돌보는 편이 더 낫겠다는 내 의견에 소아과 의사들은 동의하지 않았지만, 일주일 후 겨우 허가를 얻었다. 나는 의사 가운을 입고 바버라를 안고 병원을 나왔다.

이제 내가 그리던 그림이 완성되었다. 가정과 남편과 사랑스러운 케네스와 바버라가 있다. 집안일은 배로 늘어났다. 하지만 어느 날 밤의 광경은 지금도 뇌리에 깊이 새겨져 있다. 나는 부엌에 서서 케네스가 무릎에 귀여운 여동생을 안고 어르고 있는 것을 보고 있었다. 매니는 의자에 앉아 책을 읽고 있었다. 나의 작은 세계는 완전한 듯했다.

하지만 그즈음 덴버에서 유일한 신경병리학자였던 매니는 욕구 불만이 점점 심해졌다. 매니의 야심은 충족되지 못했고 더 큰 지적 자극을 갈망했다. 그것은 나도 이해할 수 있었고, 다른 일자리를 찾아보라고 말했다. 우리에게 최고의 기회가 주어진다면 어디라도 갈 생각이었다. 1965년 봄, 나는 두 아이를 데리고 스위스로 휴가 여행을 떠났다. 돌아왔을 때 매니가 우리의 직장 후보를 준비해놓고 있었다. 뉴멕시코주의 앨버커키와 시카고였다. 선택은 어렵지 않았다.

초여름에 우리는 시카고로 이사했다. 메어리누크에서 2층짜리 집을 찾아냈다. 여러 인종이 모여 사는 교외의 중산층 동네였다. 매니는 좋은 조건으로 노스웨스턴 대학 메디컬 센터에 들어갔고, 나는 시카고 대학 부속 빌링스 병원의 정신과에서 일하게 되었다. 그리고 정신분석학 연구소의 교육 분석을 받을 준비에 들어갔다.

교육 분석을 기다린 것은 아니었다. 이삿짐을 정리하고 있던 어느 날 전화벨이 울릴 때까지 연구소에 신청했다는 사실조차 까맣게 잊고 있었다. 수화기에서 권위적이고 오만한 남자의 목소리가 들렸다. 그 목소리를 듣는 것만으로 일할 마음이 달아나버렸다. 상대방은 연구소 측에서 선정한 분석가가 내 세션을 다음 주 월요일부터 시작할 거라고 알렸다. 나는 이사한 지 얼마 안 되어 베이비시터도 아직 구하지 못했기 때문에 시간을 낼 수 없다고 대답했다. 남자는 그런 사정에 귀 기울이려 하지 않았다.

상황은 그때부터 악화일로를 치달았다. 첫 세션 때 45분이나 기다렸다. 겨우 분석가에게 불려 들어가 의자에 앉아 지시를 기다렸다. 아무 일 없이 어색한 침묵 속에 시간만 흘러갔다. 분석가는 불쾌한 듯 나를 노려볼 뿐이었다. 고문이라도 받는 기분이었다. 마침내 분석가가 입을 열었다. "입 다문 채 앉아만 있을 작정입니까?"

그것을 계기로, 나는 더듬거리며 어린 시절과 세쌍둥이로 태어나 겪은 어려움에 대해 이야기하기 시작했다. 하지만 몇 분 후, 분석가는 내 이야기를 중단시키더니 무슨 말을 하는지 한마디도 모르겠다고 했다. 그러면서 내 문제는 언어 장애라고 단정했다.

"연구소에서 왜 당신에게 교육 분석을 받도록 했는지 모르겠군요. 말조차 제대로 못 하는데."

그만하면 충분했다. 나는 일어서서 문을 박차고 나왔다. 그날 밤 늦게 분석가에게서 전화가 왔다. 서로 마음이 맞지 않는다면 그 관계를 풀기 위해서라도 꼭 다시 세션을 받으라고 간청했다. 왜 내가 동의했는지 모르겠다. 두 번째 세션은 첫 번째보다 훨씬 짧은 시간에 끝났다. 서로 성격이 맞지 않을 뿐이라고 생각하기로 했다. 그 이유를 찾으려는 노력도 시간 낭비라는 생각이 들었다.

하지만 정신분석을 포기한 것은 아니었다. 몇몇 사람에게 조언을 구한 끝에 헬무트 바움 박사에게 교육 분석을 받기로 결정했다. 분석은 39개월이나 계속되었다. 결국에는 정신분석도 조금은 가치가 있다고 생각하게 되었다. 적어도 내 자신이 왜 이토록 고집스럽고 자립심이 강한지, 성격에 대한 약간의 새로운 통찰은 얻을 수 있었다.

그래도 고전적인 정신의학의 신봉자가 되지는 않았다. 근무하는 병원의 정신과에서는 향정신성 신약을 적극 사용하여 주목받았지만, 그것에 동의할 수 없었다. 약에 지나치게 의존한다는 인상은 지울 수 없었다. 환자의 사회적, 문화적, 가족적 배경에 대한 충분한 고려가 없다는 생각이 들었다. 학술 논문의 발표를 중시하고, 그것에 따라 위상이 정해지는 것도 납득이 가지 않았다. 학회에 대한 관심만큼을 환자와 환자가 안고 있는 문제에 쏟는 것 같지도 않았다.

내 관심이 의학도 교육에 쏠린 것은 당연했다. 학생들은 열의에 차 있고 배움에 열려 있었다. 새로운 발상, 견해, 태도, 연구 과제를 논의하는 것에 관심이 있었다. 증례 연구에도 진지하게 귀 기울였고, 직접 체험하고 싶어 했다. 그들에게는 어머니 역할이 필요했다.

자유로이 환자에 대한 문제를 논의하고 의견을 나누며 열린 귀를 가진 사람이 캠퍼스에 있다는 소문이 퍼져 내 연구실은 곧 열정적인 학생들이 집합소가 되었다. 거기서 나는 나올 수 있는 모든 의문을 만난 것 같다. 하지만, 이윽고 내가 시카고에 온 것이 우연이 아니라는 이유를 증명하는 한 가지 의문에 부딪치게 되었다.

죽음은 가장 큰 스승

내 인생은 프로이트와 융도 놀라자빠질 듯한 곡예의 연속이었다. 시카고 다운타운의 교통 혼잡을 뚫고 바삐 돌아다니고, 가정부를 구하고, 매니와 옥신각신한 끝에 내 은행계좌 개설을 허가받고, 식료품을 사들이는 일이며, 강의를 준비하는 일, 다른 진료과를 위한 정신과 자문조정 의사 일도 기다리고 있었다. 때때로 이제 더 이상의 책임을 질 수 없다는 생각이 들기도 했다.

그러던 1965년의 어느 가을날, 연구실 문을 두드리는 사람이 있었다. 시카고 신학교에서 온 네 명의 남학생이었다. 네 학생은 자기 소개를 끝내고 인간이 다루어야 할 궁극의 위기로서의 죽음을 주제로 한 논문을 찾고 있다고 말했다. 내가 덴버에서 행한 첫 강의의 기록은 이미 입수했다며, 내가 쓴 논문이 있다는 말을 들었는데 찾을 수 없어 이렇게 왔다고 했다.

그런 논문을 쓴 적은 없다는 대답에 실망한 네 사람을 자리에 앉혀 이야기를 들었다. 신학생이 죽음이라는 주제에 관심을 가지는 것은 자연스러운 일이라고 생각했다. 그들에게는 의사 이상으로 죽음과 임종에 관심을 가질 이유가 있었다. 그들도 죽어가는 환자와 접촉하는 입장에 있었던 것이다. 성서를 읽는 것만으로는 대답이 나오지 않는 죽음에 관해 의문을 갖는 것은 당연했다.

이야기 중에 신학생들은 죽음에 관한 사람들의 물음에 대답해야 할 때 혼란스럽고 무력감에 빠진다고 털어놓았다. 네 학생 모두 죽어가는 환자와 이야기해본 적도, 시신을 본 적도 없었다. 그들은 그 같은 경험을 할 수 있는 곳이 있는지 물었다. 내가 죽어가는 환자와 이야기하는 것을 견학하고 싶다고도 했다. 그들이 죽음과 죽어감에 관한 내 연구에 원동력이 되리라고는 전혀 알지 못했다.

다음 주 내내 나는 정신과 자문조정 업무에 대해 생각했다. 자문조정 업무를 통해 종양과, 내과, 부인과의 환자들과 접촉해왔다. 병원에는 말기로 고통 받는 환자들이 있는가 하면, 방사선 치료나 화학요법, 또는 단순한 엑스레이 검사를 받기 위해 기다리는 시간에 혼자 불안과 싸우고 있는 환자들이 있다. 하지만 그 모두가 어찌할 바를 모르고 두려움에 떨고 외로움에 시달리며, 속마음을 함께 나눌 누군가를 간절히 원하고 있었다. 나는 지극히 자연스럽게 그 누군가의 역할을 맡았다. 한 가지 질문을 던지는 것만으로 환자는 봇물 터지듯 말을 쏟아냈다.

그래서 죽음을 앞둔 환자로 기꺼이 신학생들과 만나 이야기해줄 사람을 찾아 병동을 돌아다녔다. 몇몇 의사들에게 죽어가는 환자가 있는지 물었지만 혐오의 반응밖에 돌아오지 않았다. 말기 환자 대부분을 수용한 병동의 담당 의사는 내가 환자와 이야기하는 것조차 허락하지 않았다. 거기에 그치지 않고 내가 환자를 이용하고 있다고 질

책했다. 자신의 환자가 죽어간다는 것조차 인정하려들지 않는 의사들에게 내 제안은 너무 과격했을 것이다. 좀 더 주의 깊고 전략적으로 접근할 필요가 있었다.

가까스로 한 의사가 자신의 노인 환자를 소개해주었다. 그 노인은 폐기종으로 죽음을 앞두고 있었다. 의사는 이렇게 말했다. "부탁해 봐요. 저 할아버지라면 더 나빠질 것도 없으니까요." 나는 한달음으로 노인의 병실에 들어가 침대로 다가갔다. 인공호흡기 튜브를 매단 노인은 몹시 쇠약해 보였다. 내일 네 명의 신학생을 데려와 지금의 심경에 대해 여쭤 봐도 되겠느냐고 물었다. 내 의향은 전달된 듯했다. 지금 곧 데려오라고 했다. "지금은 곤란합니다. 내일 데려오겠습니다."

내 실수는 노인의 말을 무시한 것에 있었다. 노인은 시간이 없다는 사실을 전하려 했지만 그때 내게는 열린 귀가 없었다.

다음 날 네 명의 신학생들을 데리고 병실을 찾았지만, 노인은 극도로 쇠약해져 말할 힘도 없는 상태였다. 그래도 내가 왔다는 것을 알아차리고 손을 내밀어 환영의 뜻을 나타냈다. 노인의 볼에 눈물이 흘렀다. 쉰 목소리로 "와줘서 고맙네."라고 말했다. 잠시 곁에 앉아 있다가 학생들을 데리고 연구실로 돌아왔다. 연구실에 들어서는 순간 전화가 와 노인이 숨을 거두었다고 알렸다.

환자의 사정보다 자신의 사정을 우선시한 내가 너무나도 한심했다. 어제는 속마음을 함께 나누기를 그토록 갈망했는데도 그렇게 하지 못한 채 세상을 뜨게 했다. 결국 신학생들과 만나 이야기해주겠다는 다른 환자를 찾아내긴 했지만, 그 첫 교훈은 너무나도 강렬하여 아직껏 잊을 수 없다.

죽음을 이해하려는 사람 앞에 가로놓인 가장 큰 장애는 아마도 자신의 생명의 종말을 상상하는 것이 불가능하다는 사실일 것이다. 무의식에서는 갑작스럽게 찾아오는 두려운 생의 중단, 비극적인 죽임, 끔찍한 질병의 희생으로밖에 죽음을 알지 못한다. 달리 말해 참을 수 없는 고통으로서의 죽음이다. 누구나 그렇듯이 의사에게도 죽음은 실패이자 패배였다. 나는 병원에 있는 모두가 죽음이란 화제를 회피하고 있다는 사실을 알아차렸다.

이 현대적인 병원에서 죽음은 슬프고 쓸쓸하고 비정한 일이었다. 말기 환자는 반드시 구석방으로 옮겨졌다. 응급실의 환자는 완전히 격리된 채 별실에서는 가족과 의사가 본인에게 알려야 할 것인지 말 것인지 의논하고 있었다. 내가 생각해야 할 물음은 단 한 가지뿐이다.

"어떤 말로 알릴 것인가?" 죽음을 앞둔 환자에게 이상적 상황이 무엇인지 묻는다면 나는 어린 시절에 경험한 이웃집 과수원 주인아저씨의 죽음에 대해 이야기할 것이다. 그 사람은 집에서 가족과 친구들에게 둘러싸여 평온하게 죽음을 맞이했다. 진실이 늘 최선이다.

의학의 눈부신 발전으로 사람들은 고통 없는 삶이 당연하다고 생각하게 되었다. 그러므로 고통이 동반하는 유일한 기회인 죽음을 기피하는 것이다. 어른들은 좀처럼 죽음에 대해 이야기하려 하지 않는다. 어쩔 수 없이 이야기해야 할 때에는 아이들을 다른 방으로 내몬다. 하지만 사실은 사실이다.

죽음은 삶의 한 부분이다. 삶의 가장 중요한 한 부분이다. 뛰어난 의사들도 죽음이 삶의 일부임을 이해하지 못했다. 마지막 순간까지 좋은 삶을 영위하지 못한 사람은 아름다운 죽음을 맞이할 수 없다.

그러한 문제를 학문적, 과학적 관점에서 연구할 필요성은 컸지만,

그것은 곧 연구자의 양어깨에 짊어질 책임도 크다는 것을 의미했다. 나의 스승 마골린 교수의 강의와 마찬가지로, 정신분열증과 다른 정신 질환에 관한 내 강의도 의과대학에서는 비정통적이었지만 한편 인기가 있었다. 네 명의 신학생과 함께 시작한 실험도 소문이 퍼져 용감하고 호기심 많은 학생들이 모여들게 되었다. 크리스마스 직전, 의과대학과 신학교의 학생 여섯 명으로부터 다시 죽어가는 환자와의 면담을 갖게 해달라는 요청을 받았다.

그로부터 6개월 후인 1967년 상반기부터 매주 금요일에 '죽음과 죽어감'이란 주제의 세미나를 열기 시작했다. 세미나에 병원 의사나 대학 교직원들은 한 명도 참석하지 않았다. 하지만 의대생과 신학생뿐 아니라 간호사, 목사, 랍비, 사회복지사 등 수많은 사람들이 모여들었다. 교실의 자리가 부족하게 되어 세미나 장소를 큰 강의실로 옮겨야 했다. 죽어가는 환자와의 면담은 매직미러와 오디오 시스템을 갖춘 작은 방에서 행하여 겉만이라도 프라이버시가 지켜지도록 했다.

매주 월요일이 되면 나는 면담에 동의해줄 환자를 찾아 나섰다. 쉬운 일은 아니었다. 대부분의 의사가 '환자를 이용하는' 세미나를 연다며 나를 백안시했기 때문이다. 요령이 좋은 의사는 자기 환자가 피험자로 적합하지 않은 이유를 열심히 설명했지만, 대부분의 의사는 내가 말기 환자와 이야기하는 것도 허락하지 않았다. 어느 날 오후, 연구실에서 목사와 간호사 그룹과 이야기하고 있을 때 전화벨이 울렸다. 수화기 너머에서 성난 의사의 고함소리가 들려왔다.

"K부인과 죽음에 대해 이야기하다니, 대체 무슨 짓이오. 환자는 병의 상태에 대해 아무것도 몰랐고 다시 퇴원할 수 있다고 생각했다고요!"

　바로 그것이었다. 내 세미나를 못마땅해하는 의사의 환자들은 불행하게도 대부분 자신의 병에 대처할 수조차 없는 상태였다. 의사가 자기의 죽음에 직면하려 하지 않는 이상, 속마음을 이야기할 기회가 환자에게 있을 리 없었다.

　내 목표는 환자가 마음속에 품은 생각을 표현하는 것을 금지하는 의료 종사자의 직업적인 기피감이라는 벽을 깨트리는 것이었다. 면담에 적절한 환자를 찾지 못하고 병원을 돌아다닐 때의 일이었다. 의사들마다 자신의 병동에는 죽어가는 환자가 없다고 했다. 그때 복도에서 우연히 노신사가 눈에 띄었다. 노신사는 "노병은 죽지 않는다"라는 표제의 신문 기사를 읽고 있었다. 외관으로 보아 병의 상태가 좋지 않은 것 같아 그런 기사를 읽어도 괜찮은지 물었다. 노신사는 내게 경멸의 시선을 보냈다. 나를 현실에 대처하는 것을 피하려는 보통 의사들 중의 하나쯤으로 보았던 것이다. 그 후 노신사는 훌륭한 피험자가 되어주었다.

　돌이켜보면 내가 받은 수많은 저항의 원인에는 여자라는 성도 관계가 있다고 생각된다. 네 번 유산을 경험하고 두 아이를 낳은 여자로서 나는 죽음을 생명의 자연스런 사이클의 일부로 받아들였다. 달리 선택의 여지가 없었다. 피할 수 없는 일이었다. 그렇지만 의사의 대부분은 남자였고, 극소수를 제외하면 죽음을 실패 또는 패배라고 생각했다.

　'죽음학thanatology'으로 알려질 학문의 태동기였던 당시, 내 최고의 스승은 한 흑인 청소부였다. 이름은 기억하지 못하지만, 밤낮으로 병원 복도에서 그 여자를 보았다. 내 주의를 끈 것은 중환자들에게 미치는 그 여자의 영향력이었다. 죽어가는 환자의 방을 그녀가 다녀가면 환자의 태도가 눈에 띄게 달라진다는 것을 나는 알아차렸다.

그 비밀을 알고 싶었다. 너무 알고 싶어, 고등학교도 마치지 못했지만 큰 비밀을 쥐고 있는 여자를 문자 그대로 염탐했다. 그러던 어느 날 복도에서 그 여자와 마주쳤다. 갑자기 늘 학생들에게 말했던 "듣고 싶은 게 있으면 그 자리에서 물어보라."는 격언대로 실행해볼 생각이 들었다. 용기를 내어 그 여자에게 다가갔다. 눈을 부릅뜨고 다가오는 의사에게 상대가 겁먹었다는 것도 알아차리지 못하고 나는 불쑥 물었다. "당신은 죽어가는 환자들에게 무엇을 하고 있는 거죠?"

당연히 여자는 경계했다. "바닥 청소를 했을 뿐이에요." 공손하게 대답하고 여자는 가버렸다. "내 말은 그게 아니고요."라고 말했지만 너무 늦었다.

그 뒤로 두어 주 동안 우리는 의혹의 눈길로 서로를 염탐했다. 마치 게임을 하는 것 같았다. 어느 날 오후, 또 복도에서 그 여자와 부딪쳤다. 여자는 나를 간호사실 뒤편으로 데려갔다. 흰 가운을 입은 백인 정신과 조교수가 얌전한 흑인 청소부에게 소매를 끌려가는 평범하지 않은 광경이었다. 주변에 사람이 없다는 것을 확인하고 여자는 자신의 인생사를 털어놓았다. 그 비극적인 삶은 내 상상을 초월하는 것이었다.

시카고의 사우스사이드에서 태어난 여자는 가난하고 비참한 환경 속에서 자랐다. 여자의 집은 난방도 되지 않는 공동 주택이었고, 아이들은 영양실조로 병들었다. 가난한 사람들이 대개 그렇듯이 여자도 병과 굶주림에서 벗어날 수단을 가지고 있지 않았다. 조악한 콘플

153

레이크로 허기를 채우는 아이들에게 의사는 별세계 사람이었다. 어느 날 여자의 세 살짜리 아들이 폐렴으로 위독해졌다. 인근 병원의 응급실로 데려갔지만, 10달러의 미납 병원비가 있었기 때문에 진료를 받지 못했다. 여자는 포기하지 않고 쿡 군립 병원으로 걸어갔다. 그 병원이라면 가난한 사람들도 진료 받을 수 있었다.

불행하게도 대기실에는 여자의 아이와 마찬가지로 긴급한 치료가 필요한 사람들로 가득 차 있었다. 세 시간 동안, 차례가 오기를 기다리며 여자는 가르랑거리고 헐떡이는 아이를 안타깝게 지켜보았다. 이윽고 아이는 여자의 팔에 안겨 숨을 거두었다.

그 상처를 헤아리기란 불가능했지만, 자신의 경험을 담담하게 이야기하는 여자의 태도에 나는 깊은 감동을 받았다. 깊은 슬픔을 가슴에 담고 있으면서도 여자는 부정적인 말을 하지 않고 남을 탓하지 않고 분노하는 기색도 없었다. 평화로운 그 태도가 너무 보통 사람에서 벗어나 있었기 때문에 아직 미숙했던 나는 엉겁결에 말했다. "왜 그런 얘기를 하죠? 그것과 죽어가는 환자가 무슨 관계가 있어요?" 여자는 온화하고 사려 깊은 갈색 눈으로 가만히 나를 바라보며, 마치 내 마음을 읽은 듯 이렇게 대답했다.

"죽음은 내게 친숙한 일이에요. 아주 오래된 친구니까요."

나는 선생님을 우러러보는 학생이 되어 있었다. "나는 이제 죽음이 두렵지 않습니다." 여자는 조용하지만 분명한 어조로 계속했다. "죽음을 앞둔 환자의 방에 들어가면 환자가 돌처럼 굳어 있을 때가 있어요. 말할 상대도 없이 말이에요. 그래서 옆으로 다가갑니다. 때로는 손을 잡고 걱정할 건 없다며 죽음은 그렇게 두려운 게 아니라고 말해주죠." 그렇게 말하고 여자는 입을 다물었다.

얼마 후, 나는 그 청소부를 내 수석 조수로 채용했다. 그녀는 내가 누구의 도움도 받지 못할 때 꼭 필요한 도움을 주었다. 이 일은 내가 널리 알리고 싶은 교훈이 되었다.

우리가 성장하는 데 특별한 스승이 필요한 것은 아니다. 삶의 스승은 여러 가지 모습으로 우리 앞에 나타난다. 아이로, 말기 환자로, 청소부로…… 세상의 그 어떤 학설과 과학도 타인에게 마음을 여는 것을 두려워하지 않는 인간의 힘에는 미치지 못한다.

그럼에도 불구하고 죽어가는 환자에 다가가는 일을 허락해준 몇몇 의사에게 감사드린다. 첫 면담은 모두 똑같은 순서로 이루어졌다. 가슴에 '정신과 자문조정 의사'라는 직책과 이름이 새겨진 흰 가운을 입고 나는 학생들 앞에서 환자에게 이야기를 시작한다. 우선 병과 입원 생활, 그 밖에 뭐든 생각하는 것에 대해 질문해도 좋은지 묻는다. 환자 쪽에서 입에 담을 때까지 '죽음'과 '임종'이라는 말은 절대 사용하지 않는다. 이름, 나이, 병명 외에 다른 것은 필요하지 않았다. 대부분의 경우 환자는 몇 분 만에 면담을 하겠다고 동의했다. 사실 환자에게 거절당한 경우는 한 번도 없었다.

세미나장은 보통 강의가 시작되기 30분 전에 만원이 되었다. 시작하기 몇 분 전이 되면 나는 직접 침대나 휠체어를 밀어 면담실로 환자를 인도했다. 시작하기 전에 환자 옆으로 다가가 잠시 호흡을 가다듬은 다음 어떤 위해도 없으며 대답할 필요가 있다고 생각한 질문에만 대답해도 좋다고 환자에게 알렸다. 그것은 익명의 알코올 중독자들(알코올 중독자 갱생회)의 기도 같은 것이었다.

신이시여, 제게 주소서.

바꿀 수 없는 것을 받아들이는 평온,

바꿀 수 있는 것을 바꾸는 용기,

그리고 그 둘을 구분할 수 있는 지혜를.

환자는 일단 이야기를 시작하면 ─ 작은 목소리로 이야기하는 것도 환자에게는 굉장히 힘든 도전이었지만 ─ 억눌려 있던 감정의 분출을 멈출 수 없었다. 쓸데없는 이야기로 시간을 허비하는 일은 없었다. 그들의 대부분은 의사에게서가 아니라 가족과 친구들의 행동 변화에서 자신이 앓는 병의 진실을 알았다고 했다. 몹시 진실을 알고 싶을 때에 갑자기 사람들은 거리를 두고 거짓으로 행동했다. 대부분의 환자가 의사보다는 간호사 쪽이 정감 있고 의지가 된다고 느꼈다. "지금이야말로 의사들에게 그 이유를 말할 기회입니다." 나는 말했다.

나는 늘 죽음을 앞둔 사람이 최고의 스승이라 말하지만, 그들의 이야기에 귀 기울이려면 용기가 필요했다. 환자는 자신에게 행해진 의료 ─ 의학적 처치뿐 아니고 동정, 공감, 이해의 결여도 포함하여 ─ 에 대해 거침없이 불만을 토로했다. 한 여자의 절규가 지금도 기억난다.

"의사의 관심은 내 간의 크기뿐이에요. 이제 와서 간의 크기에 왜 신경 써야 하죠? 집에는 내가 돌봐야 할 아이가 다섯이나 있습니다. 걱정 때문에 견딜 수가 없어요. 그런데도 아이들 이야기에 아무도 귀 기울여주지 않아요!"

면담이 끝날 즈음에는 환자의 표정에 평온함이 보였다. 희망을 버리고 무력감에 사로잡혀 있던 대부분의 환자가 새롭게 주어진 교사의 역할에서 커다란 기쁨을 찾았다. 죽음을 앞두고 있지만, 아직 목적을 가지고 살아가는 것이 가능하고, 마지막까지 훌륭하게 살아갈 이유가 있다는 사실을 깨달은 것이다. 그들은 계속 성장하는 과정에 있었다. 그것은 세미나장을 가득 매운 사람들도 마찬가지였다.

면담이 끝나면 나는 환자를 병실까지 데려다주고 강의실로 돌아와 참가자들과 고양된 기분으로 활발한 토론을 벌였다. 우리는 환자의 반응은 물론 우리 자신의 반응도 분석했다. 놀랍도록 솔직한 고백이 이어지는 경우가 보통이었다. "죽은 사람을 이 눈으로 분명히 본 기억이 없습니다." 죽음을 두려워해 멀리하고 있다는 여의사가 그렇게 말했다. "뭐라고 말해야 좋을지 모르겠습니다."라고 말문을 연 어느 목사는 환자의 질문에 대답하려 해도 성서에 한계가 있다는 것을 인정하며 이렇게 고백했다. "그래서 아무 말도 하지 않습니다."

그 토론을 통해 의사, 성직자, 사회복지사들은 내면의 적의와 방어에 직면했다. 그들의 두려움은 분석되고 극복되었다. 죽어가는 사람들의 말에 귀 기울임으로써 우리 모두는 자신이 과거에 해왔던 잘못과 앞으로 해야 할 일이 무엇인지 배웠다.

환자를 면담실로 데려가고 다시 돌려보낼 때마다 그 환자의 삶에서 '한없이 넓은 하늘에서 잠깐 반짝이다가 끝없는 밤 속으로 사라져가는 무수한 빛 가운데 하나'를 생각했다. 한 사람 한 사람이 우리에게 가르쳐준 교훈은 요약하면 똑같은 메시지였다.

뒤돌아보고 삶을 헛되이 보냈다고
후회하지 않도록 살아가세요.

해온 일을 후회하지 않도록,
또는 다른 삶을 바라지 않도록 살아가세요.
정직하고 충만하게 삶을 살아가세요.
살아가세요.

어머니의 마지막 가르침

가정생활은 더할 나위 없이 만족스러웠다. 1969년, 우리는 상류층 주거지인 플로스무어에 자리한, 프랭크 로이드 라이트가 설계한 아름다운 집으로 이사했다. 정원은 매니와 아이들이 내 생일에 소형 트랙터를 선물할 정도로 넓었다. 매니는 새 서재를 좋아했고, 거실에 커다란 스테레오시스템을 설치했다. 덕분에 나는 꿈같이 멋진 부엌에서 이런저런 일을 하면서 좋아하는 컨트리 음악을 즐길 수 있었다. 아이들은 명문 공립학교에 다녔다.

하지만 모든 것이 너무나 완벽하여 나는 불안을 느꼈다. 곧 깨어날 꿈을 꾸고 있는 듯한 기분이 들었다. 그러던 어느 날 아침, 잠에서 깨어나자 불안의 원인에 생각이 미쳤다. 풍족한 나라에서의 더 이상 바랄 것이 없는 생활이었지만 한 가지 부족한 것이 있었다. 그것은 어린 시절에 가장 소중히 여겼던 것을 아직 내 아이들에게 전해주지 못했다는 것이었다. 새벽같이 일어나 언덕과 산을 걷고, 풀과 꽃, 귀뚜라미와 나비의 아름다움을 느껴보는 것이 얼마나 귀중한 경험인지 아이들에게 알려주고 싶었다. 낮에는 야생화와 알록달록한 돌을 모으고 밤에는 하늘 가득한 별 아래에서 꿈을 그리도록 해주고 싶었다.

생각만 하며 기다리고 있을 수는 없었다. 이리저리 궁리만 하는 것은 나와 어울리지 않았다. 곧장, 케네스와 바버라를 학교에서 데려와 셋이 스위스로 날아갔다. 어머니와는 체르마트에서 합류했다. 체르마트는 자동차 통행이 금지되고 100년 전의 생활이 그대로 남아 있는, 알프스의 매력적인 마을이다. 아이들에게 그 마을을 보여주고 싶었다.

그곳은 구름 한 점 없이 쾌청했다. 아이들과 함께 하이킹을 했다. 산에 오르고 개울을 따라 걷고 야생동물을 쫓아다녔다. 들꽃을 꺾고 예쁜 돌을 모았다. 햇볕에 탄 아이들의 볼이 발갛게 빛났다. 잊을 수 없는 경험이었다.

하지만 잊을 수 없다는 것은 하이킹 때문만은 아니었다. 마지막 날 저녁, 어머니와 나는 아이들을 침대에 눕혔다. 어머니가 섭섭한 듯 아이들에게 키스를 하고 포옹하고 있는 동안 나는 발코니로 나왔다. 낡은 흔들의자에 앉아 몸을 흔들고 있을 때 침실로 통하는 미닫이문이 열리고 어머니가 밤의 신선한 공기를 맞으며 다가왔다.

우리 둘 다 넋을 잃고 달을 쳐다보았다. 달은 마터호른 봉우리 위를 떠도는 듯 보였다. 어머니가 옆의 의자에 앉았다. 우리는 오랫동안 말없이 각자의 생각에 잠겨 있었다. 상상 이상으로 좋은 여행이었다. 더 이상의 행복은 없다는 생각이 들었다. 이렇게 멋진 하늘을 보려고 하지 않는 전 세계 도시 사람들을 생각했다. 그들은 텔레비전을 보고 술을 마시며 삶을 견뎌낸다. 어머니도 자신의 삶에, 이 순간에 만족하는 듯했다.

뒤돌아보고 삶을 헛되이 보냈다고 후회하지 않도록
살아가세요. 해온 일을 후회하지 않도록, 또는 다른 삶
을 바라지 않도록 살아가세요. 정직하고 충만하게 삶
을 살아가세요. 살아가세요.

우리는 말없이 상대의 존재를 가까이 느끼며 앉아 있었다. 얼마나 시간이 흘렀을까. 어머니가 불쑥 중얼거렸다. 그것은 전혀 뜻밖의, 그 장소에 어울리지 않는 말이었다.

"엘리자베스, 우리는 영원히 살 순 없단다."

사람이 어떤 순간에 무엇인가를 한다면 그럴만한 이유가 있다. 하지만 하필이면 왜 그때 그곳에서 어머니가 그런 말을 하는지 알 수 없었다. 무한히 넓은 하늘에 압도되어서일까? 아니면 한 주간의 하이킹을 마친 후라 기운이 다 빠져서일까? 아니면 지금 확신하고 있는 대로, 어머니는 뭔가를 예감하고 있었던 것일까? 내 억측이야 어찌 되었든 어머니는 계속해서 말했다.

"너는 가족 중 유일한 의사니까, 유사시에는 날 부탁한다."

유사시라니? 일흔일곱 살이라고는 해도 어머니는 어려움 없이 우리와 함께 하이킹을 했다. 건강에 문제가 있는 것은 아니었다. 뭐라고 대답해야 할지 몰랐다. 큰 소리로 어머니의 말을 막고 싶은 충동에 사로잡혔다. 하지만 어머니는 그럴 틈을 주지 않고 끔찍한 이야기를 계속했다.

"만일 내가 식물인간이 된다면 네 손으로 내 삶을 끝내주기를 바란다."

점점 초조해진 나는 "그런 이야기는 하지 마세요."라고 말했지만 어머니는 다시 한 번 똑같은 이야기를 반복했다. 무슨 이유에서인지 어머니가 그 멋진 밤과 우리의 휴가를 망쳐놓으려 하는 것은 분명했다. "바보 같은 소리는 그만둬요." 나는 탄원하듯 말했다. "그런 일은 일어날 리가 없어요."

어머니는 내 말을 들으려 하지도 않았다. 사실, 어머니가 절대로 식물인간이 되지 않는다고 보장할 수는 없었다. 이윽고 나는 어머니와 마주보고 앉아, 자살은 찬성할 수 없으며, 누가 됐든 자살을 방조하는 일은 절대로 할 수 없다고 말했다. 더구나 자신을 낳아 길러주신 사랑하는 어머니의 생명을 멈추게 하는 일은 절대로 할 수 없었다.

"엄마에게 만에 하나 그런 일이 있더라도 내 환자에게 하는 것과 똑같이 할 거예요. 죽음이 자연적으로 찾아올 때까지 사시게 할 거예요."

그럭저럭 우리는 이 곤란한 대화에서 출구를 찾아냈다. 더 이상 할 말은 없었다. 나는 의자에서 일어나 어머니를 꼭 껴안았다. 눈물이 우리의 볼을 타고 흘렀다. 밤도 깊어 잠 잘 시간이었다. 다음 날에는 취리히로 돌아가야 했다. 앞으로의 일이 아니라 지금의 행복한 일만을 생각하고 싶었다.

다음 날 아침이 되자 어머니는 마법이 풀린 듯 여느 때의 어머니로 돌아와 있었다. 네 사람은 취리히까지 기차 여행을 즐겼다. 취리히에서 매니와 합류하여 최고급 호텔에 투숙했다. 그것이 매니의 방식이었다. '기억의 저장고'가 알프스의 상쾌한 공기와 야생화로 가득했기 때문인지 보통 때라면 좋아하지 않을 고급 호텔도 그때는 신경 쓰이지 않았다. 한 주일 후에 우리는 시카고로 돌아왔다. 완전히 젊음을 되찾은 듯한 기분이었다. 하지만 어머니와 나눈 이야기의 기억을 떨쳐버릴 수 없었다. 되도록이면 생각하지 않으려 했지만 그것은 의식에서 사라지지 않고 암운처럼 머물러 있었다.

사흘 후, 집에 있을 때 에바에게서 전화가 걸려왔다. 어머니께서 욕실에 쓰러져 있는 것을 우체부가 발견했다는 것이었다. 뇌졸중의 발작이었다. 다음 비행기로 스위스로 날아가 한달음에 어머니가 입원한 병원으로 갔다. 몸을 움직이지도 못하고 말도 하지 못하는 어머니는 나를 가만히 응시하며 수만 가지 생각을 눈으로 이야기하고 있었다. 절망과 고통과 공포를 담은 그 눈이 뭔가를 호소하고 있었다. 그것이 무엇인지는 곧 알았다. 하지만 어머니의 요구에 응할 수는 없었다. 어떤 이유로든 어머니의 죽음을 도울 수 없었다.

며칠간 힘든 날이 계속되었다. 침대 곁에 앉아 변화를 기다리며 어머니에게 이야기를 했다. 몸을 전혀 움직일 수 없는 어머니는 눈의 깜박임으로 대답했다. 한번 깜박이면 예스, 두 번 깜박이면 노였다. 때로는 왼손으로 내 손을 쥐어주기도 했다. 그 후로도 가벼운 발작이 몇 차례 일어나 결국 방광 기능을 잃었다. 그 시점에서 어머니는 식물인간 상태로 여겨졌다. 아무것도 할 수 없었고 남의 도움을 받아야만 했다. "기분 괜찮아요?"라고 물으면 한 번 눈을 깜박였다. "이 병원에 머물고 싶으세요?"라고 물으면 두 번 눈을 깜박였다.

"사랑해요."

어머니는 내 손을 쥐었다. 바로 지난주 휴가 여행 때에 어머니가 걱정했던 대로의 상태였다. 어머니는 그때 미리 통고했다. '만일 내가 식물인간이 된다면 네 손으로 내 삶을 끝내주기를 바란다.' 발코니에서 했던 어머니의 말이 머릿속에서 메아리치고 있었다. 이러한 운명이 다가오고 있다는 것을 어머니는 알고 있었을까? 예감을 했을까? 그런 내적인 자각이 가능할까?

나는 속으로 물었다. "남은 시간을 조금이라도 편하게 보내시도록 하려면 어떻게 도와드려야 할까? 조금이라도 즐겁게 보내시도록 하려면?" 의문은 많았지만 해답은 거의 없었다. 만일 하느님이 실재한다면 지금이야말로 어머니의 삶에 들어와 사심 없이 가족을 사랑하고 네 아이를 훌륭한 인간으로 기른 어머니를 축복할 때라고 나는 속으로 생각했다.

밤마다 나는 하느님에게 긴 이야기를 했다. 어느 날 오후에는 교회까지 찾아가 십자가에 대고 이야기했다. "하느님, 어디에 계십니까?" 나는 비통하게 물었다. "내 말이 들리십니까? 당신이 실재하기는 한 겁니까? 어머니는 정결하고 헌신적이고 근면한 여인입니다. 그 어머니가 정말로 당신을 필요로 하고 있는 지금 당신은 무엇을 준비해놓으신 겁니까?" 대답은 돌아오지 않았다. 어떤 표시도 없었다. 침묵뿐이었다.

몸이라는 고치에 싸인 어머니가 절망과 고통 속에서 쇠약해져가는 모습을 지켜보면서 나는 하늘에 대고 큰 소리로 외치고 싶었다. 가슴 속으로는 뭔가 하라고, 당장에 하라고 하느님에게 명령까지 하고 있었다. 하지만 하느님이 내 말을 들었다고 해도 일을 서두르는 것 같지 않았다. 나는 스위스어와 영어로 하느님에게 욕설을 퍼부었다. 그래도 하느님은 아무런 반응도 보이지 않았다.

병원 의사들과 외부 전문가들과 지루하게 상의했지만 선택의 길은 두 가지밖에 없었다. 하나는 이 병원에 머무는 것이었다. 조금이라도 회복될 가능성은 거의 없었지만 이 병원에서라면 온갖 치료를 시도해볼 수 있었다. 또 하나는 비용이 덜 드는 요양원으로 옮기는 것이었다. 그곳에서라면 극진한 간호를 받을 수 있지만 생명 연장을 위한 인공적 처치는 없었다. 그러니까 인공호흡기나 어떤 장치도 사용하지 않는다는 것이었다.

여동생들과 오랫동안 진지하게 논의했다. 셋 모두 어머니가 어떤 길을 택하리라는 것을 알고 있었다. 장모를 어머니로 여기는 매니도 장거리 전화로 전문적인 조언을 해주었다. 다행히도 에바가 바젤 근처의 리헨에서 프로테스탄트 수녀들이 운영하는 훌륭한 요양원을 찾아냈다. 에바는 리헨에 집을 짓고 재혼한 남편과 함께 생활할 계획을 갖고 있었다. 아직 호스피스가 없는 시대였지만 수녀들은 죽음을 앞둔 환자의 간호에 헌신적이었다. 우리는 모든 역량을 동원하여 어머니를 요양원으로 모실 수 있었다.

병원에서 받은 휴가도 기한이 다 되었지만, 나는 어머니를 취리히에서 리헨까지 이송하는 구급차에 동승하기로 했다. 어머니와 나 자신의 원기를 북돋우기 위해 아이에르코냑(코냑을 넣은 에그노그) 한 병을 구급차에 가지고 들어갔다. 또 하나 지참한 것이 있었다. 어머니가 가장 좋아하는 소장품을 적은 짧은 목록과 친척과 어머니 친구들, 특히 아버지가 돌아가신 후 어머니를 도와준 사람들의 목록이었다. 나중의 목록은 꽤 길었다.

이동하는 도중에 우리는 각 소장품을 어울리는 사람에게 배분했다. 우리가 뉴욕에서 보내준 밍크 목도리와 모자 등 하나하나를 누군가에게 줄 것인지 정하는 일은 꽤 시간이 걸렸다. 딱 맞는 사람을 찾아냈을 때마다 우리는 코냑을 넣은 에그노그로 축배를 들었다. 의아스러운 표정을 짓는 구급대원들에게 나는 "괜찮아요, 제가 의사니까요."라고 말했다.

어머니의 남은 일은 정리한다는 의미도 있었지만, 요양원에 도착할 즈음에 우리는 기분이 매우 좋았다. 정원이 보이는 방에서 어머니는 시중을 받게 되었다. 낮에는 새들의 노랫소리가 들리고 밤에는 별을 볼 수 있는 방이었다. 작별 인사를 할 때 나는 어머니의 간신히 움직이는 손에 향수를 뿌린 손수건을 쥐어주었다. 평소에 어머니는 그런 손수건을 들고 다녔다. 삶의 질을 높이는 것을 최우선하는 그 요양원에서 어머니는 편안하고 만족스러워하는 듯했다.

무슨 이유에서인지 하나님은 그런 상태로 어머니를 4년이나 살게 했다. 통계학적으로는 있을 수 없는 일이었다. 여동생들은 어머니가 편안하게 지내고 외롭지 않도록 교대로 병문안을 갔다. 나도 자주 어머니를 찾았다. 내 생각은 언제나 그 체르마트의 밤으로 돌아와 있었다. 식물인간이 된다면 생명을 끊어달라고 간원하던 어머니의 목소리가 귓전에 맴돌았다. 어머니는 분명히 예감했던 것이다. 그리고 두려워하던 대로의 상태가 되었다.

분명 비극이라 할 수밖에 없었지만 나는 그것으로 끝나는 것이 아님을 알고 있었다. 어머니는 의연하게 사랑을 느끼고 사랑을 주고 있었다. 자신만의 방식으로 어머니는 성장을 계속하고 배워야 할 교훈을 배우고 있었다.

사람은 배워야 할 것을 모두 배웠을 때 삶을 마감한다. 그렇게 생각하자, 어머니의 요구를 따라 내 손으로 당신의 삶을 끝내는 일은 할 수 없다는 느낌이 전보다 더욱더 강해졌다. 어머니가 왜 그렇게 생을 마감해야 하는지 알고 싶었다. 하느님이 이 사랑하는 여인에게 어떤 교훈을 가르치려 하는지 나는 끊임없이 자문해보았다. 어머니가 우리에게 어떤 교훈을 가르치고 있는지도 궁금했다. 그러나 생명 연장 장치 없이 살아계신 동안 어머니를 사랑하는 것 외에 할 일은 아무것도 없었다.

가을
autumn

/

들
소
의

장

죽음 뒤의 삶

1973년까지 라-라비다 소아 병원에서 나는 죽어가는 아이들의 삶에서 죽음으로의 여행을 도왔다. 동시에 정신 건강 클리닉인 패밀리 서비스 센터의 원장으로도 일했다. 그때까지 나에 대한 가장 나쁜 악평이라고 해봤자 여기저기 지나치게 많은 일에 손댄다는 것 정도로 생각했다. 하지만 악평은 그 이상이었다. 어느 날, 나와 가난한 여성 환자와의 대화를 들은 클리닉 경영자로부터 치료비 지불 능력이 없는 환자를 진료하지 말라고 질책 받았다. 그것은 숨을 쉬지 말라는 말과 같았다.

그렇다고 진료를 그만둘 생각은 없었다. 나를 고용한 이상 내 방식을 인정하라고 주장했다. 며칠간 우리는 논의를 계속했다. 환자의 지불 능력이 있든 없든 의사는 진료할 책임이 있다는 내 입장과 클리닉을 경영해야 하는 그의 입장은 평행선을 달렸다. 결국 경영자가 타협안을 내놓았다. 점심시간에 자선 진료를 해도 좋다는 안이었다. 다만 시간 관리의 필요상 타임카드를 찍어야 한다는 조건이 붙어 있었다.

절대로 안 될 일이었다. 나는 사표를 던져버렸고 마흔여섯 살에 갑자기 새롭고 흥분된 프로젝트를 시작할 시간을 갖게 되었다. '삶과 죽음, 그리고 이행' 워크숍도 그런 프로젝트의 하나였다. 일주일의 집중 체험 학습인 그 워크숍은 강의, 죽어가는 환자와의 면담, 질의응답 세션, 못다 한 일unfinished business(삶에서 쌓인 회한과 분노를 극복하도록 돕기 위해 행하는 일대일 훈련) 등이 주요 내용이었다. '못다 한 일'에는 부모의 죽음에도 슬퍼할 수 없었다든지, 성적 학대를 당했어도 그것을 인정할 수 없었다든지 등 여러 가지 트라우마가 포함된다. 하지만 일단 안전한 장소에서 그 고뇌를 표현하면 치유 과정이 시작되어 마음을 열고 정직하게 살아갈 수 있게 된다.

곧 이 워크숍을 열어달라는 요청을 전 세계에서 받게 되었다. 집에는 매주 1,000통 가량의 편지가 날아오기 시작했다. 전화벨은 거의 쉬지 않고 울렸다. 내 지명도가 높아지면서 우리 가족이 받는 피해도 커졌다. 그래도 가족은 이해하고 지원해주었다. 사후의 삶에 관한 내 연구는 더욱 가속도가 붙었다. 1970년대 전반까지 음왈리므와 나는 약 2만 명의 환자를 인터뷰했다. 환자의 연령은 2세부터 99세까지, 문화적으로도 에스키모, 아메리카 원주민부터 프로테스탄트 신도, 이슬람교도까지 다양했다. 모든 사례의 임사 체험이 아주 비슷하여 체험의 진실성을 강하게 시사하고 있었다.

그때까지도 나는 사후 세계를 전혀 믿지 않았다. 하지만 사례가 모여감에 따라 그것들이 우연의 일치도 환각도 아니라는 것을 확신하게 되었다. 자동차 사고로 사망이 확인된 한 여자는 되살아나기 전에 남편과 만났다고 증언했다. 그 여자는 나중에 의사로부터 사고 직전에 남편이 다른 장소에서 자동차 사고로 죽었다는 말을 들었다.

30대의 한 남자는 자동차 사고로 부인과 아이들을 잃고 실의에 빠진 나머지 자살을 시도했던 때의 체험을 증언했다. 그 남자는 가족과 재회하고 모두 괜찮다는 것을 알고 나서 다시 살아났다.

죽음의 체험에는 전혀 고통이 수반되지 않는다는 것, 다시 돌아오고 싶지 않다는 것도 모든 사례에 공통적으로 나타나는 체험이었다. 사랑하는 사람들과 재회하고, 또는 안내를 하는 존재와 만난 후 그들은 정말 멋지고 편안한 장소에 도달하여 다시 세상으로 돌아가고 싶지 않다고 느낀다. 그런데 그곳에서 누군가의 목소리를 듣게 된다. "아직 때가 아니다"라는 의미의 소리를 사실상 모든 사람이 들었다.

다섯 살의 남자아이가 죽음 체험이 얼마나 멋진 것인지 엄마에게 설명하려고 그림을 그리는 모습을 지켜본 적이 있었다. 아이는 눈부시게 빛나는 성을 그리고 "이곳이 하느님이 사시는 곳이에요."라고 말했다. 그리고 밝게 빛나는 별을 그렸다. "내가 이 별님을 보자 별님이 '잘 다녀왔니.'라고 말했어요."

이러한 놀라운 발견은 더욱 놀라운 과학적 결론으로 이어졌는데, 종래와 같은 의미의 죽음은 존재하지 않는다는 결론이었다. 죽음의 새로운 정의는 육체의 죽음을 초월한 영역까지 발을 들여놓아야 한다고 나는 느꼈다. 육체 이외의 영혼, 단순한 존재와 생존을 뛰어넘는 무엇, 사후에도 연속하는 무엇을 고려해야 한다는 것이었다.

죽음을 앞둔 환자는 다섯 단계를 거쳐 간다.

"우리가 지구에 보내져 주어진 숙제를 다 마치고 나면 이제 몸을 벗어버려도 좋다. 우리의 몸은 나비가 되어 날아오를 번데기를 품은 고치처럼 영혼을 감싸고 있는 허물이다."

이 과정을 실제로 거쳐 인생 최대의 경험을 하게 된다. 사망 원인이 교통사고이든 암이든 그 경험은 변하지 않는다(다만 비행기 추락사고 같은 갑작스럽고 예기치 않은 죽음의 경우에는 자신의 죽음을 곧바로 알아차리지 못하는 일도 있다). 죽음의 경험에는 고통도 두려움도 불안도 슬픔도 없다. 다만 나비로 탈바꿈해갈 때의 따스함과 평온이 있을 뿐이다. 인터뷰한 자료를 분석하여 나는 사망 선고 후의 경험을 몇 단계로 정리했다.

1단계

육체에서 빠져나와 공중에 떠오른다. 수술실에서 생명 징후가 정지했든, 자동차 사고로 죽었든, 자살했든 사인에 상관없이 모두 명료한 의식을 가지고 자신이 체외 이탈한 사실을 분명히 알아차린다. 고치를 떠난 나비처럼 육체에서 붕 떠오른다. 그리고 자신이 에테르체임을 깨닫는다. 무슨 일이 일어났는지 똑똑하게 알고 있고, 그 장소에 있는 사람들의 대화가 들린다.

소생을 시도하는 의사들의 숫자를 세고 또는 찌그러진 자동차에서 자신의 육체를 구출하려는 사람들의 모습을 바라본다. 어떤 남자는 자신을 치어 죽이고 달아난 차의 번호를 기억하고 있었다. 자신이 죽는 순간에 침대 곁에서 친척들이 했던 말을 기억하고 있는 사람도 많이 있다.

1단계에서 경험하는 또 하나의 특징은 완전성이다. 예를 들어 시각 장애인이었던 사람도 볼 수 있게 된다. 온몸이 마비되어 있던 사람도 가볍게 움직이게 되어 기뻐한다. 병실의 상공에서 춤을 추기도 하며, 그것이 너무나 즐겁기 때문에 몸으로 돌아가야 할 때 우울해졌다는 여성도 있다. 실제로 내가 면담한 사람들이 느낀 유일한 불만은 죽은 상태로 머물 수 없다는 것이었다.

2단계

육체를 버려두고 다른 차원에 들어가는 단계다. 체험자들은 영혼과 에너지라고밖에 정의할 수 없는 세계, 즉 사후 세계에 있었다고 보고한다. 혼자서 외롭게 죽는 일은 없다는 것을 알고 안도하는 단계이기도 하다. 어떤 장소에서 어떻게 죽었든 사고의 속도로 어디든 갈 수 있다. 자신이 죽어 가족이 얼마나 슬퍼할까 생각하는 찰나에, 설령 지구 반대쪽에서 죽었더라도 바로 가족과 만날 수 있었다고 보고한 사람은 많이 있다. 구급차 안에서 사망한 사람이 친구를 생각한 순간 직장에 있는 그 친구의 옆으로 왔다고 보고하는 사람도 있다.

나는 이 단계가 사랑하는 사람의 죽음, 특히 갑작스런 비극적 죽음으로 비탄에 잠긴 사람에게 크나큰 위안이 된다는 것을 알았다. 암으로 점점 쇠약해져 죽음을 맞이한 경우에는 환자도 가족도 죽음이라는 결말을 준비할 시간이 있다. 하지만 비행기 추락 사고로 갑작스럽게 죽는 경우에는 그렇지 못하다. 비행기 사고로 죽은 본인도 처음에는 남겨진 가족 못지않게 혼란스럽다. 그런데 이 단계에 들어서면 죽은 자신에게도 무슨 일이 일어났는지 이해할 시간이 주어진다. 예를 들어 TWA 800편의 사고로 죽은 사람들은 해안에서 열린 장례식에 가족과 함께 참가했으리라고 나는 상상해본다.

인터뷰한 모두가 이 단계에서 수호천사나 안내자(아이들의 표현으로 놀이 친구)를 만났다고 했다. 보고를 종합하면 천사도 안내자도 놀이 친구도 동일한 존재이고, 사랑으로 위로하고, 먼저 죽은 부모, 조부모, 친척, 친구들을 만나게 해준다. 되살아난 사람들은 이 단계를 기쁜 재회, 체험의 공유, 쌓인 이야기의 교환, 포옹의 시간으로 기억하고 있다.

3단계

수호천사의 안내로 다음의 3단계로 들어간다. 그 시작은 터널이나 문을 통과한다는 것이 보통이지만, 사람에 따라서 그 이미지는 여러 가지이다. 다리, 산길, 아름다운 개울 등 기본적으로 그 사람에게 가장 기분 좋은 이미지가 나타난다. 심령 에너지를 통해 그 사람 자신이 만든 이미지이다. 마지막에는 눈부신 빛을 목격한다.

수호천사의 안내로 다가가면서 그 강렬한 빛에서 방사하고 있는 것이 실제로 온기, 에너지, 영혼, 사랑이라는 것을 느끼게 된다. 그리고 마침내 이해한다. 그것이 사랑임을, 조건적인 사랑임을, 그 사랑의 힘은 무한히 강력하고 압도적이었다고 다시 살아난 사람들은 보고하고 있다. 흥분이 가라앉고 평온과 안식이 찾아온다. 그리고 마침내 집에 돌아왔다는 안도감이 든다.

다시 살아난 사람들의 말에 의하면 그 빛이야말로 우주 에너지의 궁극적인 원천이다. 그것을 신이라 부르는 사람도 있고, 그리스도 또는 부처님이라 부르는 사람도 있다. 하지만 그것이 압도적인 사랑에 싸여 있었다는 것에는 모두 일치했다. 온갖 사랑 중에서 가장 순수한 사랑, 무조건적인 사랑이다. 수천, 수만 명의 사람들로부터 이런 똑같은 여행에 대해 듣게 된 나는 아무도 육체로 돌아오고 싶지 않았던 이유를 잘 이해할 수 있었다.

하지만 육체로 돌아온 사람들은 이계에서의 체험이 그 후의 인생에 깊은 영향을 주었다고 보고하고 있다. 그것은 종교 체험과 비슷했다. 그 체험에서 큰 지혜를 얻은 사람들도 있다. 예언자 같은 경고의 메시지를 지니고 귀환한 사람들도 있다. 아주 새로운 통찰을 얻은 사람들도 있다. 그렇게 극적인 체험을 하지 않은 사람들도 모두 직감적으로 같은 진리를 깨닫는다. 즉, 그 빛을 보고 삶의 의미를 설명하는 것은 오직 하나 사랑임을 배운다.

4단계

다시 살아난 사람들이 최고의 근원 앞에 섰다고 보고하는 단계이다. 이것을 신이라 부르는 사람도 있다. 과거, 현재, 미래에 걸친 모든 지식이 거기에 있다고 보고하는 사람도 많다. 비판도 판가름도 없는 사랑의 근원이다. 이 단계에 도달한 사람은 이제 에테르체를 필요하지 않게 되고 영적 에너지 그 자체로 변화한다. 그 사람이 태어나기 전에 그랬던 것 같은 형태로의 에너지이다. 거기서 전체성, 존재의 완전성을 경험한다.

이 단계에서 생애의 회고life review가 일어난다. 주마등처럼 지나온 삶 전체를 되돌아보는 과정이다. 그 사람이 생전에 행한 모든 의사결정, 사고, 행동의 이유가 하나하나 분명해진다. 자신의 행동이 전혀 모르는 사람도 포함하여 다른 사람들에게 어떤 영향을 끼쳤는지 알게 된다. 모든 사람의 사고와 행동이 지구상의 모든 생물에게 잔물결처럼 영향을 미치고 있는 모습을 눈앞에서 보게 된다. 천국이나 지옥 같은 곳이라고 나는 생각했다. 어쩌면 두 가지 다일 것이다.

신이 인간에게 준 최고의 선물은 자유의지에 의한 자유 선택이다. 하지만 그것에는 책임이 따른다. 바로 올바른 선택, 사려 깊은 최선

The Wheel of Life

의 선택, 누구에게도 부끄럽지 않은 선택, 세상을 이롭게 하는 선택, 인류를 향상시키는 선택을 하는 책임이다. 다시 살아난 사람들의 보고에 의하면 "너는 어떤 봉사를 해왔는가?"라는 물음을 받는 것이 이 단계이다. 이만큼 대답하기 힘든 질문은 없다. 생전에 최선의 선택을 했는가라는 물음에 직면해야 하는 것이다. 그 물음에 직면하여 알게 되는 것은, 인생에서 교훈을 배웠든 배우지 않았든 궁극적으로 무조건적인 사랑을 배워야 한다는 사실이다.

이런 사례에서 내가 이끌어낸 결론은 지금도 변치 않았다. 그것은 부자든 가난한 사람이든, 미국인이든 러시아인이든 모두 똑같은 욕구를 가지고 똑같은 것을 구하고 똑같은 걱정을 안고 있다는 것이다. 사실 나는 지금까지 가장 큰 욕구가 사랑이 아니라는 사람을 만나보지 못했다.

진정한 무조건적인 사랑.

결혼한 두 사람 사이에서, 도움을 필요로 하는 사람에게 베푸는 대수롭지 않은 친절에서 그런 사랑을 볼 수 있다. 무조건적인 사랑은 혼동되지 않는다. 가슴으로 그것을 느낀다. 그것은 생명을 짜 만들어 내는 섬유이고, 영혼을 뜨겁게 달구는 불길이며, 정신에 에너지를 주는 것이고, 인생에 열정을 공급하는 것이다. 그것은 신과 인간을, 인간과 인간을 연결한다.

살아가는 동안 누구나 고난을 겪는다. 중요한 것도 있지만 무가치해 보이는 것도 있다. 하지만 모두가 우리가 배워야 할 교훈이다. 우리는 선택을 통해 그것을 배운다. 좋은 삶을 살아가려면, 그래서 좋은 죽음을 맞이하려면 자신에게 "어떤 봉사를 해왔는가?"라고 물으면서 무조건적인 사랑이라는 목표를 선택하라고 나는 말한다.

선택은 신이 우리에게 주신 자유이다. 바로 성장하는 자유, 사랑하는 자유이다. 삶에는 책임이 따른다. 나는 치료비를 낼 수 없는 죽어가는 여자들을 진료할 것인지 말 것인지 선택해야 했다. 일자리를 잃게 되더라도 나는 자신의 마음이 옳다고 느끼는 대로 선택을 했다. 내게는 그것이 좋았다. 다른 선택의 여지도 있었을지 모른다. 인생은 선택의 길로 가득 차 있다.

어떤 삶을 사느냐는 결국 각자가 선택한다.

요정의 증거

1974년의 6개월 동안, 나는 세 번째 저서 『죽음: 성장의 마지막 단계Death: The Final Stage of Growth』를 쓰기 위해 매일 밤늦게까지 사색에 잠겨 있었다. 그 제목을 보는 것만으로 내가 죽음에 관한 모든 대답을 알고 있다고 생각하는 사람도 있을지 모르겠다. 하지만 탈고한 9월 12일, 나는 죽음을 받아들이지 못하고 신을 저주하고 있었다.

그날 어머니가 4년간의 삶을 보낸 스위스의 요양원에서 세상을 떠났다. 부음에 접했을 때 나는 무의식중에 하느님에게 물었다. "오로지 남을 보살피고 사랑을 주는 것만으로 81년의 생애를 보낸 이 여인을 왜 4년이나 식물인간 상태로 놔두었습니까?" 장례식에서도 나는 신의 무정함을 저주했다.

거짓말 같은 이야기이지만 곧 내 마음이 바뀌어 신의 관대함에 감사하게 되었다. 제정신이 아니라고 생각되지 않는가? 나 자신도 그렇게 생각했다. 어머니에게 주어진 마지막 수업이 어머니의 서투른 과목, 그러니까 보살핌을 받고 사랑을 받는 방법을 배우는 것이었다고 깨닫기까지는 그랬다. 그것을 깨닫고부터 나는 4년 만에 그것을 가르쳐준 하느님에게 감사하게 되었다.

인생은 시간과 함께 전개되지만, 교훈은 그 사람이 필요할 때에 찾아온다. 그 전 해의 부활절 휴가에 나는 하와이에서 워크숍을 열었다. 참석자들은 마치 인생의 달인을 보는 것처럼 나를 우러러보았다. 그래서 무슨 일이 일어났을까? 결론부터 말하면 나는 자신에 관해 중요한 교훈을 배웠다. 워크숍 자체는 훌륭했다. 하지만 주최자가 너무 인색하고 욕심 많은 사람이어서 불쾌한 일을 많이 겪었다. 그 남자가 준비한 워크숍 장소와 잠자리가 너무 부실했다. 참가자들이 너무 많이 먹는다고 불평하고 크레용과 종이 값까지 따로 청구했다.

시카고로 돌아오는 길에 캘리포니아에 들렀다. 공항에 마중 나온 친구들이 워크숍이 어땠느냐고 물었다. 당황한 내가 대답하지 않자, 친구들은 농담으로 "네 부활절 토끼들 얘기 좀 해봐."라고 말했다. 그 말을 듣는 순간 웬일인지 주체 없이 울음이 터져 나왔다. 하와이에서 억누르고 있던 분노와 좌절이 봇물 터지듯 쏟아졌다. 아무래도 나답지 않은 행동이었다.

그날 밤 내 방에 틀어박혀 그런 감정 폭발의 원인을 곰곰이 생각해보았다. 부활절 토끼라는 말이 계기가 되어 블래키를 정육점에 갖다 주라고 아버지에게 명령받았을 때의 기억이 되살아났다는 것을 알았다.

40년간 가까이나 억누르고 있던 고통과 분노, 억울함이 갑자기 홍수처럼 범람하여 그때 흘렸어야 할 눈물을 오늘 흘린 것이다. 또한 내게는 인색한 사람에 대한 알레르기가 있다는 것도 알았다. 인색한 사람을 만날 때마다 나는 긴장하고, 무의식에서는 사랑스러운 토끼의 죽음을 생각했던 것 같다. 결국 하와이의 구두쇠가 나를 폭발로 몰아갔던 것이다.

물론, 감정을 표출한 나는 기분이 한결 좋아졌다. 최고도의 수준으로 삶을 살아가기 위해서는 내면의 부정성, 못다 한 일, 내면의 까만 토끼를 꼭 없애야 한다.

내 속에 또 한 마리의 까만 토끼가 있다고 한다면, 그것은 900그램의 꼬마로서 살아갈 가치가 있다는 것을 끊임없이 스스로에게 증명해야 한다는 욕구였다. 마흔아홉이 되어 나는 아직 전속력으로 달리는 속도를 늦출 수 없었다. 매니도 자신의 명성을 구축하는 일에 바빴다. 부부의 건전한 관계를 쌓아나갈 시간은 거의 없었다. 나는 좋은 해결책을 생각해냈다. 어딘가 외진 곳에 농장을 사서 그곳에서 충전하고, 매니와의 느긋한 시간을 갖고, 어린 시절의 나와 마찬가지로 아이들에게 자연을 체험하게 하는 것이었다. 드넓은 대지에 어우러져 핀 꽃들, 줄지어 우뚝 솟은 나무들, 이리저리 뛰노는 동물들을 그려보았다. 매니는 그 계획에 별로 열정을 보이지 않았지만, 농장을 찾으러 돌아다니는 차 여행이 가족의 귀중한 시간이라는 것은 인정했다.

1975년 여름, 마지막으로 나선 길이었던 버지니아에서 완벽한 땅을 발견했다. 그림책에서 나올 듯한 아름다운 들판이 있고, 인디언의 성지인 토루가 남아 있는 땅이었다. 나는 한눈에 반해버렸다. 매니도 마음에 드는 모양인지 친구에게 빌려온 고급 카메라로 열심히 사진을 찍고 있었다. 다음 날부터 시작되는 워크숍 장소인 애프턴의 한 호텔로 향하는 차 안에서 우리는 그 땅에 대해 이야기했다. 호텔에 나를 내려주고 나서 매니와 아이들은 시카고로 돌아갈 예정이었다.

애프턴으로 가는 도중 기묘한 모습의 작은 집 앞에 다다랐다. 현관에 서 있던 여자가 차 쪽으로 달려 나와 미친 듯이 손을 흔들기 시작했다. 긴급 상황이라고 생각한 매니가 차를 세웠다. 처음 보는 여자였지만, 이야기를 들어보니 그날 내가 어디에서 묵는지 알고 있으며, 그 호텔로 가는 길의 나를 만나려고 기다리는 중이었다고 했다. 그리고 집 안으로 들어가자고 나를 끌었다.

"아주 소중한 것을 보여드리겠어요."라고 여자가 말했다.

이상한 이야기였지만 내게는 드문 일이 아니었다. 그 무렵, 불쑥다가와 기나긴 이야기를 들려주거나 꼭 묻고 싶은 것이 있다며 버티는 사람들에 아주 익숙해 있었다. 늘 남의 말을 잘 들어주려 애쓰는 나는 그 여자에게 "2분만"이라고 말했다. 여자는 고개를 끄덕이고 나를 집 안으로 안내했다. 작고 아늑한 거실에 들어서자 여자는 탁자 위의 사진을 가리켰다. "이거예요." 여자는 말했다.

"보세요." 언뜻 보니 그냥 아름다운 꽃 사진이었다. 하지만 자세히 보니 꽃 위에 자그마한 생명체가 앉아 있었다. 사람 같은 얼굴에 날개가 달려 있었다.

나는 고개를 돌려 여자를 보았다. 여자가 고개를 끄덕였다. "요정이에요?" 내가 물었다. 가슴이 두근거렸다.

"어떻게 생각해요?" 여자가 말했다.

머리로 생각하기보다 본능으로 느끼는 편이 좋을 때가 있다. 그때가 그랬다. 나는 그 시기에 온갖 것에 대해 마음을 열고 있었다. 거의 매일같이 아무도 본 적이 없는 세계로 통하는 커튼이 열리는 것처럼 느꼈다. 이것이 그 증거였다. 커다란 전환점의 하나였다. 여느 때라면 커피를 한 잔 청하고 그 여자와 이야기에 열중했을 것이다. 하지만 차에서 가족이 기다리고 있었다. 질문을 할 시간이 없었다. 사진을 있는 그대로 받아들였다.

"솔직한 답을 원하세요, 아니면 예의 있는 답을 원하세요?" 나는 물었다.

"이제 괜찮아요. 그 대답으로 충분해요." 여자가 말했다.

돌아가려고 문으로 향한 내 손에 여자가 폴라로이드 카메라를 쥐어주었다. 그리고 뒷문을 열고 잘 손질된 정원으로 안내해 내게 좋아하는 꽃의 사진을 찍으라고 말했다. 여자의 청을 들어주고 빨리 그곳을 벗어날 생각에 나는 사진을 한 장 찍고 인화지를 꺼냈다. 잠시 기다리자 인화지에 꽃의 요정이 모습을 드러냈다. 경탄하는 내가 있고, 어떤 트릭을 사용했을까 추리하는 내가 있었다. 그리고 또 하나의 나는 여자에게 서둘러 고맙다는 인사를 건네고 매니와 아이들에게 돌아왔다. 그 여자가 무슨 이야기를 했느냐는 가족의 물음에 나는 적당한 이야기로 둘러댔다. 슬프게도 가족에게도 말할 수 없는 일이 점점 늘어갔다.

호텔에 도착해 차에서 내릴 때, 매니가 빌린 카메라를 내게 건넸다. 비싼 물건이라 그날 밤에 묵을 모텔에서 도둑맞을 위험이 있으므로 내가 비행기로 가지고 돌아오는 편이 안전하다고 생각한 것 같다. 매니는 그 값비싼 기기의 취급 방법에 대해 장광설을 늘어놓기 시작했다. 그런 잔소리를 신물 나도록 들어온 나는 "손도 대지 않겠다고 약속할게요."라고 말하며 카메라를 어깨에 걸쳤다. 곧, 손도 대지 않겠다고 말하면서 카메라를 어깨에 메는 자신의 모순된 행동을 알아차리고 웃었다.

혼자가 되자 바로 요정에 대해 생각했다. 어린 시절 읽은 동화에서 처음 요정을 알았고 지금도 식물이나 꽃에게 이야기를 하고 있지만, 요정의 실재를 믿지 않았다. 그럼에도 요정 사진을 보여준 그 이상한 여자가 머리에서 떠나지 않았다. 강렬하고 자극적인 증거였다. 내 자신이 폴라로이드 카메라로 요정의 사진을 찍었다는 사실도 간과할 수 없었다. 만일 트릭이라면 기가 막힌 트릭이었다. 하지만 웬일인지 속임수라고 생각되지 않았다.

슈워츠 부인의 방문 이후, 나는 설명할 수 없다는 이유로 무시할 수는 없다고 생각하게 되었다. 임사 체험의 연구도 사람에게 수호령 또는 수호천사가 있다는 믿음을 뒷받침하고 있다. 폴란드의 전쟁터에서도 마이다네크의 막사에서도 병원의 복도에서도 나는 종종 자신보다도 훨씬 강한 힘을 가진 무엇인가가 이끌어주고 있다는 것을 느꼈다.

그리고 이번에는 요정?

신비 체험을 할 준비가 되어 있으면 우리는 그것을 체험한다. 마음을 열면 우리는 자신만의 영적 만남을 체험할 수 있지 않을까?

호텔의 내 방으로 돌아갈 때 나만큼 마음을 열고 있던 사람은 없었을 것이다. 손도 대지 않겠다고 약속한 금단의 열매인 매니 친구의 카메라를 들고 나는 렌터카를 빌려 숲가의 초원을 향해 달렸다. 약간 솟은 언덕 앞에 탁 트인 곳을 발견했다. 마일렌의 우리 집 뒤편에 있던 소녀 시절의 은신처를 연상시키는 풍경이었다. 필름은 세 컷이 남아 있었다.

세 컷. 첫 번째는 눈앞의 언덕을 찍었다. 언덕 너머로 숲이 보였다. 두 번째 사진을 찍기 전에 나는 싸움을 거는 듯한 목소리로 이렇게 소리쳤다. "정말로 영혼의 안내자가 있다면, 그래서 내 말이 들린다면 이번 사진에 모습을 보여주세요!" 그리고 셔터를 눌렀다. 세 번째 사진은 찍지 못했다.

호텔로 돌아와 카메라를 가방에 넣고 나서 그 실험은 곧 잊어버렸다. 한 달쯤 뒤에 갑자기 기억이 되살아났다. 그날 나는 시카고 행 비행기에 타기 위해 뉴욕의 공항에서 헐레벌떡거리며 달리고 있었다. 커다란 가방에는 쿤 점포의 코셔 핫도그 한 다스, 코셔 살라미 소시지 몇 파운드, 뉴욕 스타일의 치즈 케이크 등 브루클린 출신 남편에게 줄 선물이 잔뜩 들어 있었다. 착륙할 때쯤에 비행기 기내에는 조제 식품 냄새가 가득했다. 내가 밤늦게나 돌아올 것으로 생각하는 매니를 놀라게 해주려고 서둘러 집으로 갔다. 저녁 식사를 준비하고 있을 때 매니에게 전화가 왔다. 케네스나 바버라가 아닌 내가 전화를 받자 반기기는커녕 불쾌한 어조로 말했다.

"당신이 또 그랬지!"

"뭘 그랬다는 거예요?"

무슨 영문인지 모르고 나는 물었다. "카메라." 매니가 볼통스럽게 말했다. 무슨 카메라인지 생각나지 않았다. 매니는 신경질을 내며 빌린 값비싼 카메라를 버지니아에서 내게 맡겼던 일을 설명했다. "당신이 찍었을 거야. 현상을 맡겼는데 마지막 한 장이 이중으로 나왔어. 카메라가 고장났다구." 갑자기 그 실험이 생각났다. 매니의 푸념을 무시하고 빨리 집으로 와 사진을 보여달라고 부탁했다. 매니가 집에 돌아오자마자 나는 참을성 없는 아이처럼 사진을 보자고 졸랐다.

사진을 내 눈으로 보지 않았다면 정말 믿을 수 없었을 것이다. 첫 번째 사진에는 언덕과 숲이 찍혀 있었다. 두 번째 사진도 똑같은 풍경이었지만, 전경에 키가 크고 근육질에 엄숙한 얼굴의 인디언 남자가 겹쳐 있었다. 남자는 팔짱을 끼고 있었다. 그 사진을 찍는 순간에 남자는 곧장 카메라를 응시하고 있었다. 아주 진지한 표정이었고 장난기는 없었다.

나는 무아경에 빠져 마음속으로 공중제비를 돌았다. 그 두 장의 사진은 보물로 평생 소중히 간직했다. 훌륭한 증거물이었다. 불행하게도 그것은 1994년의 화재로 다른 사진, 일기장, 비망록, 책들과 함께 타버리고 말았다. 하지만 그때 나는 싫증낼 줄 모르고 사진을 바라보고 있었다. "그래, 정말이었어."라고 나직이 중얼거렸다.

매니가 또 불평을 하며 뭐라고 중얼대느냐고 추궁했다. "아무것도 아니에요."라고 나는 말했다. 이 두근거리는 체험을 남편과 함께 나눌 수 없다는 것이 유감스러웠지만, 매니는 그러한 것을 이해하려들지 않는 타입이었다. 사후의 삶에 관한 연구도 좀처럼 인정해주지 않았다. 이번에는 요정?

의과대학에서 서로를 도우며 공부하던 날, 수련의 시절 고생을 서로 나누던 날들은 이제 옛 일이었다. 이제 오십이 되고 심장병 병력이 있는 매니는 안정을 추구하고 많은 것을 소유하는 데 관심이 있었다. 하지만 나는 여러 가지 의미에서 막 시작했을 뿐이었다.

미지의 존재와 채널링

지금 필요한 것은 도움이었다. 나는 죽은 뒤에도 삶이 계속된다는 증거를 쥐고 있었다. 요정과 수호령의 사진도 있었다. 완전히 새로운 미지의 세계의 편린이 내 앞에 제시되었다. 긴 항해의 종반에 다가가고 있는 탐험가 같은 기분이었다. 육지의 일부가 시계에 들어오고 있었다. 그래도 혼자서는 그곳에 도달할 수 없었다. 동행자가 나타나기를 간절히 원했다. 내가 알고 있는 모든 사람에게 그것을 알고 있는 사람이 있는지 물었다.

물론 명상을 했다는 사람들이 찾아와서 죽은 자의 영과 만나게 해주겠다느니 초의식의 세계로 여행을 시켜주겠다느니 하는 제안을 하고 있었다. 하지만 그들은 내 타입이 아니었다. 1976년 초, 샌디에이고에 사는 제이와 마사 B부부는 연락을 해서는 영적 존재를 소개해주겠다고 했다. "당신도 영과 이야기할 수 있습니다."라고 B부부는 장담했다.

구미가 당겼다. 전화로 몇 번 이야기하다가, 봄에 샌디에이고에서

185

강연을 하게 되었다. 공항에서 만난 세 사람은 옛 친구처럼 서로 얼싸안았다. 원래 항공기 정비사였던 제이 B와 아내 마사는 내 또래였고, 보통의 중산층 부부로 보였다. 남편은 머리가 벗어지고 아내는 통통했다. 에스콘디도에 있는 그들의 집으로 안내받았다. 거기서 부부는 흥미로운 일을 하고 있었다. 이전 해에 B라는 이름을 붙인 천사교회를 세워 백 명 가량의 열성 신도를 가진 교회로 발전시켰다. 사람을 끌어 모으는 힘은 영과 교신하는 B의 능력이었다. 채널러는 깊은 의식 상태 또는 트랜스 상태가 되어 고급령이나 죽은 현자를 불러내 그 지식을 얻는 사람이다. B의 세션은 집 뒤에 있는 '암실'이라 불리는 작은 건물에서 열렸다. "우리는 물질화 현상이라고 부릅니다." B는 흥분된 어조로 말했다. "지금까지 받은 가르침을 전부 전해드리는 건 무리입니다."

내가 흥분했다고 탓할 사람이 있을까? 그날 나는 연령도 직업도 다양한 25명의 참가자와 함께 천장이 낮고 창문이 없는 암실에 들어갔다. 모두가 접이 의자에 앉았다. B는 나를 맨 앞줄의 내빈석으로 안내했다. 조명이 꺼지고 그룹은 조용한 목소리로 리듬 있게 허밍을 시작했다. 목소리가 점점 커져 힘찬 영창이 되었다. 그 영창이 B에게 영적 존재와 교신하기 위해 필요한 에너지를 주었다.

기대는 했지만 마음 한 자락에는 아직 의심하는 마음이 있었다. 영창이 거의 도취적인 분위기에 도달하자 B가 칸막이 뒤로 사라졌다. 갑자기 내 앞에 거대한 사람 모습의 영이 모습을 나타냈다. 문자 그대로 그대로 그림자 같은 남자였다. 하지만 슈워츠 부인만큼 투명하지 않고 당당한 존재감이 있었다. 키가 2미터를 훌쩍 넘는 남자는 장중한 목소리로 말했다. "이 모임이 끝날 때 당신은 놀라고 혼란스러울 것이오."

벌써 놀라고 혼란스러웠다. 의자에 앉은 채 나는 그 남자의 고혹적인 주문에 압도되어 있었다. 믿을 수 없는 일이 일어나고 있었다. 그래도 머리 한편에서는 내가 결정적 순간을 진짜로 체험하고 있는지 검증해보고 있었다. 남자는 노래하고 그룹에게 인사하더니 나를 향해 다가왔다. 남자의 말과 행동은 모두 신중하고 의미심장했다. 남자는 나를 이사벨이라고 불렀다. 위화감이 들었지만 몇 분 후에는 익숙해졌다. "잠시 기다려요. 당신의 소울 메이트가 올 것이오."라고 남자가 말했다.

소울 메이트가 뭐냐고 묻고 싶었지만 말이 나오지 않았다. 남자의 모습이 사라지고 어슴푸레한 어둠 속에서 긴 침묵이 계속되었다. 이윽고 전혀 다른 인영이 물질화되기 시작했다. 그 남자는 세일럼이라고 자신을 소개했다. 첫 번째 영도 그랬지만 세일럼도 내가 사진으로 찍었던 인디언 남자와는 조금도 닮지 않았다. 장신에 호리호리하고 길게 흘러내리는 로브를 걸치고 터번을 두르고 있었다. 꽤 개성적이었다. 세일럼이 내 쪽으로 다가왔다. 나는 속으로 이렇게 중얼거렸다. "이 남자의 손에 닿으면 난 죽을 거야." 그렇게 생각한 순간 세일럼이 사라졌다. 다시 첫 번째 인영이 나타나 내 두려움이 세일럼을 돌려보냈다고 말했다.

5분이 지났다. 침착함을 되찾기에 충분한 시간이었다. 내 소울 메이트라는 세일럼이 다시 눈앞에 모습을 나타냈다. 내 상념에 두려움을 느껴 사라졌던 세일럼은 이번에는 다리를 뻗어 발부리로 내 샌들을 밟아 나를 시험하려고 했다. 그래도 내가 두려워하지 않자 세일럼은 조심스럽게 다가왔다. 나를 놀라게 하지 않으려고 신중하게 행동한다는 것을 알 수 있었다. 내 앞에 다가온 세일럼은 정식으로 자신을 소개하고 "사랑하는 자매, 이사벨이여."라고 불렀다. 그리고 나를 부드럽게 의자에서 일으켜 세워 칸막이 뒤의 어둠 속으로 이끌었다. 세일럼과 둘만이 되었다.

세일럼의 행동은 이상하고 신비로웠지만 뭔가 편안함과 친숙함을 느꼈다. 지금부터 특별한 여행으로 안내하겠다고 말하고 세일럼은 전생을 설명하기 시작했다. 예수가 살아 있던 시대에 나는 이사벨이라는 이름의 지혜롭고 존경받는 교사였다고 세일럼은 말했다. 다음 순간 우리는 그 시대로 돌아갔다. 기분 좋은 오후의 햇살 속에서 나는 언덕의 비탈에 앉아, 한 무리의 사람들에게 행하는 예수의 설교를 듣고 있었다.

그 광경은 분명히 보였지만, 예수가 무슨 말을 하고 있는지는 알지 못했다. 그래서 세일럼에게 물었다. "저 사람은 왜 보통 말로 이야기하지 않는 거죠?" 그렇게 말하는 순간, 죽어가는 환자들도 예수처럼 흔히 우화 같은 상징 언어로 의사를 전달한다는 사실이 생각났다. 그 상징 언어에 파장을 맞춘다면 들을 수 있다. 파장을 맞추지 못하면 놓쳐버린다.

그날 밤은 전혀 파장을 맞추지 못했다. 한 시간 후, 나는 아주 녹초가 되어버렸다. 세션이 끝나자 전체 경험을 정리할 수 있게 되어 안도했다. 음미해야 할 것이 많았다. 다음 날에 열린 강연에서는 준비해간 내용을 바꾸어 전날 밤에 일어난 일에 대해 이야기했다. 정신 나간 소리라고 비판받을 것을 각오했지만 청중은 기립 박수를 보내주었다.

그날 밤 늦게 시카고로 돌아오기 전에 마지막 세션이 있었다. 암실에 들어간 것은 B와 나뿐이었다. 다시 한 번 체험하여 정말인지 아닌지 확인하고 싶은 생각도 있었다. 그때에는 B가 영과 교신하기까지 좀 시간이 걸렸지만, 이윽고 세일럼이 나타났다. 세일럼과 인사를 나누고 나서 나는 어머니와 아버지에게 당신들의 가장 작았던 딸이 당당하게 살아온 사실을 알리고 싶다고 생각하면서 앉아 있었다. 갑자기 세일럼이 노래를 부르기 시작했다. "언제까지나……, 당신을 사랑하며……." 그것이 퀴블러 가족의 애창곡임은 매니를 빼고는 아무도 몰랐다.

"그분은 잘 알고 있어요." 세일럼이 말했다. 아버지에 대해 말하고 있는 것이었다. "확실히 알고 있어요."

다음 날 시카고로 돌아온 나는 모든 것을 매니와 아이들에게 이야기했다. 세 사람 모두 멍하니 입을 벌린 채 앉아 있었다. 매니는 비판도 못 하고 듣고만 있었다. 케네스는 흥미 있어 하는 듯했다. 열세 살인 바버라가 가장 회의적인 반응을 보였다. 어쩌면 좀 두려웠을지 모른다. 어찌 되었든 모두 이해해주었다. 그들에게는 엉뚱한 일이었지만 나는 아무것도 숨기지 않았다. 매니가, 할 수 있다면 케네스와 바버라도 지금의 열린 마음으로 언젠가 세일럼과 만날 날이 오기를 바랐다.

그 후 몇 달 동안 종종 에스콘디도를 찾아 세일럼뿐 아니라 다른 영들도 만났다. 마리오라는 이름의 천재적인 영도 만났다. 지질학, 역사학, 물리학부터 크리스털 요법까지 내가 어떤 분야의 질문을 해도 마리오는 유창하고 명쾌하게 대답해주었다. 하지만 내 인연은 세일럼이었다. 어느 날 밤 세일럼이 "밀월은 이제 끝났어요."라고 말했다. 좀 더 중요하고 철학적인 이야기를 하겠다는 것이 분명했다. 그때부터 세일럼과 나는 오로지 자연스러운 감정과 부자연스러운 감정, 자녀 양육, 비탄과 분노와 증오를 건전하게 표출하는 방법 같은 주제에 대해 이야기했다. 거기서 얻은 이론은 훗날 워크숍에서 통합할 수 있었다.

하지만 그것을 가정생활에서 융합하는 것은 다른 문제였다. 그 무렵 나는 수많은 사람들의 삶의 질을 변화시키고 향상시킬 가능성을 가진 연구의 최전선에 서 있었다. 그런데 문제의 본질을 깊이 파고들수록 가족에게는 그것을 인정받기가 어려워졌다. 과학자로서 매니는 사후의 삶에 관련된 모든 것을 받아들이지 못했다. 실제로, 내가 B부부에게 이용당하고 있다는 매니의 견해 때문에 우리는 많이 다투었다. 케네스는 어머니가 "자신의 일을 하고 있다."고 인정할 만한 나이가 되었지만, 바버라는 어머니를 빼앗긴 일을 원망하고 있었다.

그 무렵의 나는 아마 새로운 발견에 지나치게 빠져 있었을 것이다. 그것이 가족에게 균열을 가져오고 있다는 것을 너무 늦게까지 알아차리지 못했다. 언젠가는 일과 가정을 조화시키는 날이 오기를 꿈꾸었다. 그 꿈은 멋진 농장을 찾으면 실현될 수 있을 것 같았다.

하지만 꿈은 산산이 깨졌다. 어느 날 아침 내가 미니애폴리스로 가기 위해 집을 나온 후 세일럼에게 전화가 걸려왔다. 우리 집에 있으면서 세일럼과 대화할 수 있기를 얼마나 원했던가? 그것이 실현되었는데, 전화를 받은 것은 내가 아니라 매니였다. 최악의 상황이었다. 아무리 열심히 설명해도 매니는 채널링을 이해하지 못했다. 논리적 사고가 납득하려 하지 않았던 것이다. 채널링은 우리 부부 싸움의 원인이었다. 매니에게는 세일럼이 목소리를 바꿔 이야기하는 이상한 사람으로밖에 생각되지 않았다. "그런 사기꾼을 믿다니?" 매니는 말했다. "B는 당신을 이용하고 있는 거라구."

집안에 풀을 설치했을 때 잠시 가족의 유대가 회복되는 것 같았다. 강연을 끝내고 집에 돌아와 밤중에 풀에 몸을 담글 때 나는 더할 나위 없이 깊은 안온함을 느꼈다. 수북이 쌓인 눈을 창 너머로 바라보면서 수영할 때만큼 느긋한 기분에 잠기는 시간은 없었다. 때로는 온 가족이 풀에 들어가 서로 물장난을 치며 웃곤 했다. 하지만 행복한 웃음소리는 길지 않았다. 1976년 어느 날, 아이들과 나는 매니를 우아한 이탈리아 식당에 초대했다. 매니의 표정이 굳어 있었다. 식사를 끝내고 주차장에 나왔을 때 매니는 저녁 식사가 즐겁지 않았던 이유를 고백했다. 이혼을 결심했다고 말했다. "난 떠나겠어. 시카고에 아파트를 빌려놓았어."

처음에는 농담이라고 생각했다. 하지만 매니는 아이들과 포옹도 하지 않고 차를 타고 가버렸다. 실감이 나지 않았다. 우리 가족이 떨어져 산다는 것은 상상할 수도 없었다. 케네스와 바버라에게 아빠는 돌아올 거라고 안심시키려 했다. 나는 스스로에게 속삭였다. 내 음식이 그리워질 것이 틀림없어. 꽃이 흐드러지게 피어 있는 정원에서 병원 동료들을 초대하여 즐기고 싶을 거야. 하지만 며칠이 지나고 어느 날 밤, 친구들을 데리고 온 바버라에게 뒷문을 열었을 때 정원 숲에서 한 남자가 뛰어 나와 내게 서류를 건넸다. 전날 매니가 법원에서 작성한 이혼 서류였다.

어느 날 강연 여행에서 돌아와 매니가 돌아온 흔적을 발견했다. 파티를 연 듯 풀 주변은 엉망으로 어질러져 있었다. 매니가 나를 어떻게 생각하는지 그 난잡함이 잘 보여주고 있었다. 하지만 싸우고 싶

191

지 않았다. 바버라에게는 안정된 가정생활이 필요했다. 매일 밤 함께 있어줄 사람이 필요했는데, 그것은 내가 아니었다. 매니에게 집을 주겠다고 전하고, 옷가지와 책과 침구만을 상자에 담아 에스콘디도로 보냈다.

도움을 구하러 샌디에이고로 날아가 세일럼과 이야기했다. 세일럼은 내게 절실히 필요한 위안을 주었을 뿐 아니라 찾고 있던 길잡이가 되어주었다. "이 근처의 산 위에 힐링 센터를 만들면 어떻겠소?" 당연히 나는 좋다고 했다. "그럴 줄 알았어요."라고 세일럼이 말했다.

그리고 다시 프랭크 로이드 라이트가 지은 우리 집으로 돌아왔다. 부엌에서 마지막 요리를 만들고 눈물을 억누르면서 바버라를 침대에 눕힌 다음 집과 정원에 작별을 고했다. 그리고 새 거주지인 에스콘디도의 트레일러하우스로 이사했다. 삶의 커다란 물음에 대한 답을 가지고 있는 나 같은 사람도 나이 오십에 재출발한다는 것은 힘들었다. 트레일러하우스는 너무 비좁아 책을 놓을 곳은커녕 의자 하나 둘 공간도 없었다. 사막에 버려진 듯한 기분이었다.

시간이 흐르고, 따뜻한 기후에 적응하면서 점점 활력을 찾아갔다. 작은 채소밭을 만들고 근처의 유칼리 숲을 사색에 잠겨 몇 시간씩이나 거닐었다. B부부의 우정은 외로움을 덜어주고 앞날에 빛을 비춰주었다. 한두 달이 지나자 나는 완전히 회복했다. 아름다운 초원이 내려다보이는 언덕 중턱의 테라스가 달린 멋진 집을 샀다. 작은 집이었지만 책을 넣어둘 공간은 충분했다. 주변의 비탈은 야생화로 덮여 있었다.

살아가는 동안 누구나 고난을 겪는다. 중요한 것도 있지만 무가치해 보이는 것도 있다. 하지만 모두가 우리가 배워야 할 교훈이다. 우리는 선택을 통해 그것을 배운다.

일에 대한 정열이 돌아오자 힐링 센터를 세울 계획을 세웠다. 나는 결혼 생활이 깨지고 미 대륙의 반대쪽으로 이주하여 새로운 사업을 시작하게 된 이 불가사의한 인생의 전환에 숨겨진 의미를 찾아보려고 애썼다. 하지만 쉽지 않았다. 다만 우연은 없다고 자신에게 들려줄 뿐이었다. 어쨌든 점점 나아지면서 다시 다른 사람들을 도울 수 있었다.

세일럼의 도움으로 힐링 센터에 딱 맞는 땅을 찾아냈다. 월퍼트 호수 위에 있는 40에이커의 대지로 전망이 근사한 곳이었다. 그곳을 답사하러 갔을 때 제주왕나비 한 마리가 내 팔에 앉았다. 다른 땅을 볼 필요가 없다는 표시로 느꼈다. "이곳에 센터를 세우겠어."라고 나는 중얼거렸다. 하지만 대출을 신청했을 때 일이 그렇게 간단하지 않다는 사실을 알았다. 매니가 늘 우리의 재산을 관리해왔기 때문에 내게는 어떤 신용 등급도 없었다. 강연으로 상당한 수입이 있었지만 신용 대출을 해주겠다는 곳은 없었다. 이런 말도 안 되는 사실에 몹시 흥분한 나는 페미니스트 운동에 가담할 뻔했다.

그런데 나의 외곬으로 나아가는 마음과 비즈니스 감각의 결여가 승리를 거두었다. 플로스무어의 집과 가구 일체와 교환하는 조건으로 매니가 힐링 센터의 땅을 매입하여 내게 임대한다는 것에 동의했다. 이윽고 한 달에 한 차례, 일주일간의 워크숍을 열기 시작했다. 그것은 의대생과 간호학생, 말기 환자와 그 가족이 삶과 죽음을 마주보고 더 건강하고 마음을 연 태도로 이행하는 것을 돕기 위한 워크숍이었다.

신청자가 쇄도해, 정원을 40명으로 제한한 초기에는 예약자가 줄을 이었다. 온갖 차원의 문제를 안고 있는 사람들을 치유하려는 바람에서 나는 가장 가까운 동지이자 지원자인 B부부에게 그 재능을 빌려줄 것을 요청했다. 센터에 경제적 출자는 하지 않았지만 나는 B부부를 파트너로 대우했다. 마사는 심리극 클래스를 담당하면서 억압한 분노와 두려움을 해방시키는 데 도움이 되는 신체 운동을 고안했다. 마사는 눈부신 재능을 발휘했다. 하지만 사람들의 마음에 강렬한 인상을 주는 것은 변함없이 남편 B의 채널링 세션이었다.

B는 타고난 카리스마를 가진 채널러였다. 교회의 핵심 신도들은 열렬히 그를 따랐다. 하지만 점점 많은 외부인들이 세션에 참여함에 따라 B는 자신의 채널링을 속임수라고 생각하는 사람들에 대해 방어적 태도를 취하기 시작했으며, 그런 도전에 신중하게 경고했다. 채널링 도중에 암실에 불을 켜면 영에게 해로울 뿐 아니라 자신도 위험하다고 했다. 그런데 한번은 B가 윌리라는 영적 존재와 교신하고 있는 중에 한 여자가 조명 스위치를 켰다. 참가자들은 잊을 수 없는 광경을 목격하게 되었다. B가 벌거벗고 서 있었던 것이다.

B는 트랜스 상태였지만, 윌리의 분노를 두려워한 참가자들은 공황 상태에 빠졌다. 일상 의식으로 돌아온 B는 자신의 몸을 통해 영을 물질화시키기 위한 방법으로 벌거벗었다고 설명하며 걱정할 일은 없다고 말했다.

나는 페드로라는 영에 의심이 들었다. 왠지 모르지만 믿어야 한다고 배워온 육감이 페드로는 가짜라고 알리고 있었다. 다음 세션에서 페드로가 나타났을 때 질문을 던져 시험해보기로 했다. 내가 아는 한 B의 지식을 훨씬 뛰어넘는, 천재만이 대답할 수 있는 질문이었다. 페드로는 주저 없이 질문에 대답했다. 그러고는 심리극 워크숍에서 사용하는 목마에 올라타려고 했다. 너무 높아 못 올라가겠다며 농담하고는 모습을 감추었다. 다시 나타났을 때는 키가 15센티미터나 커져 있었다. 페드로는 나를 보고 "당신이 의심하는 건 알아요."라고 말했다.

그 이후로 페드로를 의심하는 것은 그만두었다. 페드로는 워크숍 이외의 낯익은 그룹에서 진면목을 발휘했다. 거기서 참가자 하나하나와 친밀하게 이야기를 나누고 각자의 문제에 대해 조언을 해주었다. "힘들었을 거예요, 이사벨. 하지만 당신에겐 달리 선택의 길이 없었소." 페드로의 조언은 유익했지만, 곧 그의 이야기 속에 부정적인 요소가 스며 있다는 것을 알아차렸다.

그는 장래에 변화가 일어나 이 그룹도 분열하여 B의 신용에 흠이 갈 거라고 경고했다. "어느 길을 선택하는가는 여러분에게 달려 있습니다."라고 페트로는 말했다. 나중에 알게 된 일이지만, 페트로는 암실 안에서 이상한 일이, 때로는 성적 학대 비슷한 일이 일어난다는 소문에 대해서도 언급했다. 나는 자주 여행했기 때문에 소문의 테두리에서 벗어나 있을 때가 많았다.

미래에 대해 나는 걱정하지 않았다. 좋아하든 싫어하든 미래는 다가올 것이다. 하지만 페트로는 다른 누구보다 내게 변화를 준비하라고 충고하는 듯 보였다. "지구에 태어난 인간이 받은 최고의 선물은 자유 의지입니다." 페드로는 말했다. "이야기하고 행동하고 생각할 때마다의 그 모든 선택 하나하나가 무엇보다 중요해요. 각각의 선택이 지구상의 모든 생명에게 영향을 미치고 있어요." 채널링 세션에서 왜 이런 메시지를 이야기하는지 알지 못했지만 나는 받아들이는 법을 배웠다. 영은 단지 지식을 제공할 뿐이고, 그 지식을 어떻게 사용할지 정하는 것은 다른 모든 사람과 마찬가지로 나 자신의 선택에 달려 있었다. 지금까지 제대로 사용해왔던 것 같다. "고마워요, 이사벨."
내 앞에 무릎을 꿇으면서 페드로가 말했다. "당신 자신의 운명을 받
아들여주어 고마워요."

　나는 이 말이 무슨 뜻일까 곰곰이 생각했다.

죽음은 존재하지 않는다

1년 또는 2년 앞의 강연까지 일정이 잡혀 있는 바쁜 내 생활을 아는 친구가 한번은 어떻게 삶을 관리하고 결정을 내리는지 물어왔다. 친구는 내 대답에 깜짝 놀랐다. "남의 기대에 따르는 것이 아니라 스스로 옳다고 느끼는 일을 할 뿐이야." 지금까지도 이혼한 남편과 만나 이야기를 나누는 이유도 똑같다. "당신이 나와 이혼했지, 나는 당신과 이혼하지 않았어요." 매니에게 그렇게 말하곤 했다.

시애틀의 강연 여행 도중에 갑자기 생각이 떠올라 샌타바버라에 들른 것도 같은 이유였다. 갑자기 옛 친구를 만나고 싶었던 것이다. 전화기 너머에서 친구는 환성을 질렀다. 사람들에게 "매일을 삶의 마지막 날이라고 생각하며 살아가세요."라고 말하곤 하던 친구였다. 나는 잠깐 들러 차를 마시며 환담을 나눌 셈이었다. 하지만 공항에 마중 나온 친구의 여동생으로부터 계획이 바뀌었다는 말을 들었다.

친구의 여동생의 미안하다는 듯 말했고, 수수께끼는 곧 풀렸다. 친구와 유명한 건축가인 남편은 아름다운 스페인풍의 집에서 살고 있었다. 현관에 들어서자마자 부부는 나를 포옹했고 "무사히 집까지 와서 안심했어."라고 말했다. 무사히 오지 못할 이유라도 있었던 것일까? 물어볼 틈도 없이 부부는 나를 거실로 안내하여 몰아대듯 의자에 앉혔다. 친구의 남편이 맞은편 의자에 앉아 의자를 앞뒤로 흔들더니 곧 트랜스 상태에 들어갔다. 의아한 눈으로 쳐다보자 친구가 "이 사람은 채널러야."라고 말했다.

그 말을 듣고 혼란스러운 기분은 곧장 사라졌다. 그래서 의식을 친구의 남편에게 집중했다. 눈을 감고 미간에 주름을 짓고 있는 남자에게 영이 빙의憑依하자 남자는 갑자기 100살 노인이 된 듯 보였다. "너를 불러들여야 했어." 목소리가 변해 있었다. 절박하고 기묘한 노인의 목소리였다. "중요한 일이야. 더 이상 우물쭈물하면 안 돼. 죽음과 죽어감에 관한 일은 끝났네. 이제 두 번째 과제를 시작할 때야."

죽어가는 환자나 채널러의 말을 듣는 것에는 익숙했지만, 남자의 이야기를 이해하기까지 시간이 걸렸다. "두 번째 과제라니, 무엇입니까?" 나는 물었다.

"죽음이 존재하지 않는다는 사실을 세상에 알릴 때가 왔네." 남자는 말했다.

수호령들이 개개인의 운명 완수와 신과의 약속 수행을 돕는다고는 하지만 나는 납득할 수 없었다. 좀 더 구체적인 설명이 필요했다. 왜 나를 선택했는지를 알아야 했다. 어쨌든 나는 전 세계에 '죽음의 여의사'로 알려져 있었다. 그런 내가 어떻게 지금까지의 생각을 바꾸고 죽음이 존재하지 않는다고 세상에 전할 수 있단 말인가? "왜 하필이면 나입니까?" 나는 물었다. "왜 성직자 같은 사람을 택하시지 않나요?"

영은 점점 초조함을 보였다. 문득, 지상에서 이번 생애의 일은 자신이 선택했다는 생각이 떠올랐다. "나는 단지 때가 왔다는 것을 알릴 뿐이야." 남자는 말했다. 그리고 그 특별한 임무에 왜 다른 사람이 아닌 나를 택했는지 그 이유를 막힘없이 차례차례 늘어놓기 시작했다.

"신학이나 종교 계통의 사람이 아니라 의학이나 과학 계통의 사람이어야 하네. 지난 2,000년 동안 신학자나 종교가들에게는 넘칠 만큼 많은 기회가 주어졌지만 그 임무를 수행하지 않았어. 또 남자가 아니라 여자여야 하네. 그리고 두려움을 모르는 사람이어야 해. 수많은 사람에게 손길을 내밀고 한 사람 한 사람과 직접 이야기한다는 느낌을 주는 사람이어야 하고……."

"때가 되었네." 영과의 교신이 끝나가고 있었다.

차를 마셨지만 친구와 남편과 나는 몸과 마음이 완전히 지쳐 있었다. 그날은 세 사람 모두 빨리 잠자리에 들기로 했다. 혼자가 되자 내가 이 특별한 이유로 불려왔다는 것을 알았다. 우연히 일어나는 일은 없었다. 페드로에게 이미 내 자신의 운명을 받아들여 고맙다는 말을 듣지 않았는가? 침대에 누우면서 나는 이 과제에 대해 세일럼이 뭐라고 할까 생각했다. 생각할 새도 없이, 침대 옆에 누군가가 있다는 것을 느꼈다. 눈을 떴다.

"세일럼!" 나는 탄성을 질렀다.

방은 어두웠지만 상반신이 물질화되어 있는 세일럼이 보였다. "이 집의 에너지 레벨이 굉장히 높아 잠시 동안 나타날 수 있었어요." 세일럼이 설명했다. B의 도움 없이 혼자 세일럼을 불러낼 수 있다는 사실에 나는 놀랐다. B에 대한 의존심이 사라진 순간이었다. 분명히 그것은 B만의 전유 능력은 아니었다. "이사벨, 두 번째 임무를 맡은 것 축하해요." 귀에 익은 장중한 목소리로 세일럼이 말했다. "꼭 성공하길 빌겠어요."

사라지기 전에 세일럼은 내 등을 어루만져주어 깊은 잠으로 빠지게 했다. 집으로 돌아오자 그때까지 삶과 죽음에 관해 얻은 지식과 경험을 모두 정리하여 통합했다. 그리고 곧 '죽음과 그 후의 삶'이란 제목의 새로운 강연을 시작했다.

계단식 강의실에서 마골린 교수 대신 처음 강단에 섰을 때만큼이나 떨렸다. 하지만 반응은 놀랄 만큼 호의적이었는데, 이는 내가 옳은 길을 가고 있음을 입증하는 것이었다.

미국 남부에서 행한 한 강연에서, 죽어가는 환자와의 공개 인터뷰가 끝나고 난 후 질문을 받고 있을 때였다. 손을 든 삼십대 초반 여자가 눈에 들어왔다. "당신의 질문을 마지막으로 받겠습니다."라고 나는 말했다. 여자는 얼른 마이크를 잡았다. "아이들이 죽는 순간에 어떤 경험을 하는지 알고 계신다면 말씀해 주시겠습니까?" 강연을 요약해 마감하기에 좋은 기회였다. 나는 아이도 어른과 마찬가지로 나비가 고치를 벗고 날아오르듯 육체를 떠나 앞에서 설명한, 사후 생명의 각 단계를 거쳐 간다고 설명했다. 그리고 아이의 경우 성모 마리아와 만나는 일이 많다고 덧붙였다.

그러자 여자가 번개같이 강단 위로 뛰어올라와, 두 살배기 아들 피터의 이야기를 시작했다. 심한 독감에 걸린 피터는 소아과 의사가 놓은 주사에 알레르기 반응을 일으켜 진찰실에서 쇼크사했다. 그 방에서 의사와 함께, 직장에서 달려오는 남편이 도착하기를 '영원처럼' 길게 느끼면서 기다리고 있을 때, 피터가 기적적으로 되살아나 커다란 갈색 눈을 뜨고 이렇게 말했다. "엄마, 내가 죽자 예수님과 마리아님이 와주었어요. 정말로 친절하셨어요. 다시 돌아오고 싶지 않았어요. 그런데 마리아님은 아직 이곳에 올 때가 아니라고 말씀하셨어요."

피터가 그래도 돌아가지 않으려 하자 마리아는 피터의 손을 잡고 "너는 돌아가야 해. 돌아가서 엄마를 불길에서 구해내야 한단다."라고 말했다. 그 순간 피터는 몸으로 돌아와 눈을 떴다. 그로부터 13년 간 내 강연을 들을 때까지 어머니는 그 체험을 누구에게도 말하지 못하고 혼자 고민해왔다. 자신이 '불길' 즉 '지옥'에 떨어질 운명이라고 생각하며 우울하게 살아왔다. 어머니는 그 이유를 알 수 없었다. 좋은 엄마에 좋은 아내이고 열심히 사는 신앙인이었다. "불공평해요." 여자는 울음을 터뜨렸다. "그때문에 내 인생은 전부 망가졌어요."

확실히 공평하지 않았다. 하지만 그 어머니를 곧 고통에서 벗어나도록 도울 수 있다는 것은 알고 있었다. 영적 존재는 모두 그렇지만 성모 마리아도 상징적인 말을 사용한다. "그것이 종교의 문제죠." 나는 말했다. "사물이 말이 되면 해석도 되겠지만, 많은 경우 오해도 생기게 됩니다." 지금부터 그것을 증명해보이겠다고 말하고 어머니에게 "내 질문에 머리로 생각하지 말고 곧바로 대답하세요."라고 요청했다.

"마리아께서 피터를 당신에게 돌려보내지 않았다면 어땠을까요?" 어머니는 머리칼을 움켜쥐며 두려운 듯 말했다. "안 돼요, 그랬다면 지옥 불에서 살았을 거예요."

"실제로 불 속을 걸을지도 모른다는 말입니까?"

"아니에요, 그건 말의 표현이죠."

"이제 아시겠어요? 마리아께서 피터에게 당신을 불길에서 구해야 한다고 말한 의미를 이해하시겠죠?"

알게 된 사람은 그 어머니만이 아니었다. 그로부터 몇 달에 걸쳐 내 강연과 워크숍이 인기를 끌면서 점점 많은 사람들이 죽음 후의 삶을 받아들이게 되었다. 거기서 얻은 메시지는 긍정적인 것이었다. 셀수 없이 많은 사람들이 육체를 떠나 눈부신 빛 속으로 여행을 한다는 똑같은 체험을 함께 나누었다. 자신의 체험이 이상한 것은 아니라는 사실을 알고 그 사람들은 안심했다. 그것은 삶을 긍정하는 체험, 생명을 긍정하는 체험이었다.

그렇지만 그 6개월간 일어난 신변의 급격한 변화—이혼, 새 집의 구입, 힐링 센터의 개설, 전 세계로의 강연 여행—는 크나큰 스트레스를 주었다. 쉬지 않고 계속 일한 나는 기진맥진했다. 마침내 오스트레일리아의 강연 여행을 끝냈을 때 나만의 시간을 갖기로 했다. 휴식이 꼭 필요했다. 두 친구 부부와 함께 호젓한 산장을 예약했다. 전화도 우편배달도 없고, 독사들이 방문객의 접근을 막아주었다. 천국 같은 곳이었다.

스토브와 난로에 필요한 장작을 패는 일 같은 육체노동 덕분에 일주일이 지나자 예전의 건강 상태를 되찾았다. 친구들은 도시로 돌아갈 예정이었지만, 나는 일주일 더 머물 생각이었다. 완전히 혼자가되어 자유를 만끽하고 싶었다. 하지만 출발 전날 밤에 친구들은 나와함께 머물겠다고 말했다. 나는 실망하여 침실로 갔다.

어둠 속에 있자 가슴이 메어왔다. 도움을 청해 울고 싶은 충동에 휩싸였다. 많은 사람이 문제를 해결하러 나를 찾아온다. 하지만 내게 도움을 주고 애정을 쏟아줄 사람은 있을까? 에스콘디도 밖에서 영을 불러낸 적은 없었지만, 영들은 필요할 때에 나타나겠다고 약속했다.

"페드로, 당신이 필요해요." 나는 중얼거렸다.

순간 오스트레일리아와 샌디에이고의 거리를 아랑곳하지 않고,

The Wheel of Life

내가 가장 좋아하는 영 페드로가 산장의 침실에 모습을 나타냈다. 페드로는 이미 내 생각을 읽고 있었지만, 그래도 나는 그 넓은 어깨에 기대 울고 싶다고 응석을 부렸다. "안 돼요, 그렇게 할 수 없어요." 페드로는 단호히 말했다. 그리고 곧 "하지만 다른 것을 해주겠어요."라고 말했다. 페드로는 천천히 팔을 뻗어 내 머리에 손바닥을 얹고 "내가 사라졌을 때 당신도 이해할 수 있을 거예요."라고 말했다. 페드로의 손바닥에서 빨려들어 갈 듯한 기운을 느꼈다. 그때까지 경험한 적 없는 평안과 사랑이 차오르는 것을 느꼈다. 모든 걱정이 눈 녹듯이 사라졌다.

작별인사도 없이 페드로의 뒷모습이 어둠 속으로 사라졌다. 아직 초저녁인지 새벽이 다가왔는지 시간을 전혀 알지 못했다. 시간은 아무래도 좋았다. 어둠 속에서 책꽂이 위의 작은 나무 조각상에 눈이 멎었다. 손바닥 안에 기분 좋게 잠들어 있는 아이의 조각상이었다. 갑자기 아까 페드로의 손에 닿았을 때 느낀 안도감, 평온, 사랑과 똑같은 느낌에 감싸였다. 커다란 베개를 내려놓고 바닥에서 잠들었다.

다음 날 아침, 친구들이 왜 침대에서 자지 않았느냐고 물었다. 굉장히 얼굴이 좋아 보인다고도 말했다. 아직 도취감에 빠져 있던 나는 전날 밤의 일을 말할 준비가 되어 있지 않았다. 분명히 페드로의 말대로였다. 나는 이해했다. 세상의 수많은 사람들에게는 배우자와 연인, 파트너가 있다. 하지만 신의 손바닥에서 쉬는 즐거움과 안락함을 맛보는 사람은 얼마나 될까?

그렇다. 이제 더 이상 기대어 울 어깨가 없다고 해서 한탄하거나 투정하지 않을 것이다. 마음의 밑바닥에서는 자신이 혼자가 아님을 이미 알고 있었다. 필요한 것은 이미 받았다. 전날 밤처럼 종종 반려자를, 사랑을, 포옹을, 기댈 어깨를 갈망해왔지만 얻지 못했다. 하지만 나는 다른 선물을 받았다. 극소수의 사람만이 경험하는 선물이었다. 그것을 다른 것과 바꿀 수 있는 기회가 주어졌다 하더라도 거절했을 것이다. 나는 그렇게 이해했다.

그 시기에 일어난 일을 통해, 삶에서 주어진 과제의 대부분은 이미 알고 있는 수수께끼를 풀어나가는 것이라는 말을 나는 더 이상 의심하지 않았다. 영적 체험과 영적 힘에 관해서는 특히 그렇다고 말할 수 있다. 예를 들어, 70년 동안 하루도 빠짐없이 예수와 이야기해왔다는 샌디에이고의 노부인 아델 티닝에게서 배운 교훈이 그랬다. 영은 무거운 오크나무 부엌 탁자를 움직이는 것을 통해 이야기했다. 아델이 탁자 위에 양 손을 놓으면 탁자는 떠오르기도 하고 기울기도 하며 일종의 모스 신호 같은 형태로 메시지를 보내주었다.

스위스에서 찾아온 두 여동생을 아델의 집에 데려간 적이 있었다. 우리 세 자매는 탁자를 둘러싸고 앉았는데, 그 탁자는 우리 셋이 움직여보려고 해도 꿈쩍도 하지 않을 만큼 무거웠다. 아델은 눈을 감은 채 낮은 목소리로 킥킥 웃었다. 그러자 아델의 손끝 아래에서 탁자가 흔들리기 시작했다. "여러분의 어머니가 보입니다." 그렇게 말하고 눈을 떴다. 갈색 눈이 반짝반짝 빛나고 있었다. "생일을 축하한다, 그렇게 말씀하셨습니다." 여동생들은 쇼크를 받았다. 그날이 우리의 생일이라고 누구도 아델에게 가르쳐주지 않았기 때문이었다.

몇 달이 지나 이번에는 내 자신이 그런 재주를 부릴 수 있게 되었다. 어느 날 밤 손님들—텍사스에서 온 두 명의 수녀로, 한 분은 시각 장애인이었다—을 위해 송아지 요리를 만들고 있을 때의 일이었다.

두 수녀는 무엇인가를 사기 위해 차로 약국에 갔다. 보통 10분 정도면 다녀오는데 30분이 지나도 돌아오지 않자 걱정이 되었다. 나는 부엌 식탁에 앉아 어떻게 해야 할까 생각했다. "경찰에 알려야 하지 않을까?" 큰 목소리로 말했다. "사고가 났을지 몰라."

갑자기 식탁이 움직이더니 바닥을 두드리며 옆으로 미끄러지기 시작했다. 주변에 크게 울려 퍼지는 목소리가 들렸다. "그럴 필요는 없다." 너무 놀라 펄쩍 뛰어올랐다. "혹시 예수님이십니까?" 나는 물었다. 다시 식탁이 움직이고 "그렇다."라고 말하는 목소리가 들렸다. 믿을 수 없는 드라마가 시작되려고 할 그때 뒷문이 열리고 수녀들이 돌아왔다. 재빨리 상황을 파악한 두 수녀는 싱글싱글 웃었다. "오, 당신도 탁자를 움직일 수 있어요?" 의자를 뒤로 빼면서 V수녀가 말했다. "우리 함께 해요." 부엌에서 그때만큼 즐겁게 요리했던 적은 없었다.

신비 체험은 계속되었다. 얼마 후 샌타바버라에서 워크숍이 있었다. 닷새간의 긴장된 일정이 끝나는 날 밤, 내 방으로 돌아온 것은 새벽 네 시였다. 파김치가 되어 침대에 들어갔을 때 한 간호사가 뛰어들어와 함께 일출을 보자고 말했다. "일출?" 나는 소리쳤다. "여기 앉아서 감상하세요. 나는 자야겠어요."

몇 초 후 깊은 잠이 들었다. 그런데 잠에 빠져드는 대신 몸에서 빠져나와 점점 올라가고 있다는 기분이 들었다. 어떤 두려움도 느껴지지 않았다. 아득한 상공으로 올라갔을 때 몇 사람의 '존재'가 나를 안아 수리할 장소로 옮겼다. 마치 정비공들이 자동차를 수리하는 것 같았다. 브레이크, 트랜스미션 등 각자 전문 분야가 있는 듯했다. 금방 손상된 부품을 모두 새 것으로 갈아 끼우고 나를 침대로 되돌려 보냈다.

두어 시간의 수면이었지만 상쾌한 기분으로 깨어났다. 어젯밤의 간호사가 아직 방에 있기에 일어난 일에 대해 이야기했다. "분명히 유체이탈을 체험한 거예요." 간호사가 말했다. 나는 멍하니 간호사의 얼굴을 보았다. 명상도 하지 않고 두부도 먹지 않고 캘리포니아 출신도 아니며 구루도 바바도 없는 내가? '유체이탈 체험'이 무엇인지 그때 나는 전혀 알지 못했다. 하지만 그것이 전날 밤의 비상飛翔 체험 같은 것이라면 언제든 날아오를 준비는 되어 있었다.

신에 대한 믿음

유체이탈 체험을 한 후 나는 도서관에 가 그것에 관한 책을 한 권 찾아냈다. 저자는 로버트 먼로라는 그 방면에서 유명한 연구가였다. 곧 버지니아에 있는 먼로의 농장을 방문하기로 했다. 먼로는 그곳에 개인 연구소를 두고 있었다. 인간의 의식에 관한 실험은 오래전부터 약물을 사용한다는 통념이 있었다. 약물은 내가 좋아하는 것이 아니었다. 그래서 처음 먼로의 실험 장치를 보았을 때 나는 기대감이 컸다. 여러 가지 전자 기기와 모니터를 갖춘 최첨단 연구소는 이내 신뢰감을 주었다.

　방문 목적은 다시 한 번 유체이탈 체험을 하는 것이었다. 나는 방음 부스로 들어가 물침대 위에 누웠다. 그리고 특수한 안대를 착용하여 빛을 완전히 차단했다. 조수가 내 머리에 이어폰 헤드세트를 장착했다. 유체이탈 체험을 유발하기 위해 먼로가 고안한 것은 의원성醫原性 수단, 그러니까 인공적인 펄스 음을 통해 뇌를 자극하는 방법이었다. 뇌는 그 펄스 음에 의해 명상 상태로 들어가 다시 의식의 심층을 경험하는 상태—바로 내가 찾는 목적지—까지 도달했다.

첫 번째 시도는 실망스럽게 끝났다. 실험 책임자가 스위치를 넣어 장치를 가동시켰다. '삐익 삐익' 하는 규칙적인 신호음이 들려왔다. 느린 리듬으로 시작된 펄스 음은 점점 빨라져 높은 연속음으로 되었다. 나는 금세 잠자는 듯한 상태로 들어갔다. 책임자는 내 반응이 지나치게 빠르다고 판단하여 스위치를 끈 다음 괜찮은지 물었다.

"왜 중단했어요?" 실망한 나는 불평했다. "막 시작되려는 것 같았는데."

몇 주간 계속된 변비 증세로 때때로 복통에 시달렸지만 나는 그날 늦게 다시 물침대에 올라갔다. 과학자가 원래 신중한 사람들이라는 사실은 알고 있었기 때문에 이번에는 최고 속도가 될 때까지 스위치를 끄지 말라고 미리 못을 박아두었다. "그렇게 빨리 이탈상태에 들어간 사람은 없습니다." 실험 책임자가 경고했다. "그래도, 그렇게 하고 싶어요." 나는 말했다.

두 번째 시도는 바라던 대로 되었다. 말로는 설명하기 힘들지만 펄스 음이 들리자 곧 잡념이 사라지며 물질이 블랙홀로 소멸하듯 내부로 침잠해갔다. 믿을 수 없을 정도로 커다란 획 하는 소리가 들려왔다. 휘몰아치는 바람 소리 같았다. 갑자기 회오리바람에 말려 올라가는 느낌이 들었다. 그 순간 나는 몸에서 떨어져 맹렬한 기세로 날아올랐다.

어디로? 어디로 가는 것일까? 누구나 그렇게 묻는다. 몸은 꼼짝않고 누워 있는데, 존재의 다른 차원으로, 또 하나의 우주로 뇌가 나를 데려갔다. 존재의 물질적 부분은 이제 관계가 없었다. 죽은 후 몸을 떠나는 영혼처럼, 고치를 벗고 날아오르는 나비처럼 내 의식은 육체를 떠나 정신 에너지 그 자체가 되어 있었다.

실험이 끝난 후 방 안의 과학자들은 체험을 설명해달라고 요청했다. 그 초월적 체험을 자세하게 설명하고 싶었지만 말이 되어 나오지 않았다. 배 속의 통증도 갑자기 멈췄고, 목 디스크 자각 증상도 사라졌고, 기분이 좋고, 현기증도 피로도 느껴지지 않는다고 보고했을 뿐 나머지는 "내가 어디에 있었는지 모르겠군요."라고밖에 말할 수 없었다.

그날 저녁, 이상한 허탈감 속에서 좀 무리하지 않았나 생각하며 먼 로의 농장 안에 있는 게스트하우스로 향했다. 그곳은 아울 하우스(부엉이의 집)라는, 농장 변두리의 방갈로였다. 방갈로에 들어서는 순간 이상한 에너지의 존재를 느꼈다. 숙소는 본관에서 너무 멀고 전화도 없는 곳이었기 때문에 본관으로 되돌아가 그곳에서 묵거나 모텔에 가서 잘까 생각했다. 하지만 우연은 없다고 믿는 나는 혼자 그곳에 묵게 한 것도 무슨 이유가 있을지 모른다고 생각하여 그냥 있기로 했다.

깨어 있으려고 했지만 침대에 눕자마자 금세 곯아떨어졌다. 그것이 악몽의 시작이었다. 천 번이나 죽음을 겪는 듯한 악몽이었다. 몸이 고문을 당하는 듯했다. 거의 숨도 쉴 수 없이 몸을 웅크린 채 고통으로 몸부림쳤다. 너무 고통스러워 도움을 청할 소리를 지를 힘도 없었다. 소리를 질러도 누군가에게 들릴 것 같지도 않았다. 하나의 죽음이 완료되자 다음 죽음이 시작되었다. 숨 돌릴 틈도 없이 새로운 죽음이 찾아와 소리치고 몸부림쳤다. 그것이 천 번 반복되었다.

그 의미는 분명했다. 나는 그때까지 지켜본 모든 환자의 죽음을 다시 체험하고 있었다. 그들의 고뇌, 두려움, 고통, 슬픔, 상실, 피, 눈물을 느끼고 있었다. 암으로 죽은 사람이 있으면 나는 그 참을 수 없는 통증을 자신의 몸으로 느꼈다. 심장 마비로 죽은 사람이 있으면 그 공포를 몸으로 느꼈다.

고통이 사라져 숨 돌릴 순간이 세 번 있었다. 첫 번째로 고통이 멈추었을 때, 기댈 수 있는 남자의 어깨를 간절히 원했다.(늘 나는 매니의 어깨에 기대어 잠드는 것이 좋았다.) 하지만 그 욕구를 입 밖에 낸 순간 엄숙한 남자의 목소리가 들렸다. "네게는 줄 수 없다!" 그 단호하고 냉엄한 거부의 목소리에는 질문도 용납하지 않는 위압감이 있었다. "어째서요?"라고 나는 묻고 싶었다. 죽어가는 수많은 환자가 내 어깨에 기대어왔지 않은가? 하지만 그것이 허락되지 않았다.

대신 끝없이 계속되는 진통 같은 강렬한 고통이 다시 엄습해왔다. 그냥 기절해버리고 싶었다. 하지만 그런 행운은 없었다. 두 번째로 숨 돌릴 시간이 주어질 때까지 얼마나 시간이 흘렀는지 모른다. "붙잡을 수 있는 손을 주세요?"라고 나는 말했다. 손을 내밀어줄 사람의 성별을 지정하지는 않았다. 그런 사치를 부릴 때는 아니었다. 다만 붙잡을 수 있는 손을 원했다. 하지만 "네게는 줄 수 없다!"라는 냉엄한 목소리가 다시 나를 침묵시켰다.

세 번째의 숨 돌릴 시간이 주어질지는 알지 못했다. 하지만 마침내 그것이 찾아왔을 때 크게 숨을 들이쉬고 나는 비겁하게도 손가락 끝만이라도 보여주면 좋겠다고 생각했다. 왜일까? 만져볼 수 없더라도 누군가가 그곳에 있다는 안도감을 바랐던 것이다. 하지만 그 마지막 요구를 입 밖에 내기 전에 나는 자신에게 소리쳤다. "바보 같은 짓 그만 해! 손을 주지 않는다면 손가락 끝 따위는 필요 없어. 이제 누구의 도움도 필요 없어. 혼자 해내겠어."

몹시 화가 난 나는 있는 반항심을 다 그러모아 말했다. "손 하나도 내어줄 수 없을 만큼 인색한 존재들이라면 이제 상대하지 않겠어. 차

라리 혼자가 나아. 내게도 자존심과 자긍심이 있다고."

그것이 교훈이었다. 그 뒤에 오는 환희를 재확인하기 위해 천 번의 죽음이라는 공포를 경험해야 했던 것이다. 인생 그 자체처럼, 한창 시련을 통과할 때 갑자기 '믿음'의 문제가 찾아왔다.

신은 우리가 감당할 수 없는 시련을 주지 않는다는 신에 대한 믿음.

신이 준 것이라면 어떤 고통도 견뎌낼 수 있다는, 나에 대한 믿음.

누군가가 기다리고 있다는 직감이 들었다. 내가 무엇인가 말하기를, "예스!"라고 말하기를 기다리고 있었다. 내게 구하는 것은 "예스!"라는 말뿐이라고 느꼈다.

생각이 이리저리 달렸다. 무엇에 대해 예스라고 말해야 하지? 이 이상의 고뇌에? 이 이상의 고통에? 그 어떤 고통이 지금 견디고 있는 고통보다 더 심할까? 게다가 나는 아직 여기에 있지 않은가? 다시 백 번의 죽음? 다시 천 번의 죽음?

그런 것은 아무래도 좋았다. 조만간 끝날 것이다. 게다가 고통이 너무 심해 이제 아무것도 느끼지 못한다. 나는 고통 너머에 있었다. "예스." 나는 소리쳤다.

"예스!"

방 안은 조용해졌다. 고통과 괴로움이 순식간에 사라졌다. 의식이 맑아졌다. 창밖은 칠흑 같은 어둠이었다. 가슴 가득히 공기를 들이마셨다. 다시 한 번 창밖의 어둠을 바라보았다. 다시 심호흡을 하고 누운 채 몸을 이완했다. 그때 기묘한 일이 일어나기 시작했다. 처음에는 아랫배가 맹렬한 속도로 진동하기 시작했다. 분명히 근육 운동은 아니었다. 엉겁결에 "이럴 리가 없어."라고 중얼거렸다.

착각은 아니었다. 드러누운 몸을 관찰해나갈수록 더욱 이상한 일이 일어났다. 내가 바라보는 몸의 부위마다 믿을 수 없는 속도로 떨리기 시작했다. 진동은 그 부위의 기저층에까지 미치고 있었다. 어디에 눈을 주어도 수억 개 분자가 춤추는 것이 보였다.

그때 처음으로 자신이 육체에서 빠져나와 에너지가 되었다는 것을 알아차렸다. 눈앞에 숨 막히도록 아름다운 연꽃 군락이 펼쳐졌다. 꽃봉오리가 슬로모션처럼 천천히 벌어지더니 점점 더 밝아지고 울긋불긋해지고 오밀조밀해졌다. 서서히 꽃들은 한데 모여 하나의 거대한 연꽃으로 변했다. 그 꽃 뒤에서 빛이 비쳐왔다. 그것은 점점 밝아져 눈부시도록 영묘한 빛이 되었다. 나와 함께한 환자들이 보았다는 바로 그 빛이었다.

그 거대한 연꽃 속을 통과해 빛과 하나가 되고 싶다는 충동에 휩싸였다. 저항할 수 없는 인력에 끌려 빛에 다가갔다. 그 영묘한 빛이야말로 길고 힘든 여행의 종착점이라는 확신이 들었다. 조금도 서두르지 않고 내 호기심에 감사하면서 나는 그 진동하는 세계의 평온과 아름다움과 고요함을 즐겼다. 놀랍게도 여전히 자신이 본관에서 멀리 떨어진 아울 하우스에 있다는 사실을 자각하고 있었다. 벽도 천장도 창도, 창밖의 나무도, 보는 것은 모두 진동하고 있었다.

시야가 끝없이 펼쳐지면서 풀잎에서 나무문에 이르기까지 모든 것이 분자 구조 속에서 진동하는 것을 볼 수 있었다. 외경심을 느끼며 만물에 깃들어 있는 생명과 신성을 바라보았다. 그러는 동안 나는 연꽃을 통과하여 빛을 향해 천천히 이동하고 있었다. 마침내 빛과 하나로 녹아들었다. 따스함과 사랑만이 남았다. 백만 번의 긴 오르가즘도 그때 경험한 사랑과 따스함의 느낌과는 비교되지 않았다. 그때 두 목소리가 들렸다.

하나는 "신의 존재를 받아들입니다"라는 내 목소리였다. 또 하나의 목소리는 어디선가에서 들려왔다. "산티 닐라야"라는 의미 불명의 말이었다.

그날 밤 잠들기 직전, 나는 해뜨기 전에 일어나 몇 주간이나 슈트케이스에 넣어두기만 했던 로브를 입고 샌들을 신어야겠다고 생각했다. 샌프란시스코의 피셔맨스 워프에서 산 그 로브는 손에 닿는 순간 예전에, 어쩌면 전생에 입었던 적이 있는 것처럼 느껴졌다.

다음 날 아침, 무엇이든 상상한 대로 되었다. 풀잎, 나비, 자갈 등 눈에 들어오는 모든 것이 분자 구조 속에서 진동하고 있는 모습을 바라보면서 먼로의 집으로 향하는 길을 걷고 있었다. 그것은 인간이 느낄 수 있는 최고의 엑스터시였다. 주변의 모든 것과 모든 생명에 외경심과 사랑을 느꼈다. 물 위를 걷는 예수처럼, 조약돌 깔린 길을 걷는 내 발은 땅에 닿지 않았다. 지복의 상태에서 조약돌에게 말을 걸었다. "너희들을 밟을 수가 없어. 너희들에게 아픔을 줄 수 없어."

며칠이 지나며 그 지복 상태는 점점 약해졌다. 집안일이나 자동차 운전 같은 세상일로 돌아오는 것이 무척 힘들었다. 세속적인 일 모두가 아주 하찮게 보였다. 산티 닐라야가 어떤 뜻인지 언젠가는 알게 될 것이다. 또 그 지복의 체험으로 삼라만상에 깃든 생명에 대한 자각, 즉 우주 의식이 찾아올 날도 멀지 않았다는 확신도 들었다. 그런 면에서는 성공이었다. 하지만 다른 것은? 스스로 해답을 발견하고 새롭게 시작할 때까지는 또 그 고통스런 분리감을 겪어야 하는 것일까?

213

몇 달 후, 워크숍이 열리는 캘리포니아주의 소노마 카운티로 갔을 때 그 해답을 찾으리라는 예감이 들었다. 하지만 하마터면 그 기회를 놓칠 뻔했다. 버클리에서 열릴 예정인 트랜스퍼스널 심리학회에서 내가 강연한다는 조건으로 내 워크숍에서 말기 환자 참가자를 돌보기로 약속한 의사가 마지막 순간에 이를 취소했다. 할 수 없이 혼자 워크숍을 힘들게 끝낸 나는 버클리의 학회에 가지 않기로 했다.

하지만 금요일, 워크숍 참석자들이 모두 돌아간 후 한 친구에게서 전화가 걸려왔다. 몇 백 명의 회원이 내 강연을 기다리고 있기 때문에 꼭 와야 한다고 했다. 버클리로 향하는 차 속에서 친구는 회원들의 기대가 크다고 되풀이해 말해 내 기운을 북돋으려고 했다. 하지만 워크숍으로 지쳐 있던 나는 그런 말에 어떤 감흥도 없었다. 솔직히 말해, 박식하고 영적으로 진화한 그 학회의 회원들에게 무엇을 이야기해야 할지 방향도 잡지 못했다. 하지만 회의장에 들어서는 순간 먼로의 농장에서 경험한 일에 대해 이야기해야 한다는 생각이 들었다. 이 학회에서라면 그 경험이 무엇인지 설명해줄 사람이 있을지도 모른다.

"내 자신의 영적 진화에 대해 이야기해볼까 합니다."

그렇게 말을 꺼내고 나서 내가 경험한 일의 대부분이 지적 이해의 범주를 넘기 때문에 그것을 이해하도록 도와줄 사람이 필요하다고 덧붙였다. 그리고 농담조로, 나는 결코 명상가도 아니고 캘리포니아 출신도 아니고 채식주의자도 아니라고 강조했다.

"나는 담배도 피우고, 커피도 차도 마십니다. 요컨대 나는 보통 사람입니다."

회장에 커다란 웃음이 일었다.

"구루도 없고 바바도 찾아간 적도 없습니다. 그럼에도 여러분이

동경해마지 않는 신비 체험의 거의 모든 유형을 경험했습니다." 내 말인즉슨, 나 같은 사람도 이런 체험을 할 수 있다면 오랫동안 히말라야에서 오랜 세월 명상하지 않고서도 누구나 체험할 수 있다는 것이었다.

첫 번째 유체이탈 체험을 이야기하자 회장은 쥐죽은 듯 조용해졌다. 두 시간에 걸쳐 먼로의 농장에서 천 번의 죽음을 겪고 재생한 경험을 자초지종 이야기했다. 강연은 언제까지나 계속되는 기립 박수로 끝을 맺었다. 그때 오렌지색 승복을 입은 승려가 연단으로 올라와 공손하게 "괜찮으시다면 도와드려도 될까요."라고 말했다. 명상을 하지 않았다고 말하는 나에 대해 승려는 명상에도 여러 형태가 있다고 이야기했다.

"죽어가는 환자나 아이 곁에 앉아 몇 시간이나 그 사람에게 주의를 집중하는 것이야말로 명상의 가장 높은 형태의 하나입니다."

승려의 말에 동의를 표시하는 박수가 터져 나왔다. 하지만 승려는 박수 소리에 개의치 않고 조용히 나를 응시한 채 또 하나의 메시지를 전달했다. "산티 닐라야는……." 아름답게 울려 퍼지는 음절 하나하나를 천천히 이어가면서 승려는 말했다.

"산스크리트어로, 마지막 평화의 집을 뜻하는 말입니다. 우리가 신의 품으로 돌아갈 때 지상에서 여행의 마지막에 찾는 곳입니다."

"그렇구나." 나는 마음속으로 중얼거렸다. 몇 달 전 어둠 속에서 들었던 그 목소리가 되살아났다.

"산티 닐라야."

산티 닐라야 힐링 센터

나는 발코니에 서 있고, B부부가 차를 마시고 있었다. 따스한 산들바람이 오감을 부드럽게 어루만져주었다. 운명을 있는 그대로 받아들이는 데서 오는 도취감에 잠겨 나는 부부를 바라보며 약간 과장된 말투로 힐링 센터의 이름을 '산티 닐라야'로 정했다고 알렸다. 그리고 "마지막 평화의 집이란 뜻이에요."라고 설명했다.

그 작명이 정곡을 찌른 듯 생각되었다. 1978년까지 1년 반 동안, 산티 닐라야는 날로 번창했다. "무조건적인 사랑의 실천을 통한 어른과 아이의 심리적, 신체적, 영적 치유의 촉진"을 내건 '삶과 죽음, 그리고 이행' 워크숍은 4박5일이라는 일정에도 불구하고 등록자가 넘쳐났다. 자기 성장을 추구하는 사람들이 점점 늘어나고 있었다. 센터에서 발행하는 소식지가 세계 각국으로 배포되었고, 나의 강연 여행은 알래스카에서 오스트리아에 이르기까지 계속되었다.

산티 닐라야는 날로 성장해나갔지만 개인의 성장이라는 목적은 일관되게 유지되었다. 사람들은 워크숍에서 못 다한 일, 응어리진 분노와 원망을 모두 풀어놓고 언제 죽어도 좋은 삶의 방식을 배웠다. 말하자면 사람들은 거기서 전인적인 존재가 되어 돌아갔다. 워크숍 참가자는 죽음이 임박한 환자, 감정적인 문제를 안은 사람, 20세부터 104살까지의 보통 성인들이었지만, 곧 10대와 아이들이 참가하는 워크숍도 만들었다. 전인적 존재가 될 시기가 빠르면 빠를수록 신체적, 정신적, 영적으로 건강하게 성장할 기회가 늘어나기 때문이었다. 어린 시절부터 그런 훈련을 받은 사람들이 늘어나면 미래는 어떤 세계가 될까?

샨티 닐라야에서든 여행지에서든 나와 만나는 사람은 모두 같은 이야기를 들었다.

"죽음은 두려운 것이 아닙니다. 실제로 죽음은 인생에서 가장 멋지고 놀라운 경험이 될 수 있습니다. 그것은 지금 자신의 인생을 어떻게 살아가는가에 달려 있습니다. 그리고 지금이라는 이 순간 소중한 것은 오직 하나 사랑뿐입니다."

내가 특히 사람들에게 도움을 주었다고 생각하게 된 것은, 남부에서 강연할 때 더기라는 아홉 살 소년을 만난 이후부터였다. 강연 도중 맨 앞줄에 앉아 있는 더기의 부모에게 눈이 갔다. 물론 처음 본 얼굴이었지만 쾌활해 보이는 그 젊은 부부에게 아이 일을 물어야겠다는 생각이 직감적으로 들었다. "왜 이런 질문을 던져야 하는지 나 자신도 잘 모르겠지만, 왜 아드님을 데려오지 않았습니까."

두 사람은 내 당돌한 질문에 놀라면서 아들이 지금 병원에서 화학 요법을 받고 있다고 대답했다. 다음 휴식 시간에 아버지가 병원에 가서 더기와 함께 돌아왔다. 여위고 창백하고 머리털이 없는 점을 제외하면 어디에서나 볼 수 있는 미국 아이였다. 내가 강연을 계속하고 있는 동안 더기는 크레용으로 그림을 그렸다. 강의가 끝났을 때 더기는 그 그림을 내게 선물했다. 그때까지 내가 받은 최고의 선물이었다.

죽어가는 아이들의 대부분이 그렇듯이 더기도 나이에 비해 훨씬 총명한 소년이었다. 몸이 쇠약해 있기 때문에 영적, 직관적 능력이 발달했던 것이다. 그것은 죽음을 앞둔 아이들에게 공통으로 나타나는 특징이고, 그래서 나는 부모들에게 자신들의 분노와 고통과 슬픔을 솔직하게 함께 나누라고 권한다. 죽음을 앞둔 아이는 모든 것을 알고 있다. 더기의 그림을 보고 나는 그것을 곧 알았다. "엄마와 아빠에게 말씀드릴까?" 부모의 반응을 살피면서 나는 더기에게 물었다. "좋아요, 이해하실 거라 생각해요." 더기가 말했다.

더기의 부모는 겨우 얼마 전에 의사로부터 아들이 3개월밖에 살지 못한다는 말을 들었다. 그들은 그 사실을 받아들이지 못하고 괴로워했다. 하지만 더기의 그림을 보고 경험상 나는 그 진단이 틀렸음을 알 수 있었다. 그림에서 판단하는 한, 더기는 더 오래, 아마 3년은 더 살지도 몰랐다. 그 사실을 어머니에게 알렸다. 어머니는 기쁨에 넘쳐 나를 끌어안았다. 하지만 내 진단을 보증할 수는 없었다. "다만 이 그림을 읽고 말로 옮겼을 뿐이에요." 나는 말했다. "가장 잘 알고 있는 건 아드님입니다."

아이들과 함께 하는 일의 매력은 그 정직함에 있었다. 아이는 겉치레의 절차를 완전히 생략한다. 더기가 그 완벽한 실례였다. 어느 날 더기에게서 한 통의 짧은 편지가 왔다.

사랑하는 로스 선생님께
한 가지 더 묻고 싶은 게 있어요. 삶이란 무엇일까요? 죽음이란 무엇일까요? 그리고 왜 어린이들이 죽어야만 하나요?

사랑을 담아, 더기

나는 색연필을 준비하여, 죽어가는 아이들과 함께 한 기나긴 세월을 생각하면서 그림이 들어간 소책자를 만들었다. 어떤 아이라도 이해할 수 있는 쉬운 단어로 삶을 묘사했다.

삶은 폭풍 속에서 씨앗을 뿌리는 것과 비슷했다. 흙에 덮인 씨앗은 햇빛에 따뜻해진다. 그 햇빛은 우리 모두에게 비치는 신의 사랑이었다. 누구나 배워야 할 교훈이 있고 삶의 목적이 있다. 죽음을 앞두고 삶과 죽음의 이유를 묻는 더기에게 나는 그 사실에 예외가 없다는 것을 가르쳐주고 싶었다.

아주 짧은 동안만 피는 꽃도 있단다. 봄이 온 것을 알리고 희망이 있음을 알리는 꽃이기 때문에 모두로부터 사랑받는 꽃이란다. 그리고 그 꽃은 죽는단다. 하지만 그 꽃은 해야 할 일을 했단다……

그 소책자를 통해 수많은 사람이 도움을 받았다. 하지만 그 공은 모두 더기에게 돌려야 한다.

1978년의 이른 봄, 내가 강연 여행으로 부재중일 때에 B의 세션에 단골로 참석하던 몇몇 친구들이 『위대한 잠재력The Magnificent Potential』이라는 책을 발견했다. 러너 힌쇼라는 지방 작가가 20년 전에 쓴 그 책에는 과거 2년간 B의, 그리고 B와 교신하고 있던 많은 영들(전부는 아니지만)의 가르침이 전부 쓰여 있었다. 그 사실을 알았을 때 친구들 모두가 그랬듯이 나도 놀랐고 배신당한 느낌이었다.

그에 관해 추궁하자 B는 뉘우치는 기색 없이 부인하며 지식의 근원을 누설하는 것을 영들이 금지했다고 주장했다. 따져 봐도 소용없었다. 우리 모두가 판사와 배심원 양쪽으로 갈렸다. 그룹의 반 이상이 이제 믿을 수 없다며 실망하여 교회를 떠났다. 나는 판단을 유보했다. 몇 달 전 페드로가 했던 경고가 머리에서 떠나지 않았다. "선택은 각자에게 달려 있어요. 자유 의지는 지구에서 태어난 사람에게 주어진 최고의 선물입니다."

나처럼, 영들의 심원한 가르침을 포기하고 싶지 않은 사람들은 그대로 남았다. 하지만 한번 의혹이 생긴 후 세션은 미묘하게 바뀌어갔다. 새로운 참가자가 칸막이 뒤로 가 있는 시간이 길어졌다. 때때로 킥킥대는 웃음소리와 이상한 소리가 들렸다. 그러던 어느 날 내 여자 친구가 울면서 나를 찾아왔다. 친구는 몹시 허둥대며 B를 피해 숨을 곳을 찾는다고 말했다. 한참 만에 겨우 평정을 찾은 후 친구는 B에게서 "이제 당신의 성생활을 다룰 때가 되었소."라는 말을 들었다고 알렸다. 친구는 그 말을 듣고 당황하여 도망쳐온 것이었다.

B를 만나 물어볼 수밖에 없었다. 다음 날 B부부를 집으로 초대했다. 지난번과 마찬가지로 B는 전혀 부끄러워하거나 뉘우치는 기색이 없었다. 자신의 행위가 정당하다고 믿는 것이 분명했다. B부인도 당혹해하며 남편의 그런 행위에 익숙해 있다고 했다. 그 후의 조사로 알게 된 일이지만, B에게는 파렴치한 행실의 전력이 있었다. 그 이후로 B와 단 둘만이 있지 않도록 주의했다.

하지만 문제는 계속되었다. B는 캘리포니아주 소비자보호국 샌디에이고 지부에 피해 신고가 접수되었고, 12월에 지방 검사국에서 성적 비행에 대해 수사를 시작했다. 많은 사람들의 이야기를 청취했음에도 지방 검사는 어떤 혐의도 찾아내지 못했다. 한 조사관은 내게 이렇게 말했다. "모든 일이 어둠 속에서 진행되었어요. 증거가 없습니다."

커다란 딜레마였다. 우리는 영의 출현 중에 불을 켜면 영이 두 번 다시 물질화할 수 없다는 경고를 되풀이해서 들어왔다. 금기를 깨려는 사람은 없었다. 하지만 나는 심각한 갈등에 빠졌다. 영이라 칭하는 무리가 가짜라고 한다면 B의 지식 수준을 훨씬 넘는, 내 질문들에 대한 대답은 뭐란 말인가? 눈앞에 물질화가 일어나는 현장을 이 눈으로 목격하지 않았는가? 목마에 타려고 페드로의 키가 15센티미터나 커지지 않았는가?

믿을 만한 몇몇 친구의 도움을 빌려 나는 독자적인 조사에 나섰다. 하지만 B는 빈틈이 없었다. 한번은 내가 플래시 스위치를 켜기 직전에 B는 적절한 구실을 들어 세션 중지를 선언했다. 움직임을 제약해 수상한 행동을 못하도록 팔을 뒤로 해서 수갑을 채운 적도 있었다. 그래도 영들은 계속 출몰했다. 세션이 끝났을 때 B는 여전히 수갑을 차고 있었지만, 수갑은 웬걸, 발에 채워져 있었다. 무슨 수를 써보아도 결과는 비슷했다.

의혹의 암운이 짙게 드리워졌음에도 암실에서 B의 정기적인 세션은 계속되었다. 유감스럽게도, 힐러로서 B의 능력은 눈에 띄게 약해졌다. 세션의 분위기는 더욱 험악해지고 의문만이 점점 심해졌다. 전에는 서로를 위하고 뜻을 같이하던 동료들이 의심이 많아지고 피해망상에 시달렸다. 떠나야 할까? 그대로 남아야 할까? 진상을 밝혀

야만 했다.

그 무렵, B가 나를 교회의 '평화의 사자'로 임명했다. B의 사소한 행동에까지 의혹의 눈길이 쏟아지던 시기였음에도 그 임명식이 있던 밤은 감동적이었고 잊을 수 없다. 영들이 총출동하여 축복의 말을 전했다. 그중에는 K라는 최고위 영도 있었다. K가 출현할 때는 곧바로 알 수 있었다. 늘 뭐라 말할 수 없는 기묘한 침묵 후에 나타나기 때문이었다. 이집트 풍의 기다란 로브를 걸치고 K가 정면에 모습을 나타나면 누구도 꼼짝할 수 없었다. 나는 손가락 하나도 움직일 수 없고 눈도 깜박일 수 없었다.

평소에 K는 과묵했다. 하지만 그날 밤은 사랑과 평화를 위해 일하는 사람의 본보기로서 내 인생에 대해 길게 이야기했다. "참된 평화의 사자가 되는 것은 너의 오랜 숨겨진 꿈이었다. 오늘 밤 그 꿈이 이루어졌노라." 그렇게 말하고 K는 페드로에게 의식을 거행하라고, 세일렘에게 피리를 불라고 명했다.

몇 달 후, 길에 서서 두 친구와 이야기하고 있을 때 갑자기 K가 나타났다. K는 높은 건물에 기댄 듯한 모습으로 지상에서 2미터 이상 높이의 공중에 떠 있었다. 아름다운 이집트 풍의 로브와 우렁차게 울려 퍼지는 명료한 목소리는 틀림없이 K의 것이었다.

"이사벨이여, 눈물의 강에서 늘 자신의 축복을 세는구나." K는 말했다. 그리고 사라지기 직전에 이렇게 덧붙였다. "시간을 친구로 삼아라."

나는 충격을 받았다. 더 많은 눈물? 아직 부족하단 말인가? 가족과 헤어졌어도? 집을 잃었어도? B에 대한 믿음을 잃었어도? "시간을 친구로 삼아라." 도대체 무슨 뜻일까? 그렇게 하면 언젠가는 상황이 호전된다는 말일까? 그저 참고 기다려야 한다는 말일까?

알다시피 인내는 내 미덕이 아니었다. B에 대한 감시의 눈길을 떼지 않기 위해 나는 B부부를 워크숍에 동행시켰다. 어떤 일도 일어나지 않았다. 그런데 어느 날 샌타바버라에서 워크숍을 끝내고 샌디에이고로 돌아오려 할 때였다. B가 보이지 않아 B부인과 나는 주차장에서 한 시간 이상을 기다렸다. 이윽고 B는 나타났지만 전혀 미안해하는 기색이 없었다. 그 대신 "워크숍으로 피곤하죠."라고 말하면서 차 뒷좌석에 재킷을 깔더니 샌디에이고까지 자기가 운전할 테니까 내게 편히 자라고 했다.

로스앤젤레스에 다다르기도 전에 나는 깊은 잠에 빠졌다. 눈을 떴을 때는 차가 우리 집 입구에 들어서고 있었다. 곧장 침실로 가서 그대로 잠들었다.

새벽 3시쯤, 베개가 아니라 풍선 위에서 자고 있는 듯한 이상한 느낌에 잠을 깼다. 몇 번이나 머리 위치를 바꾸어보았지만 그 이상한 느낌은 사라지지 않았다. 몽롱한 가운데 손으로 더듬거리며 욕실로 갔다. 불을 켜고 거울을 보았다. 너무 놀라 기절할 뻔했다. 얼굴이 완전히 달라져 있었다. 얼굴 한쪽이 풍선처럼 부어올랐고 눈은 찌그러져 있었다. 다른 쪽 눈도 겨우 보일 정도밖에 뜰 수 없었다. 정말 그로테스크했다. "이게 웬 날벼락이야?" 나는 큰소리로 외쳤다.

뒷좌석의 재킷 위에서 자고 있을 때 무언가에 뺨을 물린 듯한 기분이 들었던 것이 어렴풋이 생각났다. 그러고 보니 세 번 물린 듯한 기억이 났다. 그때에는 잠에 취해 그대로 놔두었다. 거울에 바짝 다가가 살펴보니 볼에 세 군데의 작은 물린 자국이 있었다. 상태는 급속히 나빠질 징후를 보이고 있었다. 거울 앞에 서 있는 동안에도 얼굴은 계속 부어오르고 있었다. 병원은 너무 먼 데다 운전할 수 있는 상태가 아니었고, 가장 가까운 이웃집은 신뢰할 수 없는 B의 집이었다. 사태는 심각했다.

"독거미에게 물렸어." 나는 나지막이 중얼거렸다. "서둘러야 해."

생각이 이리저리 달렸다. 대륙의 반대편에 흩어져 있는 가족에게 전화할 시간은 없었다. 수없이 많았던 "이제 끝났구나."라고 각오했던 때를 생각했다. 너무 힘들고 고통스러워 짧은 순간이나마 자살을 생각한 적도 있었다. 그런 때는 죽는다면 얼마나 즐거울까 생각했다. 하지만 가족을 생각하면 그렇게 할 수 없었다. 죄책감과 양심의 가책이 너무 강했다. 절대로 할 수 없었다.

환자를 자살하게 한 적도 없었다. 많은 환자가 자살하고 싶다고 했지만, 나는 언제나 그 이유부터 물었다. 통증이 원인이라면 통증 완화 처치를 했다. 가족 문제가 원인이라면 해결해주려 애썼다. 우울해하면 거기에서 빠져나오도록 도와주었다.

목표는 어디까지나 자연사를 맞이할 때까지 살도록 돕는 것에 있었다. 자살 방조는 용납할 수 없었다. 의식이 명료한 말기 환자가 약물 복용이나 주사, 투석을 거부한다면 그 사람의 자살 권리를 인정하지 않을 수 없는 시기가 온다. 못다 한 일을 끝내고 주변을 정리하고 평안과 수용의 단계에 도달하여, 자신의 힘으로 죽어가는 시기를 앞당기는 환자가 있다. 하지만 나는 결코 그런 환자들을 도울 수 없었다.

죽음과 그 과정을 받아들인 환자는 보통 죽음이 자연히 찾아오기를 기다린다. 기쁘고 초월적인 경험을 하는 것은 그때다.

자살에 의해 사람은 자신을 속이고 배워야 할 교훈을 배우지 못할 수도 있다. 그렇게 되면 졸업하여 다음 단계로 나아가지 못하고 원래

아주 짧은 동안만 피는 꽃도 있단다. 봄이 온 것을 알리고 희망이 있음을 알리는 꽃이기 때문에 모두로부터 사랑받는 꽃이란다. 그리고 그 꽃은 죽는단다. 하지만 그 꽃은 해야 할 일을 했단다.
— 왜 어린아이들이 죽어야만 하는지 묻는 더기에게

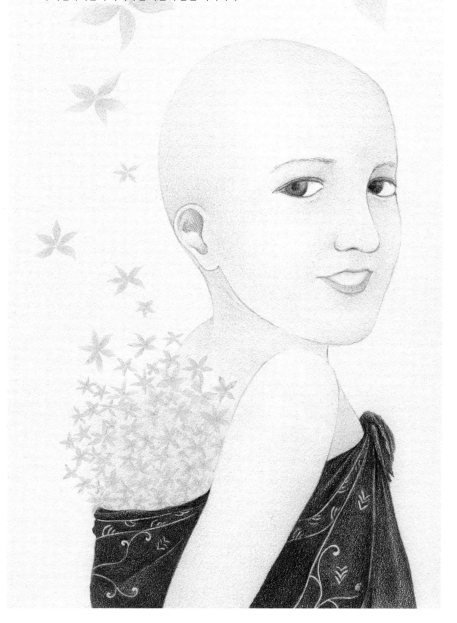

로 돌아가 처음부터 다시 시작해야 한다. 예를 들어, 연인을 잃고 살아갈 희망이 사라져 자살한 여자는 상실의 대처법을 배우기 위해 돌아온다. 그리고 상실의 수용을 배우기까지 상실이 연속되는 인생을 살게 될지도 모른다.

얼굴이 계속 부어올랐다. 빨리 손을 쓰지 않으면 몇 분 안에 죽을 것이 분명했다. 신이 만인에게 준 자유 의지에 따라 나 혼자 그 순간에 삶을 선택할 것인가 죽음을 선택할 것인가 정해야 했다. 나는 거실로 갔다. 벽에 예수의 초상이 걸려 있었다. 그 앞에 서서 엄숙한 목소리로 "나는 살겠습니다."라고 맹세했다. 맹세를 입 밖에 낸 순간 아주 눈부신 빛이 방 안을 가득 채웠다. 예전에 똑같은 빛과 조우했던 때처럼 나는 빛을 향해 나아갔다. 빛의 따스함에 온몸이 감싸였을 때 살아나리라고 확신했다.

1주일 후, 의사의 검사 결과가 나왔다 의사는 "흑거미에게 물린 것으로 보입니다. 정말 그렇다면 살아날 리가 없는데."라고 말했다. 사실대로 이야기해도 믿지 않을 것이 분명했기에 나는 침묵했다. "운이 좋았습니다."라고 의사는 말했다.

그래, 운이 좋았어. 하지만 진짜 문제가 끝나지 않고, 다만 시작되었을 뿐이라는 것도 알았다.

무조건적인 사랑

우리가 마주치는 모든 문제가 실제로는 하늘의 선물이다. 그 믿음이 흔들린 것은 금전적으로 심한 압박을 받은 매니가 내게 선매권을 주지 않고 무단으로 플로스무어의 집을 팔았고, 그것도 모자라 산티 닐라야가 있는 에스콘디도의 땅마저 매각했다는 사실을 알았을 때였다. 산티 닐라야 건물을 비우고 새 주인에게 열쇠를 넘겨주라는 통지서가 날아온 것이다. 나는 망연자실 절망했다.

절망하는 것 외에 달리 어떻게 하겠는가? 집을 잃고 꿈을 빼앗긴 채 많은 밤을 울며 지새웠다. 운다고 해서 사정은 달라지지 않았다. 영에게서 조언을 받았지 않았는가? "눈물의 강에서 늘 축복을 세는구나. 시간을 친구 삼아라."

일주일 후, 샌디에이고에 엄청난 폭우가 7일간이나 쏟아졌다. 호우로 대홍수가 일어나 토사가 붕괴되고 수많은 집이 파괴되었다. 산 위에 있던 힐링 센터도 예외는 아니었다. 본채의 지붕은 무너졌고, 진흙으로 덮인 수영장은 균열이 생겼고, 가파른 진입로는 흔적도 없이 유실되었다. 만일 비워주지 않았다면 진퇴유곡에 빠졌을 뿐만 아니라 수리할 엄두조차 내지 못했을 것이 틀림없었다. 얄궂게도 쫓겨난 것이 축복이었던 것이다.

부활절 휴가에 딸아이가 와준 것도 큰 위안이 되었다. 매우 직관적인 바버라는 예전부터 B부부를 신임하지 않았다. 어머니를 캘리포니아로 불러들인 것에 원인이 있을 것이라 나는 생각했다. 바버라는 이제 오빠와 함께 위스콘신 대학의 학생이었다. 그리고 모녀 관계는 이전보다 더욱 친밀해졌다.

그것은 무엇보다 기쁜 일이었다. 바버라는 베란다에서 일광욕을 하고 욕조에서 편안히 쉬고 새소리에 귀를 기울이고 야생화 꽃밭을 걸었다. 우리는 함께 산 위의 사과 과수원으로 드라이브를 했다. 그 즐거운 드라이브는 돌아오는 가파른 내리막길에서 브레이크가 작동하지 않으면서 악몽으로 바뀌었다. 살아남은 것은 기적이라 할 수밖에 없었다. 며칠 후 우리는 또 같은 대사를 내뱉게 되었다. 롱비치에 사는 미망인 친구를 방문한 후 바버라와 나는 부활절 요리를 마저 끝내려고 서둘러 돌아왔다. 집이 불길에 싸여 있었다.

지붕이 두 동강 나고 그 틈에서 불길이 치솟고 있었다. 우리는 재빨리 행동을 개시했다. 나는 정원의 물 뿌리는 호스로 돌진하고, 바버라는 소방서에 연락하기 위해 이웃으로 달려갔다. 세 집의 문을 두드렸지만 모두 부재중이었다. 할 수 없이 B부부의 집 벨을 눌렀다. 문이 열리고 B가 나와 소방서에 연락해주겠다고 했다. 하지만 그것뿐이었다. B도 부인도 도와주러 오지 않았다. 바버라와 나는 정신없이 호스로 물을 뿌려 불을 껐다. 첫 번째 소방차가 왔을 쯤에는 거의 진화된 상태였다.

소방관이 벽을 부순 후 우리는 집안으로 들어갔다. 악몽이었다. 가구는 전부 숯덩이로 변했다. 조명 기기와 전화 같은 플라스틱 물건은 모두 녹아 없어졌다. 벽걸이, 인디언 깔개, 그림, 식기 등도 까맣게 탔다. 참기 어려운 악취가 진동했다. 연기가 폐에 해로우니 신속히 밖으로 나가라고 소방관들이 말했다.

망연자실한 나는 차의 운전석에 앉아 담배를 피웠다. 친절한 소방관 한 명이 다가와, 화재로 모든 것을 잃은 사람을 전문적으로 돕는 카운슬러를 소개해주겠다고 말했다. "아뇨, 괜찮습니다." 나는 대답했다. "잃는 것엔 익숙합니다. 그리고 나도 전문가입니다."

다음 날 다시 소방관들이 와서 조사를 했다. 마음이 든든했다. 하지만 B도 B부인도 모습을 나타내지 않았다. "정말로 친구 맞아요?"라고 바버라가 말했다.

누군가가 나를 노리고 있었다. 상황이 그것을 말해주고 있었다. 방화 수사관과 사립 탐정 모두 불이 부엌 스토브와 밖에 쌓여 있던 장작더미에서 동시에 발생했다고 단정했다. 방화 수사관은 "방화 의혹이 짙습니다."라고 말했다. 어떻게 해야 할까? 봄의 대청소를 빨리 끝냈다고 생각할 수밖에 없었다. 부활절 휴가가 끝난 후 보험회사에서 커다란 트럭을 가져와 불탄 가재도구를 실어갔다. 그중에는 바버라에게 물려줄 생각이었던 할머니의 은식기 컬렉션도 있었다. 그것들은 다 녹아 커다란 덩어리가 되어 있었다.

산티 닐라야의 친구들이 도와주러 와서 아직 사용할 수 있는 것들을 깨끗이 씻고 닦았다. 피해를 입지 않은 유일한 물건은 인디언의 오래된 의식용 피리뿐이었다. 곧 보험 회사에서 받은 돈으로 인부들을 고용해 집의 재건에 착수했다. 원래와 똑같은 집은 아니었다. 공사가 끝나자 나는 그 집을 팔기로 했다.

내 믿음은 집요하게 시험당하고 있었다. 힐링 센터를 잃고, B에 대한 믿음을 잃었다. 일련의 이상한 사건—독거미, 브레이크 고장, 화재—으로 생명을 위협받았다. 내 생명을 노릴 가치가 있을까? B와 그의 사악한 에너지로부터 떠나야 한다고 생각했다. 남은 길은 오랫동안 꿈꾸어온 그 농장을 사 살아가는 속도를 늦추고 자신을 돌보는 것이었다. 그것은 좋은 생각이었지만 시기가 좋지 않았다. 믿음의 위기에서 또다시 새로운 임무에 다가가고 있었기 때문이었다.

그것은 에이즈였다. 그것이 내 여생을 바꾸었다.

몇 달 전부터 나는 게이 특유의 암이 있다는 소문을 들었다. 건강하고 활동적이었던 남자들이 급속도로 쇠약해져 죽는다는 것, 모두 동성애자라는 것 외에 에이즈에 대해 알고 있는 사람은 아무도 없었다. 그래서 일반인은 거의 무관심했다.

어느 날, 한 남자로부터 다음 워크숍에 에이즈 환자를 참가시킬 수 있겠느냐는 의뢰의 전화가 걸려왔다. 말기 환자를 물리친 적이 없는 나는 즉시 승낙했다. 하지만 환자 봅과 만나고 하루 반나절이 지나자 봅에게서 도망치고 싶은 생각뿐이었다. 봅의 수척한 얼굴과 철사 같이 가느다란 팔다리는 징그러운 보라색 반점—카포시육종으로 알려진 치명적인 피부암—으로 덮여 있었다. 나는 머리를 쥐어짜며 생각했다. 저 병은 무엇일까? 전염될까? 봅을 도우면 나도 언젠가는 저렇게 되는 건 아닐까? 그때만큼 자신을 부끄러워했던 적은 없었다.

내면의 소리에 귀를 기울였다. 고통스러워하는 한 인간, 아름답고

정직하고 정이 넘치는 한 인간으로서 봅을 대하라고 목소리는 내게
격려했다. 그때부터 나는 다른 사람에게 그랬던 것처럼 봅에게 봉사
하는 것을 명예로 생각했다. 하지만 처음 내게서 반사적으로 나온 반
응이 두려웠다. 온갖 유형의 죽어가는 환자와 일해왔고, 죽음에 관한
책도 쓴 이 엘리자베스 퀴블러 로스마저 처음 접한 봅의 증상을 혐오
했다고 한다면, 에이즈라는 세계적인 유행병에 직면하여 우리 사회
가 겪을 갈등이 얼마나 심각할까 생각하지 않을 수 없었다.

스물일곱 살의 봅은 자신의 병에 대해 아무것도 알지 못했다. 같
은 병에 걸린 젊은 동성애자들처럼 자신이 죽으리라는 것만은 알고
있었다. 몸과 마음 모두 쇠약해진 봅은 집 안에만 틀어박혀 있었다.
가족으로부터는 오래전에 버림받았다. 친구들도 발길을 끊었다. 당
연한 일이지만 심한 우울증 상태였다. 어느 날의 워크숍에서, 봅은
어머니에게 전화했던 일을 눈물을 흘리며 이야기했다. 봅은 게이라
는 사실이 자신의 죄인 것처럼 어머니에게 사과했다고 했다.

봅은 나의 시련이었다. 삶의 비극적인 종막에서 평화로운 결말을
찾아내도록 내가 도와준 수천 명의 에이즈 환자 중에 첫 번째였던 봅
은 내가 준 것보다도 훨씬 많은 것을 돌려주었다. 워크숍의 마지막
날, 엄격한 근본주의자 목사를 포함하는 참가자 모두가 봅을 위해 아
름다운 세레나데를 불렀다. 그리고 모두 봅을 안고 방 안을 일주했
다. 봅의 용기 덕분에 우리는 정직한 마음과 자비의 마음에 대한 이
해를 넓힐 수 있었다.

당시 에이즈에 감염된 사람은 대다수가 동성애자였고, 에이즈 감
염을 자업자득으로 보는 견해가 지배적이었다. 그것은 내 생각에 자
신의 인간성에 대한 파국적인 부정이었다. 크리스천이 어떻게 에이

즈 환자를 배척할 수 있을까? 보통 사람이라도 어떻게 외면할 수 있을까? 나는 예수가 한센병 환자와 창녀들을 돌보던 때의 광경을 떠올렸다. 말기 환자의 권리를 쟁취하기 위한 나 자신의 고투를 생각했다. 얼마 지나지 않아 우리는 에이즈가 양성애 남녀와 아기까지도 걸리는 병임을 알게 되었다. 좋든 싫든 우리 모두가 자비와 이해와 사랑을 요구하는 이 전염병에 직면해야 할 시기가 왔다.

핵 폐기물, 독성 투기물, 전쟁에 의해 지구가 역사상 유례없는 큰 위기에 처한 이 시대에 에이즈는 전 세계적으로 인간 집단 모두에게 과제를 던지고 있었다. 만약 우리가 자신의 마음속에서 에이즈에 대처할만한 인간성을 찾아낼 수 없다면 인간의 운명도 거기서 다하게 된다. 나중에 나는 이렇게 썼다.

"에이즈는 인류에게 위협을 가하고 있지만 전쟁과 달리 내부에서 일어나는 싸움이다. 우리는 증오와 차별을 선택할 것인가, 아니면 용기를 내어 사랑과 봉사를 선택할 것인가?"

초기의 에이즈 환자들과 이야기하며 나는 에이즈가 인간이 만든 전염병일지도 모른다고 의심했다. 초기 환자들과의 인터뷰에서 많은 환자가 간염을 치료한다는 주사를 맞았다고 언급했기 때문이었다. 조사해볼 시간은 없었지만, 만일 의혹이 사실이라면 싸워야 할 상대가 만만치 않다는 것을 의미했다.

나는 처음으로 에이즈 환자만의 워크숍을 열게 되었다. 장소는 샌프란시스코였다. 나중에 몇 번이나 똑같은 일이 반복되었지만, 그때도 나는 줄지어 고백하는 젊은이들의 폐부를 도려내는 듯한 참혹한 이야기에 귀를 기울였다. 기만, 거절, 고립, 차별, 고독 등 인간의 온갖 부정적 행동에 관한 이야기였다.

한편으로 에이즈 환자들은 아주 훌륭한 스승이었다. 첫 워크숍에 참가한 남부의 한 청년은 인간의 성장과 깨달음의 잠재력을 느끼게 해준 전형적인 예였다. 1년 동안 입원과 퇴원을 반복해온 그 청년은 나치 수용소의 포로처럼 여위어 있었다. 산송장이라고 말해도 좋을 정도였다.

청년은 죽기 전에 꼭 부모님과 화해하고 싶었다. 부모님과는 몇 년 동안이나 만나지 못했다. 체력을 유지하며 기다려 드디어 실행에 옮겼다. 뼈와 가죽만 남은 몸에 빌린 양복을 걸친 그의 모습은 옷을 입은 허수아비 같았다. 고향으로 향하는 비행기에 올랐다. 겨우 집 근처까지 다다랐을 때 청년은 자신의 변한 모습에 부모님이 외면하지 않을까 걱정되어 돌아가려고 했다. 하지만 부모님은 자식을 외면하지 않았다. 현관 앞에서 애타게 기다리고 있던 어머니가 달려 나왔다. 얼굴에 퍼진 흉측한 보랏빛 반점도 개의치 않고 어머니는 아들을 꼭 껴안았다. 뒤따라온 아버지도 아들을 포옹했다. 때늦기 전에 가족은 눈물과 사랑 속에 다시 하나가 되었다.

워크숍 마지막 날에 청년은 말했다. "이 무서운 병에 걸릴 때까지 나는 무조건적인 사랑이 무엇인지 알지 못했습니다."

참가자 모두가 교훈을 배웠다. 그때부터 '삶과 죽음 그리고 이행' 워크숍은 미국과 전 세계 에이즈 환자들에게 문을 활짝 열었다. 약값과 입원비로 곤궁해진 에이즈 환자가 경제적 이유로 고립하는 일이 없도록 나는 털실 목도리를 짜기 시작했는데, 그것을 경매에 붙여 수익금으로 에이즈 환자를 지원했다. 에이즈는 전후의 폴란드 이래로 내게, 그리고 세계에게도 가장 의미 있는 싸움이었다. 그 전쟁은 끝나고 우리는 승리했지만 에이즈와의 싸움은 이제 시작이었다. 과학자들이 에이즈의 원인 규명과 치료법 개발에 매진했지만 이 병에 최종적으로 승리할 수 있을지는 과학이 아니라 과학을 뛰어넘는 것에 달려 있었다.

우리는 출발 지점에 서 있었다. 하지만 내게는 골인점이 보였다. 성패는 에이즈가 제시하는 교훈을 우리가 배울 수 있는가 없는가에 달려 있었다. 나는 일기장에 이렇게 썼다.

우리들 각자의 내면에는 상상도 할 수 없을 미덕이 숨겨져 있다. 대가를 바라지 않고 베푼다는 미덕, 판단하지 않고 귀 기울인다는 미덕, 무조건적으로 사랑한다는 미덕이……

힐링 워터스 센터

나는 아직 화재 후에 다시 세운 집에 살고 있었다. 하지만 언제든지 떠날 준비는 되어 있었다. 여전히 불탄 잔해의 냄새가 떠돌고 있었다. 인디언 벽걸이도 그림도 없어진 벽은 스산했다. 화재는 내 자신의 삶을 포함하여 그 집의 생명 모두를 앗아갔다. B 같은 뛰어난 힐러가 어떻게 그렇게까지 사악한 인간으로 변할 수 있는지 나는 전혀 생각지 못했다. 이 집을 나갈 때까지 B와 관계하고 싶지 않았다.

하지만 이웃에 살고 있는 한 그것은 불가능했다. 워크숍 여행에서 돌아온 직후 어느 날 아침 B에게서 전화가 왔다. B부인이 『암실The Dark Room』이라는 제목의 책을 썼는데 홍보를 위해 내게 서문을 써달라는 부탁의 전화였다. "내일 아침까지 써주시겠습니까?" B가 말했다.

미지의 영들을 사랑하지만, 분명히 악용되고 있는 재능에 내 이름을 빌려줄 수는 없었다. 이번 강연 여행을 떠나기 전 나와의 대화— 아니 대결이라고 해야 할까—에서도 B는 설령 온당치 못한 행위가 있었더라도 자신에게 책임이 없다고 주장했다. "트랜스 상태에 있을 때는 무슨 일이 일어나고 있는지 모르니까요."

B가 거짓말하는 것임이 분명했다. 하지만 막상 에스콘디도를 떠날 때가 오자 마음이 아팠다. 산티 닐라야는 나 없이 유지해나갈 수 없었다. 내면의 목소리에 충분히 귀를 기울인 후 산티 닐라야의 중심 스태프들을 불러 비밀회의를 가졌다. 여자 다섯 명, 남자 두 명의 유급 스태프들이었다. 그 모임에서 나는 모든 것을 솔직하게 털어놓았다. 생명을 위협받고 있다는 것, B를 의심하지만 증거가 없다는 것, 어느 영이 진짜이고 어느 영이 가짜인지 알지 못한다는 점도 이야기했다.

"두말 할 것 없이 이건 신뢰의 문제예요." 나는 말했다. "정말 혼란스러워요."

스태프들은 아무 말이 없었다. 오늘 밤 세션에서 B부부를 해고하고 산티 닐라야를 B 없이 계속 운영하겠다고 나는 선언했다. 그렇게 말하자 마음이 가벼워졌다. 그때 가장 신뢰하고 있던 세 여자 스태프가 고백하기 시작했다. 여성 영을 연기하도록 B에게서 '훈련'을 받았다는 것이었다. B가 세 여자를 트랜스 상태로 유도해 행동을 조종했다는 이야기였다. 세일럼과 페드로가 가짜라는 것은 증명할 수 없었다. 그들은 진짜였다. 여성 영들은 분명 가짜였고, 나를 상대하지 않은 이유도 그것으로 설명되었다.

다음 날 아침에 B와 맞서야겠다고 다짐했다. 서문을 건네주겠다고 불러내어 서문 대신 해고 통지를 건네줄 생각이었다. 세 여자는 증인으로 내 뒤에 서 있겠다고 했다. B가 어떻게 나올지 알 수 없었기 때문에 만약의 경우를 대비해 두 남자를 안뜰에 숨어 있도록 했다. 그날 밤 나는 이제 세일렘이나 페드로를 만날 수 없고, 윌리의 아름다운 노래를 들을 수 없다는 생각에 좀처럼 잠을 이루지 못했다. 하지만 할 일은 해야 했다.

무슨 일이 일어날지 신경이 쓰여 새벽도 되기 전에 일어났다. 약속 시간에 B가 나타났다. 세 여자를 뒤에 대동하고 베란다에서 B를 맞이했다. 해고하겠다고 말했어도 B는 무표정했다. "왜 이러는지 알고 싶다면 이 사람들의 얼굴을 봐요. 그럼 알 수 있을 거예요." 나는 말했다. B는 증오심으로 가득한 표정을 떠올렸다. 반응은 그것뿐이었다. 한 마디 말도 없이 책 원고를 도로 움켜쥐고 돌아갔다. 곧 B부부는 집을 팔고 북 캘리포니아로 떠났다.

나는 자유로워졌지만 그 대가는 컸다. 많은 사람이 B의 채널링을 통해 많은 것을 배웠지만, B가 그 타고난 재능을 악용하기 시작하면서부터 사람들의 고통과 번뇌는 커져만 갔다. 나중에 내 힘으로 세일럼과 페드로, 다른 영들과 교신할 수 있게 되었을 때 그들은 신의 사자인지 악마의 사자인지 끊임없이 의심하는 내 속마음을 알고 있었다고 인정했다. 하지만 그 쓰라린 경험을 겪는 것이 진정한 신뢰, 그리고 진짜와 가짜의 식별에 관한 교훈을 배우는 유일한 방법이었다.

모든 것을 용서했지만 잊지는 않았다. 영들의 가르침이 녹음된 테이프를 차분히 들을 수 있게 되기까지는 그로부터 7년이란 세월이 걸렸다. 지나고 나서 보니 기만과 추악한 분열을 예고하는 경고가 분명히 있었지만, 그 수수께끼 같은 표현에 현혹되어 당시의 나로서는 구체적인 행동을 일으킬 수 없었다. 인간으로서 가능한 한 나는 참고 견뎠다. 하지만 더 오래 B 옆에 남아 있었더라면 살아남지 못했을 것이 틀림없다. 이제부터라도 나는 잠자지 않고 밤을 새우며 백만 개의 질문을 던질 것이다. 하지만 죽음이라는 여행을 완수할 때에야 마지막 대답을 얻을 수 있다는 것은 알고 있었다. 그때를 즐겁게 기다리고 싶었다.

미래는 아직 보이지 않았다. 집을 팔려고 내놓았지만, 정착할 곳을 찾을 때까지 떠날 수도 없었다. 아직 갈 곳은 없었다. 산티 닐라야에 남은 소수이지만 헌신적인 그룹은 열정을 다해 일했다. 우리는 말기 환자, 호스피스, 의료 관계자 훈련 센터, 유족들을 대상으로 한 프로그램으로 전 세계의 사람들을 돕고 있었다. 에이즈 환자를 위해 서둘러 만든 닷새간의 워크숍도 각지에서 개최 요청이 쇄도했다.

내가 원했다면 집도 가질 필요 없이 공항에서 강연장으로, 강연장에서 호텔로 이동하면서 워크숍 여행을 계속할 수도 있었다. 하지만 그렇게 하지 않았다. 특히 그 시기에 내게는 휴식할 곳이 필요했다. 어떻게 할까 생각하고 있을 때 문득 레이먼드 무디가 생각났다. 『사후 세계Life After Life』의 저자인 무디와는 가끔 만났는데, 셰넌도어에 있는 자신의 농장 부근의 땅이 매물로 나와 있다는 이야기를 그에게서 들은 적이 있었던 것이다. "버지니아의 스위스"라고 했던 무디의 말이 떠오르자 나는 한시도 참을 수 없었다. 1983년 중반, 워싱턴에서 한 달 동안의 강연 여행을 끝내고 자동차를 세내어 버지니아주 하이랜드 카운티를 향해 네 시간 반의 드라이브를 시작했다.

운전기사는 나를 정신병자로 생각했을 것이다. "만일 내가 그 땅에 홀딱 반해 사겠다고 하면 내 남편 역할을 맡아 반대해주세요." 나는 운전기사에게 말했다. "나중에 후회할 일은 하고 싶지 않아요."

하지만 무디의 농장에서 20킬로미터 정도 떨어진 작은 마을 헤드 워터스에 다다랐을 즈음, 그 숨 막히도록 아름다운 전원에 대한 내 찬미의 말이 그칠 줄 모르자 운전기사는 약속을 깨고 이렇게 말했다. "부인, 당신은 이 땅을 사게 될 겁니다. 이 땅은 부인을 위한 곳입니다."

드디어 차에서 내려 완만하게 이어진 구릉을 걸어 목장과 숲이 있는 300에이커의 땅을 바라보니 운전기사의 예언이 맞았다는 생각이 들었다. 하지만 손대야 할 곳이 너무 많았다. 창고는 파손되어 있었고, 경작지는 방치된 채였다. 살림집도 지어야 했다. 그래도 농장을 가진다는 꿈에 부풀어 올랐다. 손을 대어 새로워진 농장의 모습이 머릿속에 떠올랐다. 힐링 센터, 교육센터, 몇 동의 통나무집, 온갖 종류의 동물들…… 하이랜드 카운티가 미시시피 강 동쪽 지역에서 가장 인구가 적다는 것도 마음에 들었다.

길에서 벗어난 곳에 사는 나이든 농부에게서 농장을 사는 방법을 물었다. 다음 날 아침 일찌감치 스타운톤 시 농장국 국장을 만났을 때 나는 도시 아이들을 위한 캠프장, 어린이 동물원 등, 새 농장에 대한 온갖 아이디어를 쉴 새 없이 늘어놓았다. "부인, 제가 알고 싶은 건 소, 양, 말의 마릿수, 그리고 토지의 총면적뿐입니다." 국장은 말했다.

다음 주인 1983년 7월 1일, 농장은 내 소유가 되었다. 곧바로 이웃 농가들에 인사를 다니며 내 농장에 소를 방목해도 좋다고 알렸다. 곧바로 대규모 개간 작업에 들어갔다. 샌디에이고에서 전화로 작업을 지시했다. 10월의 소식지에 나는 이렇게 썼다.

"농가에 새로 칠을 하고 근채류 저장고를 개축하고 닭장을 넓혔습니다. 예쁜 화단과 채소밭도 만들었습니다. 식품 저장고도 근채류 저장고도 가득 찼습니다. 이제 배고픈 워크숍 참가자께서 언제 오시든 끄떡없습니다."

1984년 봄, 농장은 다시 부활의 조짐을 보였다. 나는 자택으로 사용할 예정인 통나무집의 부지로 떡갈나무 고목 몇 그루가 솟아 있는 주변을 선택했다. 그리고 첫 새끼 양이 태어났다. 전부 다섯 마리의 새끼 양은 모두 새까맸다.

워크숍이 열릴 세 동의 원형 건물 공사가 진행되고 있을 때 나는 사무 처리를 할 곳이 필요하다는 것을 알았다. 시내에 사무실을 빌리기 전의 어느 날 밤 세일럼이 나타나 필요한 것을 모두 떠올려보라고 조언했다. 벽난로가 있는 아담한 통나무집, 그 앞을 흐르는 송어가 뛰노는 개울, 눈앞에 펼쳐진 초원……, 어차피 상상이기 때문에 비행장도 끼워 넣었다. 공항이 너무 먼 그 땅에 비행장 정도는 있어도 좋지 않을까?

다음 날, 사무실을 찾는다는 것을 전해 들은 여자 우체국장이 우체국에서 5분 거리에 있는 멋진 산장이 매물로 나왔다고 가르쳐주었다. 석조 벽난로가 있는 강 옆의 산장이라고 했다. 딱 맞는 곳이었다. "딱 한 가지 문제가 있어요." 우체국장은 자못 유감스럽다는 듯 말했다. 그런데 그 이유는 밝히지 않고 우선 집부터 둘러보라고 간청했다. 설득 끝에 가까스로 그 문제라는 것을 들을 수 있었다. "뒤쪽에 활주로가 있어요." 나는 벌린 입이 다물어지지 않았고, 바로 그 땅을 샀다.

농장을 사고 꼭 1년 후의 여름인 1984년 7월 1일, 나는 에스콘디도에 작별을 고하고 버지니아의 헤드 워터스로 이주했다. 아들 케네스가 운전하는 고물 머스탱으로 대륙을 횡단했다. 산티 닐라야의 스태프 15명 중 14명이 우리와 행동을 함께하여 중요한 일을 계속하도록 도와주었다. 그러나 1년 후에는 대다수가 떠났다. 흙에서의 생활에 적응할 수 없었던 것이다. 우선 힐링 센터부터 개원할 생각이었지만, 영들은 살림집을 먼저 완성하라고 권고했다.

도움을 청한다는 소식지의 기사를 보고 도구와 열의와 특별한 욕구를 가진 자원봉사자 팀이 달려 왔을 때에야 그 이유를 이해할 수 있었다. 40명이 왔는데, 그중에 35명의 식습관이 각기 달랐다. 유제품을 먹지 않는 사람, 매크로바이오틱(음양의 원리에 따른 식이요법)을 따르는 사람, 설탕을 먹지 않는 사람, 닭고기를 싫어하는 사람, 생선을 좋아하는 사람 등 각양각색이었다. 마음속 깊이 영들에게 감사했다. 밤에도 프라이버시를 확보할 공간이 없었다면 나는 아마 돌아버렸을 것이다. 어쨌든 나는 두 종류의 식사, 즉 고기 요리와 채소 요리 만드는 법을 배우는 데 5년이나 걸렸다.

농장은 서서히 재생되어갔다. 나는 트랙터와 농기구를 구입했다. 밭을 갈고 씨를 뿌리고 거름을 주었다. 우물도 몇 곳 팠다. 딱 한 가지 없어지는 것이 있었는데 바로 돈이었다. 수지를 겨우 맞추게 된 것은 8년 후였다. 그것도 양과 소와 목재를 팔게 되어 가능했다. 하지만 땅과 함께하는 생활은 치른 희생을 보상하고도 남음이 있었다.

추수감사절 전날 밤 일꾼과 함께 못을 박고 있을 때 이상한 일이, 뭔가 좋은 일이 일어날 것 같다는 확신에 가까운 예감이 들었다. 저녁이 되어 집에 돌아가려는 일꾼을 억지로 붙잡아두고 커피와 스위스 초콜릿을 대접했다. 일꾼은 내가 정신이 돌았다고 생각했을 것이다. 아니라 다를까, 늦게까지 둘이 이런저런 이야기를 나누고 있을 때 갑자기 방 안이 따뜻한 빛으로 가득 찼다. 일꾼은 대체 무슨 일이냐는 얼굴로 나를 보았다.

"기다려보세요." 나는 말했다.

건너편 벽에 희미하게 형상이 나타났다. 곧 형상의 윤곽이 뚜렷해졌다. 예수였다. 예수는 축복의 말을 전하고 사라졌다. 다시 나타났다가 사라졌고, 또다시 나타나 나를 바라보며 농장의 이름을 '힐링 워터스 농장'이라 지으라고 말했다. 일꾼은 눈이 휘둥그레졌다.

"인생은 놀라움으로 가득해요." 나는 말했다.

다음 날 아침, 둘이서 신선한 공기를 마시러 밖으로 나왔다. 눈이 부드럽게 내려 들판과 언덕과 집들을 하얗게 덮고 있었다. 새로운 시작이었다.

힐링 워터스로 옮겨오고 나서 내 사명감은 한층 높아졌다. 하지만 정착하는 것 외에 다른 사명이 있는 것은 아니었다. 그것만으로도 힘에 부쳤다. 여행에서 돌아와 전등을 켰을 때 이웃에 사는 폴린에게서 전화가 걸려왔다. 당뇨병과 루프스와 관절염을 앓는 천사 같은 여자였다. 폴린의 "안녕하세요, 엘리자베스. 잘 다녀왔어요? 맛있는 게 있는데."라는 목소리를 듣고서야 집에 돌아왔다는 기분이 들었다. 잠시후 손수 만든 푸딩과 애플파이를 들고 폴린이 문에 모습을 드러냈다. 근처에는 폴린의 두 형제가 살고 있어 부탁만 하면 무슨 일이라도 기꺼이 해주었다.

미국에서도 가난한 지역의 하나로 알려진 그곳에서 사람들은 생활고를 겪으면서도 정직했고, 남 캘리포니아에서 만난 경박한 사람들보다 훨씬 진실하게 살고 있었다. 나 자신도 그들에게 동화되어 아침부터 밤까지 육체노동으로 나날을 보내며 견실한 생활을 했다.

미국 우편의 능률주의가 없었다면 그대로의 생활이 계속되었을 것이다. 능률? 그렇다. 능률에 대해서 불평을 제기한 것은 그 지방에서 아마 내가 처음이었을 것이다. 내가 처음 옮겨왔을 무렵, 자그마한 헤드 워터스 우체국은 일주일에 하루만 문을 열고 있었다. 나는 상냥한 우체국장에게 영업 일수를 늘려야 될지 모른다고 말했다. 매달 1만 5,000통에 달하는 편지가 내 앞으로 오기 때문이었다. "뭐, 상황을 지켜보죠."라고 우체국장은 말했다. 한 달 후, 우체국은 주에 5일 문을 열어 늦어지는 편지는 없어졌다.

그해 봄, 내 삶을 바꾸게 된 한 통의 편지가 왔다. 반절로 찢은 편지지에 짧지만 강렬한 글이 적혀 있었다.

친애하는 로스 선생님.
에이즈에 감염된 세 살배기 아들의 엄마입니다.
더 이상 아이를 돌볼 수가 없습니다.
아이는 거의 먹지도 마시지도 못합니다.
선생님에게 맡기려 하는데 비용이 얼마나 들겠습니까?

같은 내용의 편지가 계속 이어졌다. 그중에서도 돈 플레이스의 편지는 에이즈 환자가 직면한 비극의 전형적인 예를 보여주고 있었다. 플로리다에 사는 에이즈 환자 돈은 죽음을 눈앞에 두고 있으면서 자신이 죽은 후에 딸아이를 돌볼 시설을 애타게 찾고 있었다. 그녀의 딸도 에이즈에 감염되어 있었다. 70군데 이상의 시설에서 거절당하고 딸을 돌봐줄 사람을 찾지 못한 채 돈은 숨을 거두었다. 인디애나주의 한 어머니에게서도 에이즈에 감염된 아이를 돌봐줄 수 있는지를 묻는 눈물겨운 편지가 왔다. 편지에는 "아무도 아이를 만지려 하지 않습니다."라고 쓰여 있었다.

보스턴에서 에이즈에 감염된 아기가 구두 상자에 넣어져 죽음을 기다린다는 믿기 어려운 소식을 접했을 때 내 분노는 극에 달했다. 그 여자아이는 병원에서 동물원 우리만도 못한 상자 속에 넣어져 있었다. 병원 직원이 매일 빵죽을 가져다주며 아이를 꼬집었다. 믿을 수 없었지만 사실이었다. 그 아이는 사람 살갗의 따뜻함을 알지 못했다. 아무도 안아주지도, 놀아주지도, 무릎에 앉혀주지도 않았다. 두 살이었지만 걷기는커녕 기어가지도 못했고, 한마디 말도 못했다. 냉혹한 이야기였다.

동분서주하여 그 아이를 입양하겠다는 한 훌륭한 부부를 찾아냈다. 부부는 병원을 방문했지만 그 아이를 만날 수 없었다. 병원 측의 이유는 아이에게 병이 있다는 것이었다. 그렇다. 그 아이는 에이즈에 걸렸다! 결국, 매스컴에 알리겠다고 병원 측을 위협하여 유괴하다시피 아이를 데리고 나왔다. 다행스럽게도 그 아이는 이제 십대 소녀로 자랐다.

그 무렵부터 나는 보살핌도 사랑도 받지 못하고 죽어가는 에이즈에 감염된 아기의 악몽을 꾸게 되었다. 그런 꿈을 꾸지 않게 된 것은 내면의 소리에 귀 기울여 농장에 에이즈에 감염 아동을 위한 호스피스 시설을 세우라는 소리를 듣고부터였다. 원래 예정에 들어 있지 않은 일이었지만 운명을 거스를 수 없었다. 곧 나는 말, 소, 양, 공작, 라마들과 함께 에이즈 아이들이 자유롭게 뛰놀 수 있는, 노아의 방주 같은 낙원을 구상하기 시작했다.

하지만 사태는 예상 밖으로 전개되었다. 1985년 6월 2일, 스타운턴에 있는 메어리 볼드윈 대학의 대학원에서 강연할 때, 20명의 에이즈 감염 아동을 입양하여 5에이커 부지의 호스피스 시설 건설 예정지에서 돌보겠다는 계획을 무심히 이야기했다. 학생들은 박수갈채를 보냈지만, 내 발언이 지역 텔레비전과 신문에 보도되어 주변 주민들을 분노하게 했다. 에이즈에 대한 무지와 공포심에서 적그리스도가 몹쓸 병을 퍼뜨리려 하고 있다는 오해가 생겼다.

처음에는 너무 바빠 주변에서 일어나는 소동을 알아차리지 못했다. 대학원에서의 강연 전에 나는 샌프란시스코의 훌륭한 호스피스 시설을 방문했다. 에이즈 환자들은 그곳에서 자비와 사랑에 의한 보살핌을 받고 있었다. 그것을 보고 있는 동안 복역 중인 에이즈 환자의 실태가 마음에 걸렸다. 성적 학대와 풍기문란 행위가 빈번한 교도소에서 지원 시스템이 없을 것은 분명했다. 워싱턴 당국에 전화하여 들불처럼 퍼져가고 있는 그 전염병에 대한 주의를 환기시키고 대책을 촉구했다. 당국의 반응은 조소였다. "교도소에 에이즈 환자는 한 사람도 없습니다."

"당신이 모르고 있을 따름입니다." 나는 물고 늘어졌다. "많은 환자가 있는 게 틀림없어요."

"잠깐, 기다리십시오. 사실은 네 명이 있었습니다만 석방되었습니다."

나는 각지의 교도소에 전화를 걸었다. 캘리포니아주 배커빌에 있는 교도소에 전화했을 때 은밀히 견학시켜주겠다는 사람과 이야기할 수 있었다. 그 사람은 에이즈 환자를 어떻게 다루어야 할지 모른다고 인정했다. 그리고 문제점이 분명히 드러나면 개선할 용의가 있다고 말했다. 24시간 이내에 나는 서쪽으로 가는 비행기에 앉아 있었다.

교도소에서 목격한 광경은 바로 내가 가장 두려워하는 사태였다.

에이즈로 죽어가는 재소자가 여덟 명이나 있었다. 아무런 보살핌을 받지 못하고 독방 안에 비참한 상태로 방치되어 있었다. 거동할 수 있는 사람은 두 사람뿐이고, 나머지 사람들은 침대에서 일어날 힘도 없었다. 환자들에게 직접 들어보니 변기도 요강도 없어 물을 마시는 컵에 소변을 받아 창밖으로 버린다고 했다.

그것만으로도 비참했지만, 실정은 더욱 참담하기 이를 데 없었다. 온몸이 보라색의 카포시 육종으로 덮인 한 남자는 방사선 요법을 받고 싶다고 간청했다. 효모균 감염으로 입 안이 부어올라 아무것도 삼킬 수 없을 정도로 심각한 재소자는 내가 면회했을 때 구토하고 있었다. 교도관이 가져온 점심은 매운 소스를 얹은 딱딱한 타코스였다. "학대라고밖에 생각할 수 없군요." 나는 떨리는 목소리로 말했다. 교도소 의사는 은퇴한 컨트리 닥터였다. 내 추궁에, 에이즈에 관해 그다지 알고 있지 않다는 사실은 인정했지만 부끄러워하지도 않았다.

나는 각 신문과의 인터뷰와 저서 『에이즈: 궁극의 도전AIDS: The Ultimate Challenge』을 통해 교도소에서 본 비참한 상황을 세상에 알렸다. 그 시도가 주효했다. 1986년 12월, 캘리포니아에서 내 동료 봅 알렉산더와 낸시 제익스가 배커빌 교도소의 에이즈 감염 재소자에 대한 정기적인 지원 활동을 시작했다. 그들의 노력이 연방 법무부를 움직여 미국 전역의 교도소에 에이즈 재소자 실태 조사가 이루어졌다. "산은 이미 움직이기 시작했습니다." 1987년 8월에는 봅이 그런 낙천적인 편지를 보내왔다.

필요한 것은 그것뿐이었다. 10년 후, 다시 배커빌을 찾은 나는 한때 참담했던 상황이 완전히 바뀌어 에이즈 재소자를 위한 호스피스 시설이 갖추어져 있는 것을 목격했다. 훈련을 받은 재소자가 호스피스로 일했다. 식사와 의료 체제도 대폭 개선되었고, 조용한 음악이 흘러나오는 방에서 정신적, 육체적 상담을 받을 수 있었다. 프로테스탄트, 가톨릭, 유대교 성직자가 24시간 체제로 대기하고 있었다. 나는 감동한 나머지 할 말을 잃었다.

교도소라는 엄격한 환경에서 에이즈라는 비극으로 고통 받는 사람들도 자비심 넘치는 극진한 간호를 받을 수 있게 되었다. 그것은 사랑의 힘이 현실을 바꿀 수 있다는 사실에 회의적인 사람 모두에게 중요한 교훈이었다.

겨울
winter

/

독
수
리
의

장

가시밭길

4주간의 유럽 여행은 호텔과 강연회장과 공항을 다니는 동안 끝나버렸다. 그런 만큼 농장에 돌아오는 길이 무엇보다도 즐거웠다. 돌아온 다음 날 아침 싱싱하고 아름다운 식물들과 떠들썩한 동물들, 양, 소, 라마, 당나귀, 닭, 칠면조, 거위, 오리 등이 있는 풍경을 실컷 만끽했다. 밭에는 여러 가지 작물이 풍성하게 자라고 있었다. 돌볼 사람이 없는 에이즈 감염 어린이들에게 이보다 더 좋은 환경은 없을 것이다.

그렇지만 커다란 장애가 기다리고 있었다. 주변 주민이 계획에 반대하고 있었다. 쉴 새 없이 협박 전화가 걸려왔다. 악의에 찬 편지가 계속 날아들었다.

"에이즈 아이들과 다른 데로 꺼져라. 우리에게 에이즈를 옮기지 말라."

발신인의 이름이 없는 그 편지는 주민들의 반감을 단적으로 보여주고 있었다. 지역 주민의 대부분이 '선한 기독교인'을 자칭하고 있었지만 내게는 그렇게 보이지 않았다. 에이즈 감염 아동을 위한 호스피스 시설을 만들겠다는 계획을 발표한 직후부터 하일랜드 카운티의 주민들은 항의했다. 주민들은 에이즈에 대해 잘 알지 못한 채 공포심만 키우고 있었다. 유럽 여행으로 부재중일 때 예전에 내게 해고당한 일꾼 하나가 집집마다 찾아다니며 에이즈에 관한 헛소문을 퍼뜨리고, 내 계획에 반대하는 청원서에 서명을 받고 있었다. 그 남자는 사람들에게 "이 여자가 에이즈를 들여오는 게 싫다면 반대에 서명하십시오."라고 호소했다.

그 남자의 목적은 순조롭게 달성되었다. 1985년 10월 9일, 그 문제를 둘러싸고 주민 집회가 열렸다. 사람들은 일촉즉발의 상태였다. 밤에 집회가 열렸음에도 카운티의 2,900명 인구의 절반 이상이 사무실이 있는 몬테레이의 작은 침례교회를 가득 메웠다. 에이즈 감염 아동을 입양하겠다는 계획을 발표하기 전까지 나는 사람들로부터 따뜻한 환대를 받았고 지역 명사로 존경받았다. 하지만 그날 밤 교회에 들어갔을 때에는 한때 웃는 얼굴로 손을 흔들어주던 사람들이 야유와 욕설로 나를 맞이했다. 한 사람이라도 내 편이 되어줄 사람은 없다는 것을 알았다.

그래도 나는 굳은 표정을 풀지 않는 군중 앞에 서서, 입양할 아이들에 대해 설명하기 시작했다. 6개월에서 2세까지의 '장난감도 사랑도 햇볕도 포옹도 입맞춤도 안전한 환경도 없이 에이즈로 죽어가는 아이들, 병원에서 죽을 때까지 우리 안에 갇혀 있는 아이들'을 알리고 싶었다. 가능한 한 정직하게 마음을 담아 설명했다. 하지만 이야기가 끝났어도 얼음장 같은 침묵이 돌아올 뿐이었다.

다른 사람들이 나섰다. 먼저 스타운톤의 보건국장이 등장하여 에이즈에 관한 사실을 진지하게 설명했다. 이성적인 사고를 가진 사람이라면 그 특수한 감염 경로의 설명으로 두려움이 해소되었을 것이다. 다음 발표자인 여성은 조산으로 태어난 쌍둥이 중 한 아이가 수혈에 의해 에이즈에 감염된 전후 사정을 이야기했다. 쌍둥이는 침대도 젖병도 장난감도 함께 사용했으나 감염된 아이만이 죽었다. "동생은 건강해요. 지금도 음성입니다." 여자는 눈물어린 목소리로 그렇게 말했다. 마지막으로 버지니아주에서 온 병리학자가 의사로서, 그리고 에이즈로 외아들을 잃은 아버지로서 자신의 경험을 이야기했다.

믿을 수 없게도 모든 초청 연사가 야유와 폭언 세례를 받았다. 군중의 무지와 증오에 분노해 속이 부글부글 끓었다. 흥분한 군중을 진정시킬 유일한 방법은 이 땅에서 떠나겠다고 선언하는 것뿐이었다. 하지만 나는 패배를 인정할 마음이 들지 않아 질의응답을 시작했다.

"당신은 예수님이 될 생각이오?"
"아닙니다. 나는 예수님이 아닙니다. 하지만 2,000년 전의 가르침을 따르려 하고 있습니다. 그 가르침은 이웃을 사랑하고 도우라는 것입니다."
"어딘가 다른 곳을 찾아 호스피스인지 뭔지를 세우는 게 어때요? 왜 이 땅에 세우려는 거요?"
"내가 이곳에 살고 있기 때문입니다. 여기가 내 일터입니다."
"전에 살던 곳도 좋지 않소?"

집회가 끝난 것은 자정 조금 전이었다. 성과는 전혀 없었다. 남은 것은 견디기 힘든 좌절과 분노뿐이었다. 사람들은 나를 증오했다. 교회를 나올 때 대여섯 명의 경관이 우리를 호위했다. 친구들과 찬조

증언을 하러 온 사람들, 그리고 나는 호위를 받으며 농장으로 물러났다. 차 안에서 나는 친구에게 경찰이 왜 이렇게 친절한지 모르겠다고 말했다. "순진하긴, 친절한 게 아니야." 친구는 고개를 내저으며 말했다. "내버려두면 오늘밤 우리가 맞아 죽는다는 걸 알고 있는 거라고."

그날 이후 나는 공격 대상이 되었다. 시내에 쇼핑하러 가면 "검둥이 애인!"이라는 욕설을 들었다. 매일 협박 전화가 걸려왔다. "네가 좋아하는 에이즈 애새끼들처럼 죽을 거야." 농장 잔디밭에서 KKK단이 공격 신호로 십자가를 불태웠다. 집의 창문에 총을 쏘아대는 사람도 있었다. 가장 짜증났던 일은 외출하려 할 때마다 차의 타이어가 펑크 나는 것이었다. 벽지에 사는 사람에게 그것은 손발을 묶어놓는 것과 다름없는 짓이었다. 누군가가 내 트럭에 못된 짓을 하고 있는 것이 분명했다.

어느 날 밤, 나는 창고에 몸을 숨기고 펑크 난 트럭을 세워둔 문 쪽을 감시했다. 밤 두 시경 여섯 대의 픽업트럭이 나타나더니 문 앞을 서행하면서 유리조각과 못을 쏟아놓았다. 질 수야 없다고 생각한 나는 다음 날 문 앞의 진입로에 커다란 구덩이를 파고 가축 탈출 방지용 쇠 격자를 설치했다. 그 쇠 격자라면 유리조각이나 못이 틈으로 떨어질 것이었다. 펑크 소동은 그것으로 끝났다. 하지만 그 작은 승리는 헤드 워터스에서의 내 평판에 좋은 쪽으로든 나쁜 쪽으로든 아무런 영향도 주지 못했다.

어느 날, 들일을 하고 있는 내게 트럭 한 대가 다가오더니 남자가 욕설을 퍼부었다. 속도를 올리며 사라지는 트럭의 범퍼에는 '예수는 길이다'라는 스티커가 붙어 있었다. 위선도 이만저만이 아니었다. 버럭 화가 치민 나는 엉겁결에 큰 소리로 외쳤다.

"이곳에 진정한 기독교인은 없습니까?"

1년 후 나는 싸움을 포기했다. 주위의 압력이 너무나도 강했다. 주민의 반감뿐 아니라 카운티에서도 사용 목적이 적합하지 않다는 이유로 호스피스 시설 건립을 허가해주지 않았다. 농장을 팔고 싶은 생각은 없었다. 아이들이 올 것에 대비해 준비한 물건들이 쌓여 있는 침실에 들어갈 때만큼 괴로운 일은 없었다. 봉제 동물 인형, 인형, 손수 만든 퀼트, 손뜨개 스웨터 등이 산처럼 쌓여 있는 침실은 마치 유아용품점 같았다. 유아용 침대에 앉아 흐느껴 울 수밖에 없었다.

하지만 나는 곧 다음 계획으로 옮겼다. 자신이 에이즈 감염 아동을 입양할 수 없다면 나만큼 들볶이지 않고 입양할 수 있는 사람들을 찾아내자는 생각이었다. 전 세계의 산티 닐라야 소식지 구독자 2만 5,000명을 포함하여 많은 지원자들에게 호소했다. 곧 내 사무실은 입양 알선 기관을 닮아갔다. 매사추세츠주에 사는 한 가족은 일곱 명의 아이를 입양했다. 최종적으로, 에이즈 아동을 입양하겠다고 나선 사랑 넘치는 가정이 미국 전역에서 350가정이나 되었다.

그 외에 많은 사람들이 입양하지는 못해도 다른 방법으로 돕겠다고 나섰다. 벼룩시장에서 사 모은 낡은 인형을 수선하여 크리스마스 선물용으로 보내준 노부인은 인생의 새로운 목적을 찾았다고 했다. 플로리다의 한 변호사는 무료로 법률 상담을 해주었다. 스위스의 한 가족은 1만 프랑을 보내왔다. 어느 부인은 내 워크숍에서 알게 된 에이즈 환자를 매주 식사에 초대한다고 자랑스럽게 말했다. 두려움을 극복하고 용기를 내어 죽어가는 에이즈 환자 젊은이를 안아주었다는 여자도 있었다. 그 여자는 편지에 "그와 나 중 누가 더 많은 축복을 받았는지 모르겠습니다."라고 썼다.

폭력과 증오가 횡행하는 시대였다. 그리고 에이즈는 최대의 재앙이었다. 그래도 나는 거기에서 무한한 선을 보았다. 그렇다. 선이다. 내가 면담한 수천 명의 임사 체험자들은 빛 안으로 들어갔을 때 "얼마나 많은 사랑을 주고 또 받았는가? 얼마나 많은 봉사를 했는가?"라는 질문을 받았다고 회상했다. 말하자면 그들은 인생에서 가장 어려운 교훈, 그러니까 무조건적인 사랑을 얼마나 배웠는지 질문 받았던 것이다.

에이즈라는 전염병도 같은 질문을 던지고 있었다. 에이즈에서 남을 돕고 사랑하는 것을 배우는 사람들의 이야기가 잇달아 생겨났다. 호스피스 시설이 엄청나게 늘어났다. 집 밖으로 나올 수 없는 두 에이즈 환자에게 매일 식사를 날라준 이웃집 어머니와 아이도 있었다. 에이즈 희생자를 애도하는 수많은 사람들이 만든 거대한 퀼트는 미국은 물론 전 세계의 인간애에 대한 위대한 기념물이었다.

워크숍에 참가한 한 병원 잡역부가 자신의 병동에서 죽어가는 게이 젊은이의 이야기를 들려주었다. 젊은이는 매일 어둠 속에서 누워 있었다. 생의 마지막이 다가오고 있음을 의식하면서 아버지가 너무 늦기 전에 와주기를 바라고 있었다.

어느 날 밤, 잡역부는 한 노인이 불안한 모습으로 병원 복도를 정처 없이 걷고 있는 것을 목격했다. 병문안 오는 사람들의 얼굴은 대부분 알고 있었지만 그 노인은 본 적이 없었다. 직감적으로 그 젊은이의 아버지라는 생각이 들었다. 그래서 노인이 젊은이의 병실에 다가갔을 때 잡역부는 "아드님은 그 병실에 있습니다."라고 말했다.

"아들 따윈 모르오." 노인이 말했다. 잡역부는 가볍게 고개를 끄덕이며 병실 문을 살짝 열고 말했다. "저기 아드님입니다." 노인은 그 말에 끌린 듯 병실 안을 들여다보았다. 어두운 방에 해골처럼 여윈 환자가 누워 있었다. 무의식중에 고개를 움츠린 노인은 "아니오, 그 럴 리가. 내 아들이 아니오."라고 말했다. 그때 몹시 쇠약한 환자가 쉰 목소리로 말했다. "아니에요, 아버지. 저예요, 아버지 아들이에요."

잡역부가 문을 활짝 열자 아버지는 멈칫거리면서 방 안으로 들어 갔다. 잠시 침대 옆에 서 있었다. 그리고 침대에 앉아 아들을 꼭 끌어 안았다. 그날 밤 늦게 젊은이는 숨을 거두었다. 아버지가 무엇보다도 소중한 교훈을 배웠다는 것에 만족하고 젊은이는 편안하게 죽음을 맞이했다.

의학은 언젠가 이 무서운 병의 치료법을 발견할 것이 틀림없다. 하지만 그 전에 에이즈를 통해 진정한 사랑을 배우기를 진정으로 바 랐다.

오늘 하루 자신을 사랑했는가

보다 평화로운 삶을 간절히 원하는 사람들을 돕는 것이 내 일이었지만, 나 자신의 삶은 진정한 평안과는 인연이 없는 것 같았다. 에이즈 감염 아동을 입양하기 위한 치열한 싸움으로 상상 이상의 대가를 치러야 했다. 그리고 혹독한 겨울이 왔다. 게다가 호우와 홍수가 계속되어 농장에 많은 피해를 가져왔다. 그 다음에는 가뭄이 들어 우리의 생명선이라 할 수 있는 수확물을 망쳐버렸다. 그 와중에도 나는 쉴 새 없이 일했다. 강연, 워크숍, 모금 활동, 왕진, 병원 방문 등 스케줄이 꽉 차 있었다.

그렇게 무리하면 병으로 쓰러질 거라는 친구들의 충고를 무시하고 나는 강연과 워크숍이 빽빽한 일정으로 짜인 유럽 여행에 나섰다. 일을 잘 끝낸 자신에 대한 보상으로 마지막 이틀은 비워두고 스위스에 있는 여동생 에바를 방문하기로 했다. 여동생의 집에 도착했을 때에는 완전히 지쳐 있었다. 안색도 말이 아니었고 휴식이 필요했다. 다음 예정지인 몬트리올 일정을 취소하고 푹 쉬라고 여동생은 애원하다시피 말했다.

일정은 취소할 수 없었지만, 스위스에서의 이틀은 마음껏 즐기기로 했다. 에바가 멋진 레스토랑에서 가족 파티를 열어주었다. 가족과 함께 식사를 한 일이 좀처럼 없었기 때문에 축제처럼 흥겨웠다. "가족은 이래야 하는 거야." 내가 말했다. "모두가 살아 있는 동안 축하해야 해." "맞아." 에바가 말했다.

"아마 미래에는 누군가가 인생을 졸업하면 모두 축하하게 될 거라고 생각해. 죽음에 대해 어리석게 슬퍼하는 일은 없어질 거야. 슬퍼 울어야 한다면 누군가가 태어났을 때야. 다시 이 어리석은 인생을 전부 처음부터 시작해야 하니까 말이야."

그리고 24시간 후, 잠자리에 들 준비를 하면서 나는 여동생에게 "내일 아침은 차릴 거 없어."라고 말했다. 커피를 마시고 담배를 피운 다음 공항으로 출발하면 충분했다. 다음 날 아침 자명종시계 소리에 일어나 아래층 식당으로 내려갔다. 내 말을 무시하고 에바가 식사를 준비하고 있었다. 식탁에는 에바가 아끼는 하얀 식탁보가 깔려 있고 가운데에 아름다운 꽃이 놓여 있었다. 커피를 마시려고 의자에 앉아 에바에게 잔소리를 하려고 할 때, 주변 사람들이 염려하던 일이 일어났다.

계속된 스트레스와 잡무, 빡빡한 일정의 여행, 커피, 담배, 초콜릿 등등이 갑자기 내 목덜미를 붙잡았다. 한없이 가라앉는 듯한 기묘한 느낌에 휩싸였다. 몸에서 힘이 쭉 빠졌다. 주위의 모든 것이 빙빙 돌기 시작했다. 의식에서 여동생이 사라지고 꼼짝할 수 없었다. 그래도 무슨 일이 일어나고 있는지는 정확히 알고 있었다.

나는 죽어가고 있었다.

나는 고통을 그냥 긍정했다. 그러자 고통이 사라졌다. 그리고 오래전에 들은 이야기가 떠올랐다. "눈물의 강에서, 시간을 친구 삼아라."

순간적으로 그것을 알았다. 마지막 순간을 맞이하는 수많은 사람들을 도와온 내 자신에게 드디어 죽음이 찾아오려 하고 있었다. 전날 밤 레스토랑에서 여동생에게 이야기한 말이 예언처럼 생각되었다. 농장의 풍경이 머리를 스쳐갔다. 수확 시기를 맞은 채소, 소, 돼지, 양들, 그리고 동물 새끼들. 정면에 앉아 있는 에바의 얼굴을 보았다. 일에도 유럽 여행에도 농장 일에도 에바는 늘 내 편이 되어주었다. 죽기 전에 에바에게 뭔가를 주고 싶었다.

그럴 여유가 있을 것 같지 않았다. 내가 어떻게 죽어갈지 알지 못했다. 만일 관상동맥 폐쇄라면 몇 초 만에 죽을 가능성도 있었다. 그때 좋은 생각이 떠올랐다.

"에바, 나 죽으려나 봐." 나는 말했다. "작별 선물을 하고 싶어. 지금부터 환자의 시점에서 죽을 때 실제로 어떤 느낌인지 실황 중계할게. 마음을 다한 선물이야. 지금까지 누구도 그렇게 하지 않았으니까."

에바가 뭐라고 말하기 전에―이미 동생의 얼굴은 보이지 않았지만―나는 몸에 일어나고 있는 일을 정확히 상세하게 전하기 시작했다.

"먼저, 발가락 끝부터 시작되었어. 발가락 끝이 뜨거운 물에 잠겨 있는 듯한 기분이야. 마비되었다가 풀어졌어."

내 목소리가 경마 중계 아나운서처럼 점점 빨라지고 있는 듯이 들렸다. "그 느낌이 몸 위로 상승해 다리까지 왔어. 지금은 허리를 지났어."

"두렵지는 않아. 생각한 대로의 느낌. 쾌감이야. 정말 기분이 좋아."

나는 일어나고 있는 변화의 빠른 속도를 따라가려고 애썼다.

"몸 밖으로 나왔어. 후회는 없어. 케네스와 바버라에게 안녕이라

죽음의 수레바퀴

고 전해 줘."

남은 시간은 이제 약 1, 2초밖에 없다는 느낌이 들었다. 맹렬한 스피드로 스키 점프대를 활주하여 막 날아오르기 직전 같았다. 앞쪽에 눈부신 빛이 보였다. 양팔을 펼치고 곧장 빛의 중심부로 날아갈 자세를 취했다. 최후의 장엄한 순간이 찾아왔다는 것을 알았다. 그 계시의 순간순간을 향유하고 있었다. "드디어 졸업이야."

나는 여동생에게 말했다. 그리고 눈앞의 빛을 곧장 응시했다. 빛에 확 끌려가는 느낌이 들어 팔을 더 활짝 벌렸다. "갑니다!" 나는 크게 외쳤다.

깨어나보니 에바의 집 부엌 식탁 위에 누워 있었다. 여동생이 아끼는 하얀 식탁보에 커피 얼룩이 물들어 있었다. 아름답게 꽂혀 있던 꽃이 어지럽게 흩어져 있었다. 더욱 딱하게도 에바가 망연자실해 있었다. 몹시 놀란 여동생은 나를 꼭 잡고 무슨 일인지 이해하려 애쓰고 있었다. 구급차를 부르는 것도 잊었다고 사과했다. "그러지 마." 나는 말했다. "구급차 따윈 부를 필요 없어. 이륙에 실패한 거야. 다시 돌아왔잖아."

에바가 공항까지 데려다주겠다고 고집했다. 공항으로 향하는 차 안에서 내가 준 선물에 대해 물어보았다. 죽는 사람의 시점에서 전한 이륙 실황 중계를 어떻게 들었는지 알고 싶었던 것이다. 에바는 대답이 궁한 듯했다. 내가 이상해져 이미 비행기에 탔다고 착각하는 것으로 생각했을 것이다. 에바에게 들린 소리는 "나 죽으려나 봐."와 "갑니다."뿐이었다. 내가 탁자에 부딪혀 컵과 접시가 깨진 소리를 빼면 그 사이는 완전한 정적이었던 것 같다.

사흘 후, 나는 그 증상이 가벼운 심장 세동이었다고 스스로 진단했다. 어쩌면 다른 병명을 붙일 수 있을지도 모르지만, 어느 쪽이든 심각한 것은 아니었다. 제멋대로 문제가 없다고 단정했다. 하지만 문제는 있었다.

1988년 여름은 가뭄이 심각했다. 무더위가 기승을 부리는 동안, 나는 힐링 센터로 사용할 원형 건축의 마감 공사를 감독하고 다시 유럽으로 강연 여행을 했다. 예순두 살 생일날에는 에이즈 감염 아동을 입양한 가족을 위해 성대한 파티를 열었다. 7월도 끝나갈 무렵에는 피로가 극한에 달했다.

나는 그런 피로를 무시하고 강행군을 계속했다. 8월 6일, 오스트레일리아에서 온 여의사 친구인 앤과 조수였던 간호사 샬럿을 태우고 나는 농장 위의 가파른 내리막길을 운전하고 있었다. 갑자기 머리가 꽉 조이는 느낌이 들었다. 전기에 닿은 듯한 저리는 통증이 오른쪽 몸을 엄습했다. 왼손으로 머리를 잡고 강하게 압박했다. 오른쪽 몸의 힘이 서서히 빠지며 마비가 일어났다. 조수석에 앉은 앤을 보며 나는 조용한 목소리로 말했다. "지금 뇌출혈이 일어났어."

세 사람 모두 아무 말이 없었다. 하지만 누구 하나 당황하지 않았다. 그럭저럭 언덕길을 내려가 농장에 도착하여 브레이크를 밟았다. "괜찮아, 엘리자베스?" 두 사람이 물었다. 솔직히 나도 알지 못했다. 그때는 이미 말을 하기가 곤란한 상태였다. 혀가 꼬이고 입이 축 처지고 오른팔은 말을 듣지 않았다.

"병원에 가야 해." 앤이 말했다.

"쓸데없는 소리." 꼬이는 혀로 나는 간신히 말했다. "뇌졸중을 어떻게 하겠어? 가봤자 수수방관만 할 거야."

그래도 최소한 기본적인 검사가 필요하다고 생각하여 버지니아 대학 메디컬 센터로 갔다. 저녁 식사를 만들 생각이었는데 졸지에 응급실 환자가 되었다. 응급실에서 커피와 담배를 요구한 환자는 나뿐이었다. 병원이 베푼 최고의 배려는 담배를 끊지 않으면 입원할 수 없다는 의사를 보낸 것이었다. "끊지 않겠어요." 나는 쌀쌀하게 말했다. 의사는 보란 듯이 팔짱을 끼고 자기 정당성을 과시하고 있었다. 그 의사가 뇌졸중 병동 과장인 것은 몰랐다. 과장이라고 해서 달라질 것은 없었다. "이건 내 인생이에요." 나는 고집을 부렸다.

우리의 실랑이를 웃으면서 듣고 있던 젊은 의사가, 얼마 전 뇌졸중 병동에 입원한 대학의 고위층 부인이 압력을 넣어 담배를 피울 수 있는 개인실을 쓰고 있다고 했다. 나는 "한 방을 써도 되겠는지 그 여자에게 물어봐주세요."라고 부탁했다. 대학 고위층의 부인은 동료가 생겨 기뻐했다. 매우 유쾌하고 지적인 일흔한 살의 룸메이트와 나는 병실 문이 닫히자마자 담배에 불을 붙였다. 우리는 장난꾸러기 십대 소녀 같았다. 복도에 발자국 소리가 나면 내가 얼른 신호를 보내고 담뱃불을 비벼 껐다.

나도 이상적인 환자는 아니었지만, 받은 치료도 이상적이라고는 할 수 없었다. 병력이나 생활력을 챙기는 의사는 한 사람도 없었다. 정밀 검사도 제대로 하지 않았다. 매일 밤 한 시간 간격으로 간호사가 내 눈에 손전등을 직접 비추며 "주무시는 거예요?"라고 물었다. "잠 좀 자게 해줘." 나는 투덜거렸다. 퇴원하기 전날 밤 간호사에게 깨우려면 음악으로 깨우라고 요청했다. "그렇게 할 수 없습니다." 간호사가 말했다. "휘파람을 불든가 노래를 하면 어떨까?" 내가 제안했다. "그렇게도 할 수 없습니다." 병원에서 들은 것은 오직 그 대답뿐이었다. "그렇게 할 수 없습니다."

지긋지긋했다. 입원 사흘째 되는 날 아침 8시, 나는 룸메이트를 뒤따르게 하고 비틀비틀 간호사실로 걸어가 퇴원하겠다고 선언했다.

"그렇게 할 수 없습니다."

"진심이에요?" 내가 말했다.

"퇴원할 수 없습니다."

"나는 의사예요."

"아니에요, 당신은 환자입니다."

"환자에게도 권리가 있어요. 퇴원 서류에 서명하겠어요."

농장에 돌아오자 나는 급속히 회복했다. 회복 속도는 입원해 있을 때보다도 더 빨랐다. 밤에는 푹 자고 식사도 좋은 것을 먹었다. 내 나름의 재활 운동 계획을 세웠다. 매일 아침 옷을 갈아입으면 곧장 농장 뒤편에 있는 커다란 언덕으로 향했다. 거대한 나무와 바위 그늘에 곰과 뱀이 숨어 있을 듯한, 손을 대지 않은 야생이 남아 있는 곳이었다. 통증을 참으면서 천천히 언덕길을 네 손발로 기어 올라갔다. 일주일이 지나자 아직 불안정한 감은 있었지만 지팡이를 짚고 걸어 올라가게 되었다. 언덕 꼭대기에 오를 때마다 큰 소리로 요들송을 불렀다. 그것은 좋은 운동이 되었다. 엉터리 음정의 괴성에 놀라 야생 동물들이 다가오지 않는다는 이점도 있었다.

주치의의 비관적인 예후를 비웃듯이, 한 달 후에는 다시 능숙하게 걷고 말할 수 있었다. 다행스럽게도 뇌출혈은 가벼운 것이어서 나는 정원일, 밭일, 집필, 여행 등 예전과 똑같은 생활을 다시 시작했다. 속도를 늦추라는 메시지는 잊지 않았다. 하지만 어떻게 느긋해지지? 10월, 입원했던 병원의 의사들을 대상으로 한 강연에서 두 달 전 내 판단으로 퇴원했던 때의 경험을 이야기했다. "여러분이 나를 치료해주었습니다." 나는 농담조로 말했다. "겨우 이틀 만에 여러분은 입원하고 싶어 하는 내 병을 고쳐주었습니다. 입원은 정말로 긴급한 때에 하라고요!"

1989년 여름, 나는 처음으로 풍성한 수확의 기쁨을 맛보았다. 5년 전 농장을 매입하여 4년간 고생한 끝에 겨우 과일과 야채를 맛볼 수 있었던 것이다. 뿌린 대로 거둔다는 성서의 말은 정말이었다. 단풍이 들기 시작한 초가을 수확물을 통조림으로 만들고 보존 가공하는 따분한 작업을 끝내고, 온실에서 다음해에 쓸 씨앗의 발아 작업을 시작했다. 흙과 함께하는 시간이 길어지며 어머니 대지에 대한 감사의 마음이 전에 없이 깊어졌고, 호피(북아메리카 원주민)의 예언과 요한계시록에 대한 관심도 깊어졌다.

나는 세계의 미래를 걱정했다. 신문과 CNN이 전하듯 세계는 두려운 양상을 드러내고 있었다. 머지않아 지구에 파멸적인 일이 일어난다고 경고하는 사람들의 말에 귀 기울이게 되었다. 내 일기장은 그러한 비극을 피하기 위한 생각과 아이디어로 채워졌다.

"만일 우리가 모든 생명체를 우리의 기쁨과 즐거움을 위해 창조된 하느님의 선물로 보고, 그들을 사랑하고 존중하고 다음 세대를 위해 소중히 보존하고, 자신에게도 똑같은 사랑의 배려를 한다면 미래는 두려운 것이 아니라 보석 같은 것이 될 것이다."

불행하게도, 일기장은 전부 불타 없어졌다. 하지만 몇몇 내용은 아직 기억하고 있다.

- 오늘은 어제 한 일에, 내일은 오늘 하는 일에 좌우된다.

- 오늘 하루 자신을 사랑했는가?
- 꽃을 공경하고 꽃에게 감사했는가? 새를 사랑했는가? 산을 올려다보며 외경심을 느꼈는가?

워크숍에서 삶의 큰 문제들을 생각할 때면 나는 40년도 더 지난 옛날 컨트리 닥터가 되어 첫 왕진을 나섰던 그날 같은 젊음과 생명력과 희망을 느꼈다. 가장 좋은 의학은 가장 단순한 의학이다. "모두 자신을 사랑하고 용서하는 법을, 서로를 동정하고 이해하는 법을 배웁시다." 워크숍 끝머리에 나는 늘 그렇게 호소했다. 그것은 내 모든 지식과 경험의 요약이었다.

"그렇게 하면 그 선물을 다른 사람들에게 줄 수 있습니다. 사람을 치유함으로써 우리는 어머니 지구를 치유할 수 있습니다."

감동어린 편지

左 The Wheel of Life

7년간의 노동과 고투와 눈물 끝에 마침내 축제의 자리를 마련할 수 있었다. 1990년 7월의 화창한 어느 오후, 엘리자베스 퀴블러 로스 센터 개원 축제가 열렸다. 이 센터는 사실 20년 전에 충동적으로 농장을 사려고 생각한 순간에 시작되었다. 시설의 대다수가 이미 여러 워크숍에 사용되고 있었지만, 완전한 건설 공사가 마침내 끝났던 것이다.

센터의 높은 곳에 서서 건물들과 산장들, 센터의 구석에서 나부끼고 있는 스위스 국기를 바라보자니 마치 꿈을 꾸고 있는 듯했다. 그 꿈은 이혼의 아픔을 딛고 샌디에이고에서 시작한 산티 닐라야에서 시작되어 B와의 신뢰 위기와 지역 주민과의 싸움을 기적적으로 빠져나와 겨우 그날의 행사로 다다른 것이었다. 일부 주민은 아직도 '에이즈를 좋아하는 할머니'가 다음 버스로 떠나주기를 바라고 있었다.

옛 친구 음왈리무 이마라의 감동적인 축복의 기도가 끝나고 가

264

스펠과 컨트리음악이 이어졌다. 알라스카에서, 뉴질랜드에서 먼 길을 마다않고 달려 와준 500명의 친구들에게 집에서 만든 음식을 대접했다. 우리 가족도 예전의 환자들도 모두 모였다. 운명에 대한 믿음을 새롭게 해준 멋진 하루였다. 나와 생명의 접촉을 나눈 모든 사람이 축제에 참가하지는 못했지만, 나는 그 두 달 전에 당일 참가할 수 없는 모든 사람의 기분을 대표하는 듯한 잊을 수 없는 편지를 받았다. 내 자신이 진정으로 축복받은 사람이라고 생각하게 해준 편지였다.

친애하는 엘리자베스

오늘은 어머니날입니다. 지난 4년간 오늘만큼 희망에 부푼 날은 없었습니다! 어제 버지니아의 '삶과 죽음, 그리고 이행' 워크숍에서 돌아왔을 뿐이지만, 워크숍이 얼마나 감동적이었는지 꼭 전해드리고 싶어 펜을 들었습니다.

3년 반 전에 여섯 살 난 딸아이 케이티가 뇌종양으로 세상을 떠났습니다. 여동생이 『더기의 편지Dougy Book』라는 책을 보내준 것은 그 직후였습니다. 그 소책자에 쓰인 선생님의 말씀이 깊게 다가왔습니다. 고치와 나비 메시지가 내게 희망을 주었습니다. 그리고 지난주 목요일, 선생님의 메시지를 직접 듣는 귀중한 기회가 주어졌습니다. 워크숍을 통해 선생님 자신을 우리와 함께 나누어주신 것에 감사드려요.

그 한 주간에 받은 모든 선물에 대해 쓸 수 있을 만큼 마음의 정리가 되어 있지는 않지만, 딸아이의 삶과 죽음을 통해 얻은 선물에 대해 조금이라도 나누고 싶습니다. 딸아이의 삶과 죽음에 대해 이해가 깊어질 수 있었던 것은 모두 선생님 덕분입니다. 딸아이와는 6년간 특별한 유대로 맺어져 있었지만, 그 유대를 가장 확실히 느낀 것은 딸아이의 병과 죽음을 통해서입니다. 딸의 죽음에서 정말로 많은 것을 배웠습니다. 그리고 지금도 딸아이는 내 스승입니다.

뇌간에 악성 종양이 발견된 케이티는 9개월의 투병 생활 끝에 1986년에 세상을 떠났습니다. 발병하여 5개월 후에는 걸을 수도 말할 수도 없었습니다. 하지만 의사소통은 할 수 있었습니다. 반 혼수 상태의 딸아이와 이야기할 수 있다고 하면, 모두 설마 하는 반응을 보였습니다. 하지만 우리가 의사소통을 계속했던 것은 틀림없답니다. 우리 부부는 집에서 죽음을 맞이하게 해주겠다고 고집하여 딸아이를 병원에서 데려와 죽기 2주 전에 바닷가에 함께 갔습니다. 바닷가에서의 생활은 우리 가족에게 소중한 1주일이 되었습니다. 동행한 어린 조카들은 그 일주일 동안 삶과 죽음에 대해 많은 것을 배웠습니다. 조카아이들은 케이티를 돌본 일을 오랫동안 기억하겠지요.

바다에서 돌아와 일주일 후 케이티는 세상을 떠났습니다. 그날도 여느 날과 마찬가지로 밥을 먹이고 약을 주고 몸을 닦아주고 이야기해주는 일로 시작되었습니다. 열 살 된 언니 제니가 학교에 갈 때 케이티가 뭔가 목소리를 냈습니다(몇 달만의 일이었지요). 학교에 가기 전에 제니에게 "안녕."이라고 말했다고 생각합니다.

캐티가 너무 피곤한 모습이었기 때문에 나는 "오늘은 더 이상 움직이게 하지 않을게."라고 약속했습니다. 그리고 두려워하지 말라고 말했습니다. 내가 옆에 있으니까 괜찮다고 안심시켰습니다. 나

때문에 힘내 살려고 하지 않아도 좋다고 말했습니다. 죽어도 두려워할 것은 아무것도 없고, 2년 전에 돌아가신 할아버지 같은 사랑해준 사람들이 모두 맞이하러 와준다고도 알려주었습니다. 헤어져서 몹시 보고 싶겠지만 우리는 괜찮다고도 말했습니다. 그리고 거실에 눕힌 케이티 옆에 앉아 있었습니다.

오후 늦게 제니가 학교에서 돌아왔습니다. 케이티에게 "돌아왔어."라고 말하고 자신의 방으로 가 숙제를 시작했습니다. 왠지 케이티에게 가봐야 한다는 생각이 들어 식사용 튜브를 씻었습니다. 문득 바라보니 케이티의 입술이 창백해져 있었습니다. 두 번 숨을 들이쉬고는 그대로 숨이 멎었습니다. 말을 걸자 눈썹을 두 번 깜박였습니다. 그리고 죽었습니다. 안아주는 것밖에 할 수 없다는 것은 알고 있었습니다. 살짝 안았습니다. 슬픔을 느꼈지만 마음은 정말 평화로웠습니다. 심폐소생술은 알고 있었지만, 그것을 시도할 생각은 없었습니다.

그 이유를 가르쳐준 선생님에게 감사드립니다. 딸아이의 생명이 끝나야 해 끝났다는 것을, 딸아이는 내게 와 배워야 할 것을 모두 배우고 가르쳐야할 것을 모두 다 가르쳤다는 것을 선생님이 가르쳐주었습니다. 이제 나는 딸아이가 살아 있을 때 그리고 죽을 때 얼마나 많은 것을 가르쳐 주었는지 이해하려 하고 있습니다.

케이티가 세상을 떠난 직후부터 뭔가 고양된 에너지를 느끼기 시작해 그것을 쓰고 싶은 충동에 휩싸였습니다. 며칠간이나 계속 글을 썼습니다. 그리고 내가 느낀 에너지와 받은 메시지에 놀랐습니다. 내 삶에는 사명, 즉 손을 내밀어 생명이 무엇인지 사람들에게 전하는 사명이 있다는 메시지가 나를 꽉 채웠습니다.

"우리 모두 그렇듯이, 케이티도 영원히 살 것이다. 가장 가치 있는 것의 본질은 서로 나누어야 한다. 사랑하고, 함께 나누고, 다른 사람의 삶을 풍요롭게 하고, 접촉을 주고받는 것, 이보다 더 가치 있는 일이 있을까?"

그래서 케이티가 세상을 떠난 후 나는 새로운 생활을 시작했습니다. 카운슬링 공부를 시작하여 12월에 자격을 취득하고 에이즈 환자들의 카운슬러가 되었습니다. 그리고 케이티와의 영적인 유대, 하느님과의 영적인 유대에 대한 이해가 더욱 깊어졌습니다.

케이티가 내 곁을 떠난 지 반년 정도 지났을 때 꾼 꿈에 대해서도 알려드리고 싶습니다. 정말 생생한 꿈이었는데, 깨어났을 때 아주 소중한 꿈이라는 것을 알았지요. 지난주 목요일에 들은 선생님의 말씀은 그 꿈에서 다시 새로운 의미를 주었습니다.

걸어가다가 강을 만나 더 갈 수 없게 되었습니다. 꼭 건너편으로 가야 한다고 생각했습니다. 문득 보니 작은 다리가 놓여 있었습니다. 남편과 함께 다리를 건넜습니다. 남편은 내 뒤에서 따라왔지만 도중에 건너지 못하게 되어 내가 안고 건넜습니다. 맞은편 강가에 도착하자 오두막집이 보였습니다. 안으로 들어가니 아이들이 많이 있었습니다. 아이들은 가슴에 이름표와 얼굴 사진을 달고 있었습니다. 케이티가 있었습니다. 그곳에 죽은 아이들만이 있고 우리에게는 짧은 시간의 방문이 허용되었다는 것을 알았습니다. 케이티에게 다가가 안아도 되겠느냐고 물었습니다. 케이티는 "좋아요. 잠깐 함께 놀 수 있어요. 하지만 엄마랑 함께 돌아갈 수 없어요."라고 말했습니다. 나는 알고 있다고 대답했습니다. 잠시 함께 있다가 돌아왔습니다.

눈을 떴을 때, 그날 밤 내내 케이티와 함께 있었다는 분명한 실
감이 났습니다. 지금도 그렇게 실감하고 있습니다.

사랑을 담아 M. P.

죽은 매니가 꽃피운 장미

1991년, 미국을 포함하여 유럽의 많은 교도소에 대해 옥중 워크숍을 열자고 제안했다. 그 제안에 동의한 것은 스코틀랜드의 교도소 한 곳뿐이었다. 우리는 스코틀랜드 에든버러에 있는 가장 경비가 삼엄한 교도소 안에 있었다. 나는 살인자 무리에 에워싸여 있었다. 인간에 대한 가장 무거운 죄를 범한 사람들이었다.

나는 재소자들에게 고백하라고 다그치고 있었다. 그들이 저지른 끔찍한 죄를 고백하라는 것은 아니었다. 나는 죄보다 훨씬 더 불행하고 괴로운 무엇인가를 원했다. 재소자들이 그들을 살인자로 만든 원인이 된 내적 고통을 고백하기 바랐다. 분명히 그것은 교도소의 교정 방식과는 색달랐다. 하지만 흉악한 범죄에 이른 동기를 형성한 트라우마를 외면화시킬 수 없는 한, 설령 종신형을 선고해도 살인자를 바꾸는 데 도움이 되지 않는다고 나는 확신했다. 그것이 내 워크숍을 지탱하는 원리였다.

잘 되었을까? 경험에 비추어, 성공을 의심할 여지는 없었다. 일주일 동안 우리는 교도소 안에서 생활했다. 재소자와 똑같은 식사를 하고, 똑같이 찬물로 샤워를 하고, 똑같은 쇠창살 안의 똑같이 딱딱한 침대에서 잤다.

첫날, 대부분의 남자들이 투옥되기에 이른 악행을 이야기하고 났을 즈음에는 가장 마음이 굳게 닫혀 있던 죄수들도 눈물을 흘렸다. 일주일 동안 재소자의 대부분이 성적, 정서적 학대에 의해 상처 입은 유년기 경험을 털어놓았다.

하지만 심정을 토로한 것은 재소자만이 아니었다. 재소자와 교도관들 앞에서 가냘픈 여자 교도소장이 비밀로 하고 있던 유년기 체험을 고백하자, 그룹 전체에 친밀한 유대감이 형성되었다. 입장 차이를 뛰어넘어 갑자기 서로에 대한 진정한 동정과 공감과 사랑이 생겼던 것이다. 일주간의 워크숍이 끝날 무렵, 그들은 내가 오래전에 발견한 진리—진짜 형제자매처럼 누구나 고통에 의해 연결되고, 오로지 고난에 견디고 성장하기 위해서 존재한다는 것—를 깨달았다.

재소자들이 쇠창살 안에서도 온전한 삶을 누릴 수 있다는 사실을 깨닫고 평온한 한 때를 보낼 즈음, 나는 스위스 밖에서 처음으로 맛보는 훌륭한 스위스 요리를 대접받고, 스코틀랜드 전통의 백파이프 연주의 작별의 노래에 감동했다. 재소자가 교도소 안에서 그런 음악을 들은 것은 그때가 처음이었을 것이다. 이러한 워크숍은 믿을 수 없을 만큼 얻는 것이 많았지만, 유감스럽게도 그 기회는 좀처럼 찾아오지 않았다. 치유에 대해 전혀 관심을 기울이지 않는 초만원의 미국 교도소에서도 똑같은 프로그램이 실행되기를 나는 간절히 바랐다.

사람들은 그런 목표를 비웃으며 비현실적이라고 말할 것이다. 하지만 훨씬 더 비현실적으로 보였던 목표가 실현된 예는 얼마든지 있었다. 현실을 바꾸는 일에 몸 바친 사람들이 그것을 실현했다. 그 가장 좋은 예는 남아프리카였다. 그곳은 다민족 공존을 내건 민주주의가 아파르트헤이트(인종차별 정책)라는 오래된 억압 체제를 대신하는 과정에 있었다.

오랫동안 나는 남아프리카에서의 워크숍 개최 요청을 정중히 거절해왔다. 흑인과 백인 모두가 참가해야 한다는 조건이 보장되지 않았기 때문이었다. 아프리카 민족회의 지도자 넬슨 만델라가 교도소에서 석방된 지 2년 후인 1992년, 마침내 한 지붕 아래에서 흑인과 백인이 함께하는 것을 보증한다는 약속을 받아내어 남아프리카에서 처음으로 워크숍을 열기로 했다. 55년 전 동경하여 의사가 되겠다는 결심을 하게 만든 알베르트 슈바이처의 길을 따른 것은 아니었지만, 그래도 나는 오랜 세월의 꿈을 이루고 있었다.

서로의 차이점이 아닌 공통점에 기초한 인간애에 대한 이해를 크게 넓혀준 그 워크숍은 내 일에 한 획을 긋는 순간이었다. 나는 예순여섯 살로 지구상의 모든 대륙에서 워크숍을 개최하게 되었다. 워크숍이 끝난 후, 다민족 공존 정부로의 평화적 이행을 호소하는 데모 행진에도 참가했다. 하지만 요하네스버그에 있든, 시카고에 있든 내게는 큰 차이가 없었다. 왜냐하면 모든 운명은 결국 성장, 사랑, 봉사라는 똑같은 하나의 길로 통하고 있기 때문이었다. 남아프리카에서의 경험은 이미 도달해 있던 인식을 강화시켜주었을 뿐이었다.

하지만 또 이별이라는 가슴 아픈 일이 찾아왔다. 그해 가을, 이미 심장 우회로 수술을 세 번 받은 매니가 다시 발작을 일으켜 급격히 쇠약해졌다. 가장 낙관적인 예후가 '불확실'이라는 상태였고, 시카고의 혹독한 겨울을 견뎌내기 힘들다고 생각하여 매니는 10월에 기후가 좋은 애리조나주 스코츠데일의 친구 집으로 옮겼다. 매니는 그곳에서의 생활을 마음에 들어 했다. 이혼에 얽힌 원망도 미움도 벌써 오래전에 사라진 나는 시간 나는 대로 자주 들러 만들어간 음식을 냉장고에 가득 채워주었다. 매니는 내 스위스 요리를 무척 좋아했다.

얼마 후, 신장 기능이 떨어지기 시작해 매니는 몇 주 동안 입원해야 했다. 굉장히 쇠약해져 있었지만 아이들과 함께 시카고의 집으로 돌아갈 때 매니의 기분은 좋았다. 매니가 세상을 떠나기 며칠 전, 나는 로스앤젤레스에서 열리는 호스피스 회의를 앞두고 있었다. 죽음을 앞둔 환자에게는 남은 시간을 정확히 파악하는 통찰력이 있다는 사실을 알고 있는 나는 호스피스 회의에 참석하지 않기로 했다. 하지만 매니는 케네스, 바버라와 함께 사적인 시간을 갖고 싶다고 말했다. "알았어요. 그럼 갔다 올게요." 나는 말했다. "끝나는 대로 곧 돌아오겠어요."

공항으로 출발하기 30분 전, 내가 캘리포니아에 있는 동안 만약의 경우를 대비하여 매니와 약속해놓고 싶은 생각이 들었다. 사후의 삶에 관한 내 연구 결과가 옳다고 판단된다면 죽은 후에 매니에게서 신호를 받고 싶었다. 내 연구 결과가 맞지 않으면 어떤 신호도 보내오지 못할 것이다. 그래도 나는 연구를 계속할 것이었다.

매니는 당혹하여 "어떤 신호?"라고 물었다. "뭔가 색다른 신호, 잘 모르겠지만 당신에게서 왔다는 것을 알 수 있는 어떤 신호 말이에요." 내가 말했다. 매니는 몹시 피로했고 기분도 그다지 좋지 않은 듯했다. "약속해줄 때까지 가지 않겠어요." 나는 재촉했다. 마침내 매니는 동의했고, 나는 출발했다. 매니와는 그것이 이번 생의 작별이었다.

그날 오후, 케네스가 아버지를 식료품점에 데려갔다. 퇴원하고 나서 삼 주 만의 나들이였다. 돌아오는 길에 매니는 꽃집에 들러 빨간 장미 열두 송이를 사서 다음 날 생일을 맞는 바버라에게 배송하도록 했다. 그리고 케네스와 매니는 집으로 돌아왔다. 케네스가 식료품을 냉장고에 넣고 있을 때 매니는 침대에 누웠다. 그 후 케네스는 자기 집으로 돌아갔다.

한 시간 후, 케네스가 저녁 식사를 준비하러 다시 왔다. 매니는 침대 위에서 숨져 있었다. 낮잠을 자는 동안에 숨진 것이다.

그날 밤 늦게 호텔 방으로 돌아왔을 때, 메시지가 있음을 알리는 전화기의 붉은 램프가 깜빡이고 있었다. 케네스가 여러 번 내게 메시지를 남겼지만 겨우 연락이 닿은 것은 자정이 되어서였다. 케네스는 시애틀에 있는 바버라에게도 연락했다. 일을 끝내고 돌아와 소식을 받은 바버라는 저녁 내내 케네스와 이야기했다. 다음 날 아침 친척들에게 연락을 끝낸 바버라는 개를 데리고 산책을 나갔다. 집에 돌아오니 문 앞 계단에 매니가 보낸 열두 송이의 빨간 장미가 배달되어 있었다. 장미 위로 아침부터 내린 눈이 소복이 쌓여 있었다.

시카고에서 거행된 매니의 장례식 때까지 나는 그 장미에 대해 알지 못했다. 매니와 화해하고 매니가 고통에서 해방된 것을 다행스럽게 생각하고 있었다. 우리가 묘지에 모였을 때 눈이 펑펑 내리기 시작했다. 묘석 주변의 땅에 열두 송이의 장미가 흩어져 있었다. 장미가 그대로 눈에 묻혀가는 것은 차마 볼 수 없었다. 그래서 그 아름다운 장미들을 주워 매니의 친구들에게 나누어주었는데, 한 사람에게 한 송이씩 건넸다. 마지막 꽃은 바버라에게 주었다.

문득 바버라가 열 살가량이었을 때 매니와 나눈 이야기가 생각났다. 우리는 내 사후의 삶에 관한 이론을 놓고 논의를 벌이고 있었다. 논의 도중에 매니가 바버라를 보며 이렇게 말했다. "좋아, 엄마 말이 맞는다면 아빠가 죽은 다음 첫눈이 오는 날 눈 속에서 빨간 장미가 피어날 거다." 오랫동안 그 내기의 말은 가족만이 통하는 조크가 되었지만, 지금 그것이 실제로 펼쳐지고 있었다.

나는 기쁨에 넘쳤고 무심결에 웃음이 흘러나왔다. 하늘을 올려다보았다. 잿빛 하늘에서 함박눈이 쏟아지고 있었다. 마치 축제의 날에 뿌리는 색종이 조각 같았다. 매니가 그 너머에 있었다. 아아, 매니와 바버라. 나의 대단한 두 회의론자들. 두 사람은 함께 웃고 있었다. 그리고 나도.

"고마워요." 나는 매니를 올려다보면서 말했다. "확인해줘서 고마워요."

다시 날아오르는 나비

상실을 다루는 전문가로서 나는 뭔가를 상실한 사람이 경험하는 심리 상태의 변화를 연구하여 각각의 단계를 정의했다. 분노, 부정, 거래, 우울, 수용의 다섯 단계이다. 1994년 10월, 그 지독하게 추운 밤에 볼티모어에서 돌아와 사랑하는 우리 집이 불길에 휩싸여 있는 것을 목격한 나도 그 다섯 단계를 순서대로 경험했다. 그리고 자신도 놀랄 만큼 빨리 수용의 단계에 도달했다. "이제 어떻게 해야 할까?" 나는 아들 케네스에게 물었다.

'힐링 워터스'에 화재가 발생한 지 12시간이 지났어도 칠흑 같은 밤하늘에는 오렌지색 불길이 솟아오르고 있었다. 그때 나는 내가 받은 축복들을 떠올리고 있었다. 우선 스무 명의 에이즈 감염 아동을 이 집에 데려오지 않아서 얼마나 운이 좋은가 생각했다. 나 자신도 다치지 않았다. 재산의 상실은 타격이었지만, 그것은 도리 없는 일이었다. 아버지가 고이 간직했다가 준 일기장과 앨범들이 불타 없어졌다. 가구도 옷가지도 사라졌다. 게다가 내 삶을 바꾸어놓은 폴란드 여행 중에 쓴 일지, 마이다네크에서 찍은 사진, 세일럼과 페드로와 나눈 대화를 자세하게 기록해놓은 스물다섯 권의 노트도 없어졌다. 몇 천, 몇 만 페이지에 달하는 연구 기록, 비망록, 노트도 사라졌다. 영들을 찍은 사진을 포함하여 모든 사진, 책, 편지가 잿더미로 변했다.

그날 밤은 재난에 난타당해 일종의 쇼크 상태에 있었다. 모든 것을 잃었다. 가만히 앉아 담배를 피우는 것 외에 아무것도 할 수 없는 채 하루가 끝났다. 다음 날 아침에는 쇼크에서 다시 일어서고 있었다. 전날 밤보다는 훨씬 침착하고 현실적이 되어 있었다. 이제 어떻게 할까? 포기할까? 아니다. "지금은 성장의 기회야." 나는 자신에게 들려주었다. "모든 것이 완벽하다면 성장할 수 없어. 고통은 우리가 성장하기 위해 하늘이 준 선물이고, 목적이 있어."

그럼, 그 목적은 무엇일까? 재건의 기회? 피해 정도를 조사하고 나서 케네스에게 계획을 이야기했다. 재건할 생각이었다. 잿더미 속에서 일어설 기운을 되찾았다. "이것은 축복이야." 나는 선언했다. "이제 짐을 꾸릴 필요도 없어. 나는 자유야. 재건이 끝나면 1년의 절반은 아프리카에서, 절반은 여기서 보낼 거야."

케네스는 내 정신 상태를 의심하고 있는 것이 틀림없었다.

"재건은 안 돼요." 케네스가 단호하게 말했다. "다음번엔 총에 맞아 돌아가실 거예요."

"그럴지도 모르지. 하지만 그건 그 사람들 문제야."

케네스는 자신의 문제로 생각한 모양이었다. 다음 사흘 동안, 농장의 창고에서 침식하면서 나는 케네스에게 꿈을 이야기했다. 어느 날 오후, 케네스는 차를 타고 시내로 나갔다. 내 속옷, 양말, 바지 같은 당장 필요한 물건을 사가지고 오겠다는 것이었다. 돌아올 때 차에는 화재경보기, 연기 감지기, 소화기 등, 온갖 비상사태에 대비한 기기들이 잔뜩 실려 있었다. 하지만 그것으로 케네스의 걱정이 가신 것은 아니었다. 케네스의 뜻은 분명했다. "어머니가 여기서 혼자 사시는 건 반대예요."

바다가재 요리를 먹으러 가자는 꼬임에 넘어가 시내로 나갔을 때 나는 케네스가 무슨 일을 꾸미고 있는지 알지 못했다. 거절하지 못하는 것은 내 몇 안 되는 약점의 하나였다. 그런데 차는 식당을 지나 공항으로 향했고, 결국 피닉스 행 비행기에 타게 되었다. 케네스는 아버지의 뒤를 따라 스코츠데일에 옮겨와 있었다. 이번에는 나를 불러들이려는 생각이었다.

"어머니의 집을 물색해 놓았어요."라고 케네스가 말했다. 나는 그다지 저항하지 않았다. 짐은 아무것도 없었다. 옷도 가구도 책도 사진도 없었다. 게다가 집도 없었다. 실제로 버지니아에서 나를 붙잡는 것은 아무것도 없었다.

나는 고통을 그냥 긍정했다. 그러자 고통이 사라졌다. 그리고 오래전에 들은 이야기가 떠올랐다.

"눈물의 강에서, 시간을 친구 삼아라."

몇 달 후, 몬테레이의 바에서 한 남자가 "에이즈 아줌마를 찾아냈다."라고 실토했다. 그럼에도 당국은 고소를 하지 않았다. 하일랜드 카운티 경찰은 내게 증거가 없다고 전해왔다. 싸울 생각은 없었다. 그렇지만 농장은 어떻게 할까? 많은 돈과 땀을 쏟아 넣은 농장이었지만 워크숍 실이 딸린 센터를 학대로 상처받은 십대 청소년을 지원하는 단체에 기증했다. 나는 그 땅에서 멋진 경험을 했다. 이제 누군가가 그 땅을 유익하게 사용할 때였다.

스코츠데일로 옮겨온 나는 사막 한가운데에서 어도비 벽돌집을 발견했다. 주위에는 아무것도 없었다. 밤에는 뜨거운 욕조에 앉아 코요테의 울음소리에 귀 기울이고, 은하수 속의 빛나는 별들을 바라보았다. 시간의 무한함을 느낄 수 있었다. 아침에도 똑같은 느낌―현실이라도 생각되지 않는 깊은 정적―에 휩싸였다. 바위 그늘에는 뱀과 토끼가 살고, 커다란 선인장에 새들이 둥지를 틀었다. 사막에는 평온과 위험이 동거하고 있었다.

어머니날의 전날인 1995년 5월 13일 밤, 나는 내 저서의 독일어판을 내는 일로 방문한 독일 출판사 사장에게 사막이 얼마나 사색에 적합한 환경인지 이야기했다. 다음 날 아침 전화 벨소리에 눈을 떴다. 한쪽 눈을 뜨고 시계를 보니 일곱 시였다. 나를 아는 사람이라면 그 시간에 전화를 걸어오지 않는다. 손님인 출판사 사장을 찾는 유럽에서 온 국제 전화일지도 몰랐다. 수화기를 잡으려고 했을 때 이상한 느낌이 들었다. 몸이 움직이지 않았다. 전화벨은 계속 울려댔다. 머리는 움직이라고 명령했지만 몸이 따르지 않았다. 그때 문제를 알아차렸다. "또 뇌졸중이야." 나는 중얼거렸다. "이번에는 심해."

전화벨이 멈추었다. 출판사 사장은 아침 산책을 나간 것이 틀림없었다. 그렇다면 나 혼자였다. 뇌졸중에 의한 마비가 온 것이 분명했지만 마비는 왼쪽 몸에 국한된 듯했다. 그렇다 치더라도 전혀 힘이 없었다. 오른쪽 팔과 다리를 약간 움직일 수 있을 뿐이었다. 침대에서 나와 현관까지 기어가 도움을 청하기로 했다. 바닥으로 내려오는 데 한 시간 가까이 걸렸다. 몸이 녹아내리는 치즈처럼 흐늘흐늘했다. 굴러 떨어지지 않도록 조심했다. 엉덩이 골절상까지 입고 싶지 않아서였다.

바닥에서 현관까지 기어가는 데 다시 한 시간이 걸렸다. 문에 다다랐지만 손잡이까지 손이 미치지 못했다. 코와 턱을 이용하여 가까스로 문을 열기까지 또 많은 시간이 흘렀다. 마침내 얼굴을 현관 밖으로 내밀었을 때 손님인 출판사 사장이 정원에 있는 기척이 들렸다. 하지만 너무 멀어 가냘픈 소리를 듣지 못했다. 구조를 청하는 내 목소리를 손님이 들은 것은 그로부터 다시 30분이 흐른 후였다.

곧바로 케네스의 집으로 옮겨졌다. 거기서 나는 병원에 갈 것인가 말 것인가를 놓고 아들과 다투었다. 병원에 가고 싶지 않았다. "퇴원하면 다시 담배를 피우실 수 있어요." 케네스가 말했다.

무슨 일이 있어도 24시간 내에 퇴원한다는 조건으로 가까운 병원에 옮기는 것을 허락했다. 왼쪽 몸은 마비되었지만 나는 말을 듣지 않고 투덜거리며 담배를 피우려 하는 골치 아픈 환자였다. 의사는 CT 스캔과 MRI, 기본 검사를 했지만 뇌간 졸중이라는 내 자가 진단을 확인했을 뿐이었다.

나에 관한 한, 뇌간 졸중의 고통 따위는 현대 의료가 야기하는 고통에 비하면 아무것도 아니었다. 불친절한 간호사의 태도에서 시작한 그 고통은 악화 일로를 치달았다. 입원한 날 오후, 간호사가 내 왼팔을 똑바로 펴려고 했다. 왼팔은 구부러진 채 굳어 입김만 불어도 펄쩍 뛸 정도로 아팠다. 그 팔을 붙잡혔을 때 나는 아직 사용할 수 있는 오른손으로 간호사에게 일격을 가했다. 그러자 간호사는 두 동료 간호사를 데려와 나를 꽉 누르게 했다. "조심해, 몹시 사나워." 간호사가 두 동료에게 말했다.

나는 다음 날 퇴원했다. 그런 식의 치료에 그저 시키는 대로 따를 생각은 털끝만큼도 없었다. 그런데 불행하게도 일주일 후 나는 요로 감염으로 병원에 되돌아오게 되었다. 수분을 충분히 섭취하지 않은 것이 원인이었다. 30분마다 배뇨해야 했기 때문에 부득이 간호사의 손을 빌려 실내 변기를 사용할 처지가 되었다. 둘째 날 밤, 병실 문은 닫힌 채였고 간호사 호출 버튼은 바닥에 떨어져 있었으며 간호사들은 완전히 내 존재를 잊고 있었다.

에어컨이 고장 나 병실 안은 찜통이었다. 방광이 터질 것 같았다. 탁자 위의 찻잔에 눈이 갔다. 하늘이 내린 선물처럼 보였다. 그것을 사용하여 위기를 모면했다.

다음 날 아침, 데이지 꽃처럼 생기발랄한 간호사가 생글거리며 다가왔다. "기분이 어떠십니까?" 간호사가 물었다. 나는 독기 어린 눈으로 그녀를 보았다. "이게 뭐죠?" 찻잔을 보면서 간호사가 물었다.

"오줌." 나는 대답했다. "밤새도록 아무도 와보지 않았어." 미안해하는 기색도 없이 간호사는 병실을 나갔다.

가정 간병은 조금 나았다. 태어나서 처음으로 메디케어(노인 의료보험)의 보살핌을 받으며 많은 것을 배웠다. 그다지 도움이 되지 않는 제도라는 것을 알게 되었다. 내 담당으로 한 의사가 지정되었다. 유명하다는 신경과 의사였다. 케네스가 나를 태운 휠체어를 밀고 진찰실에 들어갔다.

"어떠십니까?" 의사가 물었다. "마비됐어요."라고 나는 답했다.

그 의사는 혈압 측정도 기능 검사도 하지 않고, 내게 처녀작 이후 어떤 책들을 썼는지 물었다. 그리고 최근작 한 권을 가능하면 서명하여 받고 싶다는 의향을 넌지시 내비쳤다. 의사를 바꿔달라고 했지만 메디케어는 들어주지 않았다. 한 달 후, 나는 호흡 곤란을 일으켜 왕진을 청해야 했다. 간병을 하던 솜씨 좋은 물리 치료사가 세 번이나 그 의사에게 전화를 해주었지만 응답이 없었다. 마지막으로 내가 전화를 하자 비서가 나와, 의사 선생님이 너무 바쁘다며 딱하다는 듯 상냥하게 말했다. "문의할 게 있으면 제게 물어보십시오."

"병원 접수원이 필요하면 당신에게 연락하겠어요. 하지만 난 의사가 필요해요."

그 의사와는 그것이 마지막이었다. 다음에 지정된 의사는 내 친구인 글래디스 맥게리였다. 그녀는 성실하고 꼼꼼하게 나를 돌보아주었다. 주말에도 왕진을 와주었고, 외부에 나갈 때는 꼭 통지를 해주었다. 내 이야기도 잘 들어주었다.

의료 체제의 관료주의는 내 예상을 훨씬 뛰어넘었다. 지정된 사회 복지사들이 왔지만 일할 생각은 털끝만치도 없는 사람들이었다. 내가 보험 적용 범위에 대해 묻자 담당 사회 복지사는 "아드님이 알아서 할 거예요."라고밖에 말하지 않았다. 겉보기에 사소한 사건도 있었다. 간호사가 내 꼬리뼈 보호용으로 메디케어에 방석을 주문했다. 하루 15시간이나 앉아 있는 탓에 엉덩이의 꼬리뼈가 아팠기 때문이었다. 방석이 배달되어 왔다. 메디케어의 청구서에는 400달러라고 적혀 있었다. 아무리 비싸봐야 20달러도 되지 않는 것이었다. 나는 곧 우편으로 반송했다.

며칠 후, 메디케어에서 전화가 걸려와 우편 반품은 안 된다고 했다. 택배 편의 직원에게 직접 건네줘야 한다는 것이었다. 메디케어는 그 망할 방석을 다시 내게 보내겠다고 했다. "좋아요, 보내세요." 나는 어이가 없어 말했다. "엉덩이 밑에 깔고 앉죠."

의료 체제의 허술함에 대해 마냥 웃을 수만은 없었다. 뇌졸중이 발작한지 두 달 후, 아직 고통과 마비가 계속되고 있는데도 친절한 내 물리 치료사는 보험회사로부터 치료 중단을 지시받았다. "로스 박사님, 죄송해요. 더 이상 올 수 없게 되었어요." 물리 치료사는 말했다. "치료비 지불 기한이 끝났다는군요."

환자에게 그보다 더 무서운 말이 있을까? 의사로서의 내 감수성은 치명적인 상처를 받았다. 어쨌든 나는 의료계에 종사한 사람이었다. 전쟁 희생자들을 치료하는 일에 명예심을 느꼈다. 절망적이라고 여겨지는 사람들을 돌보아왔다. 의사와 간호사가 좀 더 사랑과 자비의 마음을 가지도록 교육하는 데 생애의 대부분을 바쳤다. 35년 동안 한 사람의 환자에게도 치료비를 받은 적이 없었다. 그런 내가 지금 "치료비 지불 기간이 끝났다."라는 소리를 들었다.

이것이 현대의 의료 체제라는 말인가? 의사 결정은 그 환자를 본 적도 없는 누군가에 의해 이루어지고 있었다. 환자에 대한 관심이 언제 사무 처리로 대체되었을까? 내 가치관이 완전히 어긋나고 있었다.

오늘날의 의학은 복잡하고 연구에 많은 돈이 드는 것은 분명하지만, 그 한쪽에서 보험회사와 HMO(건강관리 기구)의 수뇌들은 연봉 수백만 달러를 벌고 있다. 또 한쪽에서는 에이즈 환자들이 필요한 약을 살 돈이 없어 곤란을 겪는다. 암 환자들은 '실험 단계'라는 이유로 새로운 치료법의 혜택을 받지 못한다. 응급실은 계속 사라지고 있다. 왜 그것이 묵인되고 있을까? 희망을 부정하는 권리가 누구에게 있다는 말인가? 치료를 거부할 권리가 누구에게 있다는 말인가?

옛날에는 의료는 경영이 아니라 치유에 관계된 것이었다. 의료는 다시 한 번 그 사명을 떠맡아야 한다. 의사와 간호사와 연구자는 성직자처럼 자신이 인간성의 심장임을 깨달아야 한다. 그들은 동료 인간─빈부와 피부색을 가리지 않고─을 돕는 것을 최우선으로 해야 한다. 진료 대가로 나는 '축성 받은 폴란드 흙'을 받은 적도 있다. 세상에 그보다 더 큰 보상은 없다.

사후의 삶의 입구에서 누구나 똑같은 질문에 직면한다.

"얼마나 봉사를 해왔는가? 돕기 위해 무엇을 했는가?"

그때까지 기다린다면 때는 이미 늦다.

죽음 자체는 훌륭하고 긍정적인 경험이지만, 나처럼 죽음에 이르는 과정이 연장되는 것은 실로 악몽이다. 그것은 인간의 온갖 능력, 특히 인내하는 능력과 평정을 유지하는 능력을 소모시킨다. 1996년 내내 나는 끊임없는 고통과 마비에 의한 운동 제한으로 시달렸다. 24시간 누군가의 간호에 의존하게 되었다. 현관에 벨이 울려도 응답할 수 없었다. 프라이버시? 그것은 이미 옛 일이었다. 50년간 누구에게도 의존하지 않고 살아온 사람에게 의존은 배우기 어려운 과제이다. 사람들이 왔다가 간다. 어떤 때에 우리 집은 뉴욕 중앙역처럼 북적인다. 그런가 했다가 갑자기 적막에 싸인다.

1997년 1월 이 책을 쓰던 때에 나는 이제 졸업하기를 간절히 원하고 있었다. 몸은 완전히 쇠약해졌고, 끊임없이 통증에 시달리며 모든 것을 남에게 의지하고 있었다. 우주 의식의 가르침에 따라, 불평하고 분노하고 병에 대해 푸념하는 태도를 버리고 이 '생명의 끝'에 그저 "예스!"라고 말하기만 하면 몸을 떠나 더 나은 세계로, 더 나은 삶으로 나아갈 수 있다는 것을 알고 있었다. 하지만 너무나도 고집스럽고 반항적인 나는 이 마지막 교훈을 배워야 한다. 모든 사람들처럼.

그런 고통 속에 있어도 여전히 나는 안락사 장치를 사용하는 커보

키안 의사의 방식에 반대한다. 커보키안은 고통스러워한다는 이유만으로 안이하게 환자를 안락사로 이끌고 있다. 환자가 졸업하기 전에 마지막 교훈을 배울 기회를 자신이 빼앗고 있다는 사실을 그는 알지 못한다. 나는 지금 인내와 순종을 배우고 있다. 그 교훈이 아무리 어렵더라도 창조주에게는 계획이 있다는 것을 나는 알고 있다.

나비가 고치에서 벗어나 날아오르듯 내가 몸에서 떠날 때를 정해 놓은 것은 창조주라는 것을 나는 알고 있다.

삶의 유일한 목적은 성장하는 것에 있다. 우연은 없다.

삶의 유일한 목적은
성장하는 것

내게는 미래의 일을 이미 일어난 듯이 그려보는 습관이 있다.

가족과 친구들이 세계 각지에서 몰려온다. 많은 자동차가 천천히 사막을 지나 다가온다. 이윽고 그들은 비포장 도로 옆의 '엘리자베스'라고 작게 쓰인 하얀 표지판을 발견한다. 그리고 인디언의 천막집 앞을 지나 지붕 위에 스위스 국기가 펄럭이는 스코츠데일의 우리 집에 도착한다. 비탄에 잠긴 사람도 있고, 마침내 내가 고통에서 해방되었다며 안도하는 사람도 있다. 모두 먹고 이야기하고 웃고 울다가 시간이 되면 수많은 풍선을 일제히 파란 하늘에 띄운다. 물론 나는 죽어 있다.

고별 파티, 왜 안 되겠는가? 축제, 안 될 것 없잖은가? 일흔한 살이 된 지금 나는 잘 살아왔다고 할 수 있다. 살아나리라고 기대하지 않은 '900그램의 미숙아'로 시작해 인생의 대부분을 무지와 두려움이라는 거대한 힘과 싸우는 데 바쳐왔다. 내 일에 친숙한 사람이라면 내가 죽음을 인생 최대의 경험이라고 믿는다는 것을 안다. 나를 직접

적으로 알고 있는 사람이라면 이 세상의 고통과 갈등에서 완전하고 절대적인 사랑으로의 이행을 내가 얼마나 애타게 바라왔는지 증언할 수 있다.

인내라는 이 마지막 과제는 배우기 쉽지 않다. 지난 2년 가까이, 나는―고맙게도 뇌졸중의 연속적인 발작 덕분에― 완전히 남에게 의존해 생활해왔다. 매일 침대에서 의자로, 의자에서 화장실로, 다시 침대로 고투를 계속하고 있다. 나비가 고치를 벗고 날아오르듯 몸을 벗어던지고 마침내 커다란 빛에 녹아 하나가 되는 것만을 바라왔다. 영들은 되풀이해서 시간을 친구 삼는 것의 중요성을 말해주었다. 그 같은 수용을 배울 때 이 육체의 생명이 끝난다는 것을 나는 알고 있다.

인생의 마지막 여행에 이렇게 천천히 다가가는 것의 유일한 이점은 사색할 시간이 주어진다는 것이다. 죽어가는 많은 환자를 상담해온 내게 자신의 죽음에 직면하여 죽음을 생각할 시간이 주어진 것도 의미 있을 것이다.

내 죽음은 따뜻한 포옹처럼 다가올 것이다. 오래전부터 말해왔듯이, 육체에 생명이 깃든 시간은 그 사람의 전 존재 안에서 지극히 짧은 시간이다.

우리가 지구에 보내져 배운 것에 대한 시험에 합격하면 졸업이 허용된다. 우리 몸을 벗는 것이 허용된다. 우리 몸은 나비가 되어 날아오를 번데기를 품은 고치처럼, 영혼을 감싸고 있는 허물이다. 때가 되면 우리는 몸을 놓아버리고, 고통도 두려움도 걱정도 없이, 아름다운 한 마리의 나비처럼 자유롭게 날아 하느님의 집으로 돌아간다. 그곳에서 우리는 절대 혼자가 아니며, 계속해서 성장하고 노래하고 춤 춘다. 그곳에서 우리는 사랑하는 사람들을 만나고, 상상할 수도 없는 커다란 사랑에 둘러싸인다.

고맙게도 나는 이제 지구에 돌아와 다시 배울 필요가 없는 단계 에 도달했을지 모르지만, 슬프게도 영원한 이별을 고하려 하고 있는 세계에 대해 불안을 느끼고 있다. 지구 전체가 고통에 헐떡거리고 있 다. 지구가 태어난 이래 지금처럼 허약해진 시기는 없다. 탐욕스러운 착취로 지구는 오랫동안 학대받았다. 인류는 하느님의 풍성한 정원 을 파괴하여 황폐화시켰다. 무기, 탐욕, 유물론, 파괴 운동……. 그것 들이 삶을 지배하는 교리가 되었다. 삶의 의미에 대해 명상하는 사람 들이 세대를 넘어 전해온 만트라는 힘을 잃어버렸다.

곧 지구가 이런 악행을 바로잡을 시기가 오리라고 나는 믿는다. 인류가 해온 일 때문에 대지진, 홍수, 화산 폭발 등 유례없는 자연재 해가 일어날 것이다. 내게는 그것이 보인다. 영들은 성서에 나오는 것과 같은 규모의 대격변이 일어난다고 전했다. 그밖에 인간이 깨달 을 방법이 있을까? 자연을 존중하는 마음과 영성의 필요성을 가르치 기 위해 다른 길이 있을까?

미래의 모습이 눈에 보이지만 내 마음은 뒤에 남는 사람들에게 향하고 있다. 죽음이 존재하지 않는다는 것을 상기한다면 두려워 할 이유는 없다. 삶을 보람 있는 도전으로 보라. 가장 힘든 선택이 최고 의 선택이고, 정의와 공명하고 힘과 창조주의 통찰을 가져오는 선택 이다.

하느님이 우리에게 준 최고의 선물은 자유의지다. 우연은 없다.

삶에서 일어나는 모든 일에는 긍정적인 이유가 있다. 골짜기를 폭풍우로부터 지키려고 메워버린다면 자연이 새겨놓은 아름다움을 볼 수 없게 된다.

이 세상에서 다음 세상으로의 이행을 눈앞에 두고 있는 나는 천국과 지옥을 정하는 것은 그 사람이 현재 살아가는 방식임을 잘 알고 있다. 삶의 유일한 목적은 성장하는 것이다. 우리의 궁극적인 과제는 무조건적으로 사랑하고 사랑받는 법을 배우는 것이다.

지구상에는 먹을 것이 없는 사람이, 집 없는 사람이 수없이 많다. 수많은 사람이 에이즈로 고통 받고 있다. 학대받고 있는 사람이 수없이 많다. 정신과 신체의 장애와 싸우고 있는 사람이 수없이 많다. 매일 이해와 자비를 필요로 하는 사람이 늘어나고 있다. 그 사람들의 소리에 귀 기울여라. 아름다운 음악을 듣듯이 그 소리에 귀 기울여라. 인생 최고의 보답은 도움을 필요로 하는 사람들에게 마음을 여는 것에서 얻을 수 있다. 최고의 축복은 늘 돕는 것에서 나온다. 그 진리는 종교와 경제 체제, 인종이나 피부색의 차이를 뛰어넘어 모든 사람의 삶의 경험에 공통하는 것이라고 나는 확신한다.

모든 사람은 같은 근원에서 왔고 같은 근원으로 돌아간다.
우리는 모두 무조건적으로 사랑하고 사랑받는 법을 배워야 한다.
인생에서 만나는 모든 고난과 모든 악몽,
신이 내린 벌처럼 보이는 모든 시련은 실제로는 신의 선물이다.
그것들은 성장의 기회이며, 성장이야말로 삶의 유일한 목적이다.
먼저 자신을 치유하지 않고는 세상을 치유할 수 없다.
준비가 되고 두려워하지 않는다면

우리는 영적 체험을 할 수 있다.

구루나 바바에게 가르침을 받을 필요는 없다.

내가 하느님이라 부르는 똑같은 근원에서 태어난 우리는

모두 이미 신성을 부여받았다.

자신의 불멸성에 대한 자각은 그 신성에서 나온다.

우리는 자연스런 죽음을 맞이할 때까지 살아야 한다.

혼자 죽는 사람은 없다.

누구나 상상을 뛰어넘는 사랑을 받고 있다.

누구나 축복받고 인도받고 있다.

가난하더라도, 배고프더라도, 보잘것없는 집에 살더라도

우리는 온전하게 살아갈 수 있다.

지구에 태어나 할 일을 다 하면 이 세상에서의 마지막 날에도

자신의 삶을 축복할 수 있다.

가장 힘든 과제는 무조건적인 사랑을 배우는 것이다.

죽음은 두렵지 않다.

죽음은 삶에서 가장 멋진 경험이 될 수 있다.

그것은 그 사람이 어떻게 살아가느냐에 달려 있다.

죽음은 이 삶에서 고통도 번뇌도 없는

다른 존재로 이행하는 것일 뿐이다.

사랑이 있다면 어떤 일도 견딜 수 있다.

더 많은 사람에게 더 많은 사랑을 주는 것,

그것이 내 바람이다.

영원히 사는 것은 사랑뿐이기 때문에……

좋을 때나 나쁠 때나 나와 함께 해준 친구와 지인들에게 이 기회를 빌려 감사드리고 싶다. 폴란드와 벨기에의 옛 시절에 만나 지금까지 우정을 나누어온 데이비드 리치. 늘 무조건적인 사랑을 보내주는 루스 올리버. 버지니아 시절 내내 나를 도와준 프랜시스 루시. 또한 오랜 친구들인 그레그 퍼스, 릭 허스트, 리타 필드, 이라 사핀, 스티븐 레빈, 글래디스 맥걸리에게 고마움을 전하고 싶다.

종종 찾아와 준 셰릴과 폴 부부와 나의 대자이기도 한 아들 ET 조지프. 계속 우정을 나누어온 두러 박사 부부. 에이즈에 걸린 아이 일곱 명을 입양하여 우리 모두를 감동시킨 페기와 앨리스 마렌고 부부. 나의 대녀 루시. 그리고 나의 두 여동생 에리카와 에바, 에바의 남편 페터 바처에게도……

죽음과 상실의 아픔을 안고
살아가야 할 우리 모두에게

호스피스의 어머니. 의학계의 여신. 죽음학의 세계적인 대가. 시사 주간지 《타임》이 선정한 20세기를 변화시킨 100인 중 한 사람. 역사상 가장 많은 학술상을 받은 여성. 20세기를 대표하는 정신의학자 엘리자베스 퀴블러 로스에게 따라붙는 화려한 수식어들입니다.

또한 그녀는 살아있는 모든 존재에 깊은 애정을 가지고 치열한 열정으로 살았던 영적 스승으로 알려져 있습니다.

최근 한국에도 엘리자베스의 여러 책이 소개되어 많은 사람들에게 죽음과 상실의 아픔을 딛고 일어설 치유의 메시지를 전해주었습니다.

이 책은 엘리자베스가 말년에 이르러 뇌졸중으로 쓰러져 휠체어와 침대를 오가며 생활하는 악조건 속에서 생을 되돌아보며 심혈을 기울여 쓴 자전적 기록입니다. 이 책에서 그녀는 온몸을 던져 전쟁 난민을 돕는 자원봉사자로서, 무지와 두려움, 편견과 차별에 맞서 치열하게 싸워온 투사로서, 그리고 과학기술과 물질문명의 시대에서 영성 시대로의 이행기를 살아온 의학자와 영성가로서의 삶을 여과 없이 진솔하고 담담하게 들려줍니다.

스위스의 중산층 가정에서 세쌍둥이의 맏이로 태어난 엘리자베스는 어릴 적부터 살아 있는 모든 것에 유달리 애정이 깊었습니다.

결혼과 함께 미국으로 이주하여, 소망하던 의사로서 삶을 시작한 엘리자베스는 병원에서 죽음을 앞둔 환자들이 마치 폐기처분을 기다리는 물건처럼 취급되어 방치되는 현실에 큰 충격을 받습니다. 그래서 말기 환자들의 마음속 이야기를 들어주고 그들이 삶을 평화롭게 정리하도록 돕는 세미나를 시작합니다. 죽어가는 이들을 돌보고 그들이 가르쳐주는 삶의 교훈을 살아있는 사람들에게 전하는 일은 그녀의 평생 소명이 됩니다.

그 누구도 의학적 대상으로서 죽음의 문제를 공론화하기 꺼려했던 시절, 엘리자베스는 말기 환자들과 함께한 경험을 바탕으로 삶의 마지막 순간을 탐구한 『죽음의 순간』을 저술하여 죽음을 하나의 학문의 장으로 끌어올립니다. 죽어가는 사람이 겪는 심리적 다섯 단계(부정, 분노, 타협, 절망, 수용)를 학문적으로 정리한 이 책은 죽음에 대한 사회적인 각성을 새롭게 했고 호스피스 운동에 큰 영향을 끼쳤습니다.

2004년 8월 24일, 엘리자베스는 오랫동안 소망해온 방식으로, 즉 밖이 내다보이는 커다란 창문이 있고 꽃으로 가득한 방 안에서 사랑하는 사람들에 둘러싸여 죽음을 맞이했습니다.

평생 죽음을 연구해온 학자답게 그녀의 장례식 또한 남달랐습니다. 피크닉 장소처럼 풍선으로 장식한 천막에 어깨를 드러낸 탱크톱, 꽃무늬 원피스, 반바지 차림의 전 세계에서 찾아온 친구들이 모였습니다. 유대교 랍비와 아메리카 인디언 여자 치료사, 티베트 불교 린 포체 등 평소 그녀와 가까웠던 성직자들이 차례로 의식을 진행하며 그녀가 그토록 바라던 여행을 떠난 것을 축복했습니다. 식의 막바지에 엘리자베스의 두 자녀가 관 앞으로 나와 하얀 상자를 열자 안에서 커다란 호랑나비가 날개를 퍼덕이며 날아올랐습니다. 동시에 참석자들이 미리 받은 삼각형 봉투에서도 수많은 나비들이 일제히 파란 하늘로 훨훨 날아올랐습니다.

엘리자베스의 삶과 사상을 상징하는 나비.

그녀가 나비의 수수께끼에 빠진 것은 소녀 시절 폴란드에서 봉사 활동을 하던 중 나치스의 마이다네크 수용소를 방문했을 때였습니다. 사람들이 가스실로 끌려가기 전날 밤을 보낸 막사의 벽마다 가득 그려진 나비 그림을 보며 엘리자베스는 강한 의문을 갖습니다. 왜 나비일까? 의문이 풀린 것은 그로부터 스물다섯 해가 지나서였습니다. 그때를 엘리자베스는 이렇게 전합니다. "지금에야 겨우 그것을 알게 되었다. 포로들은 죽음을 앞둔 환자와 마찬가지로 자신의 운명을 예감하고 있었던 것이다. 자신이 머지않아 나비가 될 것을 알고 있었다. 죽으면 이 지옥 같은 곳에서 벗어날 수 있다. 더 이상 고문도 없다. 가족과 헤어질 일도 없다. 가스실로 보내질 일도 없다. 이 소름끼치는 삶도 이젠 그만이다. 나비가 고치에서 벗어나 날아오르듯 곧 몸에서 벗어날 수 있다. 그 나비 그림은 포로들이 후세에 남기고 싶었던 사후 세계에 대한 메시지였던 것이다."

죽음이 영원과 만나는, 무한한 생명의 시간 속으로 가는 새로운 여정임을 깨달은 것입니다.

엘리자베스는 말합니다. 죽음을 앞둔 사람들은 우리가 삶에서 놓치지 말아야 할 가장 중요한 배움을 일깨워주는 최고의 스승이라고. 삶이 더욱 분명하게 보이는 것은 바로 삶의 끝자락에서 섰을 때이기 때문입니다. 죽어가는 이들이 진정 원하는 것은 '일을 더 많이 했으면, 돈을 좀 더 모았으면, 높은 자리에 올랐으면' 하는 것이 아니라 조금만 더, 조금만 더 하며 미루었던 소망들입니다. 그들은 우리에게 진정한 삶의 가치와 의미가 무엇인지, 우리의 시간과 에너지를 어떻게 써야 하는지 가르쳐줍니다. 우리가 지상에서 누릴 시간이 얼마 되지 않는다는 사실을, 그리고 우리의 시간이 언제 끝날지 모른다는 사실을 진정으로 깨닫고 이해할 때 비로소 우리는 하루하루를 마지막 날인 것처럼 최대한으로 살아갈 것입니다.

죽음과 상실의 아픔을 안고 살아가야 할 우리 모두에게 이 책을 바칩니다.

생의 수레바퀴 한국판 출간 10주년 리커버 에디션

2019년 7월 3일 개정2판 1쇄 인쇄
2019년 7월 10일 개정2판 1쇄 발행

지은이 엘리자베스 퀴블러 로스
옮긴이 강대은
펴낸이 이종춘
펴낸곳 (주)첨단

주소 서울시 마포구 양화로 127(서교동) 첨단빌딩 5층
전화 02 - 338 - 9151   **팩스** 02 - 338 - 9155
홈페이지 www.goldenowl.co.kr
출판등록 2000년 2월 15일 제20000 - 000035호

편집 이향선, 최새미나, 조연곤
전략마케팅 구본철, 차정욱, 나진호, 이동후, 강호묵
제작 김유석

ISBN 978 - 89 - 6030 - 529 - 8   03840

BM 황금부엉이는 (주)첨단의 단행본 출판 브랜드입니다.

황금부엉이에서 출간하고 싶은 원고가 있으신가요? 생각해보신 책의 제목(가제), 내용에 대한 소개, 간단한 자기소개, 연락처를 book@goldenowl.co.kr 메일로 보내주세요. 집필하신 원고가 있다면 원고의 일부 또는 전체를 함께 보내주시면 더욱 좋습니다.
책의 집필이 아닌 기획안을 제안해주셔도 좋습니다. 보내주신 분이 저 자신이라는 마음으로 정성을 다해 검토하겠습니다.

1970년대 중반, 테레사 수녀와 담소를 나누는 엘리자베스

1988년경, 퀴블러 로스 가족의 단란한 한때
왼쪽부터 케네스, 매니, 바버라, 엘리자베스

버지니아주 힐링 워터스의 개원식에서
손을 맞잡고 노래하는 엘리자베스(중앙)와 친구들